U0623707

老兵日记

我的半个世纪

武立金 著

中国文史出版社

图书在版编目（CIP）数据

老兵日记：我的半个世纪／武立金著．－－北京：
中国文史出版社，2023.5
ISBN 978 - 7 - 5205 - 4374 - 3

Ⅰ.①老… Ⅱ.①武… Ⅲ.①散文集－中国－当代
Ⅳ.①I267

中国国家版本馆 CIP 数据核字（2023）第 190350 号

责任编辑：胡福星

出版发行：中国文史出版社
社　　址：北京市海淀区西八里庄路 69 号　　邮编：100142
电　　话：010 - 81136606　81136602　81136603　81136642（发行部）
传　　真：010 - 81136655
印　　装：廊坊市海涛印刷有限公司
经　　销：全国新华书店
开　　本：787×1092　1/16
印　　张：19.5　插页：6
字　　数：283 千字
版　　次：2024 年 2 月北京第 1 版
印　　次：2024 年 2 月第 1 次印刷
定　　价：58.00 元

与母亲、弟弟合影
（1955 年）

入伍前与乡友们合影（1969 年 12 月）

在朝鲜板门店工作时留影（1975 年 8 月）

在朝鲜为逝世的
毛主席布置灵堂
（1976年9月）

恢复军衔制时与战友们合影（1988 年 9 月）

采访毛岸英夫人刘思齐同志（2006 年 9 月）

向军休所关工委捐献新书（2012年10月）

参加名家文艺创作座谈会（2014年10月）

笔者夫妇和儿子、儿媳、孙女（2017 年 2 月）

游览哈尔斯塔特小镇（2018 年 7 月）

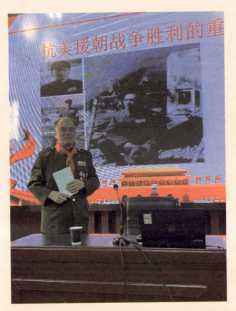

给学生讲抗美援朝故事（2020 年 10 月）

父亲九十大寿合影（2019 年 10 月）

序言

武文双立品如金

陈丽伟

本没想把武立金先生的名字嵌入题目，但读过书稿，这题目却自己跳了出来。

我们形容作家把人物描写得好，常说：人物立起来了。读了武立金先生的《老兵日记》，我觉得自己认识的作者本人，一下超越了平素低调谦逊的忘年交形象，军人和作家，这武与文两个方面，都高大清晰猛然地矗立了起来，像一座仰之弥高的山峰。

大家习惯称武立金先生为武局，因为他退休前在总参二部天津联络局任职。我与武局结缘，是于2017年中国作家协会为庆祝中国人民解放军建军90周年组织的"三大战役"采风活动。这次采风，经过了武局的家乡邳州。一身戎装又低调谦逊的他，见面就让我感到信赖和尊敬。我们平时见面不多，深入交谈的机会就少。但读这本《老兵日记》，却像面对面地听武局风趣地讲述他曲折丰富的半世纪经历，交心地谈论对半世纪经历事件的认真思考，很快就被深深吸引住了。

这本《老兵日记》，并非流水账似的日记和回忆录，而是记录他们那一代人、尤其他本人的亲身经历和内心思考，犹如集知识性、艺术性、思想性、趣味性于一体又饱蘸深情的一篇篇散文，读来让人掩卷深思，获益良多。

首先吸引人的还是本书涉及知识的丰富性。

半个世纪中，武局从少年走出家乡邳州，1969 年在珍宝岛之战的感召下应征入伍，后进入中国人民解放军南京外语学院学习英语，1975 年至 1978 年在朝鲜军事停战委员会中国人民志愿军代表团工作并荣获金日成颁发的军功章。从军四十年，历任机枪手、步兵班长、警卫战士、参谋、秘书、办公室主任、副局长（正师职大校军衔）等职，还于 2008 年加入了中国作家协会。抛开其特殊工作性质需要保密的不谈，就是这半个世纪军旅生涯的曲折历程，得有多少鲜为人知的历史故事。这本书中，就记录了很多作者亲身经历的共和国重大事件，也披露了一些以前不为人道的历史资料。

比如：三八线的神秘地道、板门店砍树事件、在朝鲜学朝语、恢复军衔记、惊闻枪杀案、在朝鲜使馆授勋、第一次出国做外交官、第一次坐飞机、学跳交谊舞、陪狱半个月……等等这些，都是鲜为人知的故事。

作者在工作中和退休前，也曾走南闯北踏遍祖国大好河山，也履践过不少的域外城市他国名胜，并在日记中以散文的笔法做了独有视角的记录，且有所感发。在为读者提供丰富的地理旅游知识的同时，仿佛让读者与作者同游同行同思同感，一同有所收获。如殷墟、中英街、屯溪、仁川、滴水洞、北欧、西欧……改革开放后我们生活好了，国内外旅游说走就走，但匆匆旅游路上，有自己思考并像武局这样成文成书的，并不很多。

他写新加坡：

经验告诉我们：严刑峻法不仅可以给社会带来安定，而且还能给社会带来文明。

他写海参崴：

回望着矗立于黑土地之上风格迥异的房舍，犹如父母看着一个被人拐走不再认识自己的孩子，一种难以名状的悲凄感如潮水一般涌上心头。

文学是件苦差事。从部队领导，到军旅作家，没有对文学的痴迷，没有勤奋的笔耕，没有大量的成熟的作品，是难以完成这双重身份的叠加的。多年的文学实践中，作者出版了不少著作，如《毛泽东遇险实录》《险难中的刘少奇》《周恩来遇险实录》《朱德的非常之路》《险难中的邓小平》《毛泽东的家庭生活》《毛岸英在朝鲜战场》《暗破金刚》《百诗颂扬百年党》等，这些，奠定了他成为著名军旅作家的基础。

与前述这些作品相比，《老兵日记》写得更为轻松，因为，都是自己熟知的事情，自己的真实感情，笔手相应，自然流泻。本书写作上叙论相长，天然结合，诙谐自然，寓教于文，行文金句频出，可谓日记体随笔的不错范本。尤其引用民间口语，信手拈来，又恰到好处。从中也能看得出，文学写作不一定非得取得多高的专业学历，学院语言严谨，民间口语形象，不差分毫。比如：

一个不学无术、投机钻营的人或许也能出其不意地混上个一官半职，但那肯定是兔子尾巴——长不了。

一些领导干部之所以"落马"，就是由于在小事上开了口子所致，"针尖大的窟窿能透斗大的风"。

书中涉及的人物，也都写的活，写得巧，所谓无意于工而工。在《欣逢胡子将军孙毅》一文中写道：

见过孙毅将军的人无不为他那高尔基式的胡须留下深刻印象。

这"高尔基式的胡须"就借得巧。

只见器宇轩昂的孙老左手伏案，右手挥笔，如临战场，似握钢枪。他在一张宣纸上笔走龙蛇，力透纸背，写出来的每个字都是那么雄浑有力，苍劲奔放，给人一种大气、秀气、灵气、霸气的感觉。

在《告别毛岸青同志》中写道：

我看到邵华将军尽管心情悲切，但身体还算健朗，只有右手好像有点不太听使唤。我还看到了李敏、李讷、毛新宇及其抱在夫人刘滨怀中的3岁儿子毛东东，并分别与他们握手致哀，我还握了握毛东东的小手以示爱意。

情境如在目前，刻画生动之余，也能感到作者笔端灌注的深情。这种深情，不只是对领袖家人，对领导同事、自己父母、家乡故土，也浓浓体现在本书的很多篇目中。

写故乡美食八集羊汤，仿佛汪曾祺文笔：

一口大大的锅，上面围着半米高的一圈铁皮，把整副羊架和羊杂放进去，用木柴火烧，顶出血沫，尔后将佐料下锅，同时外加大葱、生姜，以小火慢炖，让骨头的味道完全融到汤里。汤煮好了，切几片薄薄的羊肉，把滚烫的汤往海碗里一冲，放上辣羊油，加上一点香菜和佐料，一碗香喷喷、辣乎乎的羊肉汤就做好了。

写英国的格林尼治小镇：

我发现这条路似曾相识，忽然想起这个街道两侧的房子极像天津五大道的洋房，于是就大声呼喊：我们到马场道啦！天津的几位游客表示赞同，都说：可不是嘛，我们到马场道啦……

写父亲：

不过我只知道他是一个勤奋的人，一个耿直的人，一个热爱党的事业的人。在建设祖国的峥嵘岁月里，父亲那一代人身上所具有的优良品格永远是我们后辈取之不竭的精神动力。

忆生母：

母亲出殡的那天早上，天空下起了大雨。风在为我哀号，雨在为我哭泣，而我却欲哭无泪。身穿孝衣、头戴孝帽、腰扎孝带雪人一般的我由本家叔叔抱着……

作为军旅作家，武立金先生在本书中还回答了作家应该写什么的问题：

我对志愿军老前辈很有感情，在我的亲属中、乡亲中和我所在部队的首长中有很多志愿军老战士，我想用手中的笔弘扬他们为抗美援朝、保家卫国而舍生忘死的爱国主义精神和国际主义精神，告慰长眠于异国他乡的数以万计的中华儿女。

这部《老兵日记》，在故事之外，也带给读者和作家双重的思考：如何做人，如何为文？

他给普通人的启示是，为人朴素低调，总是看别人长处，自己短处：

因为在我身边资历比我老的、学历比我高的、能力比我强的、功劳比我大的人有的是。

我的毛笔字还是小学水平，根本算不上书法，其实我也不懂书法。再说，今天来的都是书画名家，我岂敢班门弄斧。

他给党员干部的启示是：

从递交入党申请书的那一刻起，我就从一个被信仰影响的人变成了带着信仰朝前走的人。

入党是一个荣誉，更是一份责任。誓言不是用来说的，而是要脚踏实地地去做。

出国在外，斗争环境更为复杂严峻，务必提高警惕，以确保人身和机密的绝对安全。

每一个人都是在自己造就自己，自己提拔自己，自己写自己的历史。

戎装肩头，看得见武立金大校的肩章金光闪闪；《老兵日记》，读得出武立金先生语言如金人品如金。

是为序。

2023 年 2 月 15 日于天津

（陈丽伟，中国作协会员，天津作协副主席，高级编辑）

目录

3

初上从军路

我祖父当过兵，我父亲当过兵。我也想子承父业当兵去，只是离征兵的法定年龄还差一岁，眼睛里又有沙子（沙眼），体质也不够强健，因此有想法没办法，可望不可即。

这年冬天，县里下达了征兵任务，生产队长要我带领村里几个适龄青年去验兵，我作为领头人不得不领个头。经过目测、体检、筛选，结果大出意外，他们都被淘汰了，我却光荣入伍。

在戴上大红花、坐上大马车去县城集合时，我眼含泪花形同"壮士一去不复还"似的离开了这个自己生于斯养于斯的穷村庄。父老乡亲对我这个可怜孩子都抱以厚望，就像鲤鱼跳龙门一样，希望我能在部队有所发展。我也有此梦想，企望穿上"四个兜"。当然这并非不爱我的家乡，狗不嫌家贫，何况人乎！

坐了两天两夜的火车，又徒步行军两天一夜，我们来到大青山上的一个小山村。正在执行战备任务的部队都疏散在老乡家里，我被分到步兵连的一个尖刀班。这个村子和我的家乡一样贫穷落后：点灯靠油，交通靠走，通信靠吼。尤其到了晚上，不但风高月黑，还能听到野兽的嚎叫。老兵吓唬我们说山对面就是苏修，还说这里阶级敌人很多，夜间经常有特务发射信号弹，要我们提高警惕，准备打仗。

不错，这年春天中苏边境珍宝岛就发生了一场战斗，苏军在飞机大炮的掩护下，出动大批坦克、装甲车进攻我边防部队。为了维护国家尊严和领土安全，我军奋起反击，经过半个多月的激战，最终击退了来犯之敌，取得了胜利。现在听老兵如此一说，有的新兵便面带惧色。

在珍宝岛战斗中，我军涌现出很多可歌可泣的英雄，他们不怕牺牲，勇往直前，孙玉国就是其中的著名代表。我对大街上张贴的孙玉国、杨林、于庆阳等人的画像非常崇拜，因为他们是国家的英雄，民族的脊梁，更是军人的楷模，如果我们对面真的有苏军进犯，我也会像他们那样英勇无畏地和敌人血战到底。

但我平时爱读书，略通历史和地理，知道连队的驻地在内蒙古与河北省的交界处，离中苏边境还远着呢！只是为了尊重那位老兵，不好当面点破他的诳言戏语而已。

冬天的大青山冰封雪裹，冷入骨髓。白天出操，白毛风吹在脸上像刀子割的一样疼；夜晚站岗，哨兵像白胡子老头眉毛胡须都挂上一层冰屑。这样的恶劣气候，对战士也是一种锻炼和考验。我认为，面对艰苦的环境，一要学会坚强，二要学会坚持，甚至要敢于挑战极限。再说，从小就经受过大苦大悲的我，还怕眼前这点困难吗？人生如棋，我愿做一个无名小卒，进步虽慢，可绝不能后退一步。

春训开始了，连里召开动员大会，每个班都要表决心发誓言。班长把写决心书的任务交给我了，并像下达作战命令一样严肃加严厉地说，我们班不但训练要取得最好成绩，决心书也要写得最好。为此，班长特批我免出操，免出哨，免出任务，集中时间和精力写好决心书。

尽管我上学时作文不错，却从来没有写过决心书。现在是既没有写作经验又没有参考资料，更没有参加过表决心的大会，真是赶鸭子上架——强人所难。然而，我知道这是入伍以来领导交给我的第一个任务，必须完成好。遇到困难，强者会百折不挠，想方设法克服它；弱者则退避三舍，找出各种理由放弃。我不能当懦夫，要和困难作斗争，而且还要冲在前面，就像毛主席在《愚公移山》那篇文章中说的那样："下定决心，不怕牺牲，排除万难，去争取胜利。"

熄灯号吹响以后，班里的战友们很快酣然入梦，唯独我反侧难眠。下半夜出去方便，发现下雪了，足有五公分厚。反正是睡不着了，不如为大家做点好事，当一把无名"英雄"。于是我找到扫帚和铁锹，便悄悄地扫起雪来。院子里的积雪清理完了，我有点疲劳，往滚热的土炕上一躺，在战友们如雷的鼾声中进入了梦乡。

决心书一般是为了鞭策自己，鼓舞别人，创造一种团结协调的气氛，以便更好地完成任务，实现目标。明确了决心书的意义，思路渐清，通过冥思苦想，加之反复修改，决心书终于写出来了。在动员大会上，我们班的决心书如班长所愿受到了指导员的表扬，同时我的扫雪行为被班长发现，也提出了表扬。

今天上午，班长拉长了他那本来就长的"苦瓜脸"，皱着眉头通知我去连部报到。我问为什么？他说连长发现你是个"秀才"，调你去当通信员，协助文书写点东西……

军帽咏叹录

春天的大青山，依然冰天雪地，寒气凛凛。一直到夏季来临才冰释河开，方见绿意。眼看着天气越来越暖和，我们身上的冬装也穿不住了。就在这时，司务长赶着毛驴车，从团部拉来了夏装。

由于部队驻防在长城以外，我们入伍时穿戴的是皮帽子、皮大衣、皮棉鞋，俗称"三皮"。这一年新兵发的是小帆布军装，不但坚硬粗糙，而且难洗涤易掉色。后来部队由军事训练改为战备施工，老兵戏称我们穿的是工作服。看着老兵身上的卡其布军装平整精细，我们都掰着手指盼望早点儿换装。

今天上午，我们在焦急的等待中终于接到了发放新装的喜讯。这次发的是 65 式夏装，简洁、朴素、实用，突出老红军的传统，强调官兵一致，而且更加整齐划一。特别是红五星、红领章，鲜艳而简明，不加任何修饰，最具我军特色，深受广大指战员和全国人民喜爱。

65 式军装与 55 式军装的主要区别：一是简化了品种，取消了大檐帽、无檐帽、裙服、毛料服、武装带、长筒靴等，又改回不分常服、礼服的单一系列；二是缩小了差别，干部、战士一律穿"三点红"布料绿军装，淡化了等级观念。

我发了一顶单帽，一套夏装，一双胶鞋。帽子为圆顶，帽檐上有

"M"形匝线。上衣为立翻领，衣襟上有五粒光面胶木扣。衣袋为内挖袋，袋扣露于袋盖之上。裤子为前开口，裤袋为两个侧挖袋，裤扣为四眼胶木扣。鞋子是黄帆布做的，鞋底为胶质。

我把领到的所有东西都摆放在炕上，然后一件一件地欣赏试穿。当我拿着新军帽时，突然想起了三年前毛主席发出"全国人民学习解放军"的号召，红卫兵大多都戴绿军帽、穿绿军装、扎绿腰带、蹬绿军鞋。一时之间，穿一身绿军装成为革命的标志。于是学习和模仿解放军便成为一种时尚，在全国流行了很长时间。

那时候的小伙子追求一套军装、一顶军帽不亚于追求一位心仪的姑娘，有的人做梦都在想，有的人天天在盼望，有的人到处去寻找，有的人设法去仿造，有的人干脆见戴军帽的就抢，甚至有飞车党一掠而去。抢军帽虽然法律不允许，但有些人的军帽就是这么得来的。直到后来"中央文革"针对越来越严重的"抢军帽"问题专门下发了一个文件："抢军帽严判"，这股全国性的"抢军帽"之风才被压了下去。

那时，我父亲在公安系统工作，他们的警服实际上就是军装。他看到我非常喜爱军装，就送给我他穿过的一套旧军装和一顶旧军帽。一个寒冷的冬夜，我裹着被子在油灯下看《铁道游击队》，由于看得太投入，我的军帽被灯火点着了还不知道。直到感觉头皮疼痛，又闻到焦煳味，这才发现帽子被烧了。我放下手里的书赶紧扑火，结果还是被烧掉半拉帽子。军帽戴不了啦，那是我的心爱之物啊，我心疼极了。

现在，我戴上缀着红五星的新军帽，帽檐不长不短，帽墙不深不浅，感觉很合适，很威武，很自豪。看着镜子里的我，心想，如果戴上新军帽穿上新军装去照张相，"一颗红星头上戴，革命红旗挂两边"，一定很精神。正当我美不自禁地遐思时，突然有人拍我的肩膀说真帅气。我回头一看，原来是一个绰号叫"大张"的老兵。

大张把我拉到一个僻静处，压低声音说能不能把我的新军帽借给他用一下。我问为什么？他说过两天他要回家结婚，新郎官戴着旧帽子有点不吉利，想用他的旧军帽换我的新军帽。我毫不犹豫地说没问题，小弟坚决支持大哥娶媳妇！我知道大张是多年的老兵，离复员的时间不远了，因此想学一学"孔融让梨"，以成人之美。他还说不白戴我的帽子，归队时他会送给我几个鸡蛋吃。我惊异地问，你们是先育后婚呀？他笑着说你这秃小子想到哪儿去了，不是生孩子散给客人的红鸡蛋，是鸡刚下的白皮鸡蛋。我说鸡蛋就免了，就算我送给你们的结婚礼物吧！

于是，我那刚刚到手的第一顶单军帽就这样与我的战友交换了。然而我并不心疼，而且心甘情愿，因为我为战友做了一件很有意义的好事。

入党感言

今天是我人生的转折点，是我终生难忘的日子。我和我的战友站在鲜红的党旗下举起右手庄严宣誓，一字一句如铁锤敲山，似钢镰斩棘。从此，我就是一名正式的中国共产党党员了。

中国共产党是无产阶级的先锋队，是全心全意为人民服务的不谋任何私利的政党，是敢于和善于领导人民百折不挠地与敌人作斗争的政党。几十年来，中华民族反抗奴役、反抗压迫、争取独立的历史，就是中国共产党的奋斗史、革命史和光荣史，没有共产党就没有新中国。

在我很小的时候，就听祖父和父亲说，没有共产党就没有我们一家，教导我一定要听毛主席的话，跟共产党走。学生时代，方志敏、江姐、黄继光、雷锋、焦裕禄……这一串串闪光的名字给了我很大的启迪和教育，我发现他们都有一个共同的名字——共产党员，他们在最危急关头经常说这样一句话——共产党员跟我上。他们的一言一行感动了我，激励了我，从而确立了我要向他们学习，并成为他们当中一员的决心，我一直把能参加这样一个伟大的党作为人生的奋斗目标。

我在上小学时读过《红岩》，最令我钦佩的人莫过于书中的江雪琴了。在斗争前线，江姐得知丈夫不幸牺牲，但她并没有因此恐惧和气馁，而是忍住泪水，化悲痛为斗志，毅然决然接替了丈夫的重任。几个月后，因叛徒出卖，江姐也被捕入狱，特务对她施以酷刑，甚至将竹签插进她的十指。她仍然是那么沉着冷静，那么英勇顽强，并且说毒刑拷打是太小的考验，竹签子是竹子做的，共产党员的意志是钢铁铸成的。

是什么力量使江姐那样英勇无畏，宁死不屈？是一个真正的共产党员所具有的政治信仰。正如马克思所说：如果我们选择了最能为人类福利而劳动的职业，那么，我们就不会为它的重负所压倒，因为这是为全人类所做的牺牲，那时我们感到的将不是一点点自私而可怜的欢乐，我们的幸福将属于千万人，我们的事业并不是显赫一时，但将永远存在！

从递交入党申请书的那一刻起，我就从一个被信仰影响的人变成了带着信仰朝前走的人。我清楚地意识到入党的道路充满艰辛，但只要入党动机纯洁，目标明确，就一定能够达到目的。我有一颗向党组织靠拢的赤心，有一股积极进取的热情，就算再苦再难也不会动摇我的意志。

此时我想起了入党前组织委员找我谈话的情景，他语重心长地说，现在你要入党了，这是对你过去表现的肯定。一般来说，跨进这个门槛也许并不难，但是当你的脚跨过来以后，要求你终生保持向前走不后退，恐怕就不那么容易了。同时你要时刻记住，你是一名共产党员，别人看你也不再是过去的你，你在群众面前代表的是党的形象。入党的誓言虽然只有几句话，但那是你一生的承诺。

在支部大会上，我的心情很兴奋，也很紧张。兴奋，是因为经过一年多努力，即将实现自己的愿望，成为我们这一批新兵中的第一个党员，无疑是我人生中十分幸福、十分光荣、十分自豪的一件大事；紧张，是因为从此我要做得比以前比别人更加努力、更加出色、更加完美。

在会上发言的时候，我百感交集，虽然面对的都是熟悉的面孔，彼此朝夕相处，可是我深知他们都是以党员的眼光看着我，我担心自己做得还不够好，担心离党员的标准差距太大，担心得不到党组织的认可。不过，不管是同意我入党的还是不同意我入党的，我都应该感谢他们，因为同意我入党的是对我的鼓励，不同意我入党的是对我的鞭策。

支部大会最终还是通过了我的入党申请，战友们给了我很大的支持和鼓励，令我热泪盈眶。要成为一个名副其实的共产党员，我深知还需要不断地学习提高，尤其是政治理论学习，只有深刻理解党的纲领才能明确前进的方向，才能不辜负党支部的希望，才能更好地为人民服务，才能为我们党的事业做出更大贡献。

"雄关漫道真如铁，而今迈步从头越。"新的起点，新的期望，新的要求。入党是一个荣誉，更是一份责任。誓言不是用来说的，而是要脚踏实地地去做。我将以此宣誓为动力，用实际行动来践行我的誓言，争取做一名合格的共产党员。

初入军校生活

初进外语学院，恍若来到了外国，可谓洋话充耳，洋字盈目，洋风扑面。校园的东部叫"东半球"，是英语和日语的教学区；西部叫"西半球"，是俄语、法语等语种的教学区。在校园中央的大操场上，经常能看到一些学生在咿里哇啦地朗读课文。

今天是星期日，老师回家团聚了，学生出去逛街了，校园里显得十分安静。我也喜欢旅游，只是来到一个新环境，面临一个新任务，精神压力大，没有心情游山玩水。

由于刚刚入学，功课不多，我在"东半球"散步时发现操场上有两个学生在交谈，便走过去搭言问好，然后就像老朋友一样天南海北地聊了起来。

经过互致问候，始知这两位同学都是日语系的，一个是今年的新生，长得黑矮粗壮，像个相声演员；一个是二年级学长，长得细高白净，有一点书生气。被学长称为胖墩的新生操着地道的东北话说，他被分到日语系非常高兴，因为他的家乡很多老人都会说日语，耳濡目染，他也能说几句。

听胖墩如此说，那位学长就请胖墩讲几句，看看他的日语水平怎么样。胖墩也不客气，咳嗽一声清清嗓子，便用含混而又铿锵的语调滔滔不绝地讲了起来，就像电影里的日本鬼子讲话一样。

我拍手叫好，学长却皱起眉头问："你讲的是什么意思？我怎么一句也没听懂！"

"没听懂？没听懂就对了！"胖墩红着脸说，"我哪会说什么日语呀！我是模仿日语的腔调在朗读元代马致远的一首诗，名叫《天净沙·秋思》。"

"你别说，还真有点像日语！"学长忙问，"你把这首诗再慢慢地给我读一遍好吗？"

于是胖墩用不太标准的普通话一字一顿地读道：

枯藤老树昏鸦，
小桥流水人家，
古道西风瘦马。
夕阳西下，
断肠人在天涯。

学长听完，哈哈大笑起来，连声说："有点意思，有点意思……"

见学长开心，胖墩又开起了玩笑："我还会说朝鲜语呢？"

"快说，快说，说给我们听听！"我和学长催促道。

胖墩挺起胸脯，憋了一口气，然后语速极快地说："前轱辘不转后轱辘转，后轱辘不转前轱辘转，前后轱辘都不转，德斯米达！"

我们又被逗得一阵大笑。

进入外语学院之前，我没有一点外语基础，除了在连队学了"缴枪不杀"等几句俄语外，不但没有接触过任何洋话，甚至连我们的普通话也讲不好。于是我想利用这个机会，向学长请教一下怎样才能学好外语。

学长笑着说："其实，你早就会讲一些外语了，比如'摩托''坦克''模特''麦克风''巧克力'等等，这不都是英语嘛！"

"对呀！这些都是外来语，其实就是外语。"恍然大悟后我现学现卖，

"听说，英语有些词汇和汉语的音和意也非常接近，如：'地主'是 land-lord（懒得劳动）、'经济'是 economy（依靠农民）、'救护车'是 ambu-lance（俺不能死）、'脾气'是 temper（太泼辣）、'雄心'是 ambition（俺必胜）等。"

"看起来你已经进入情况啦！"学长笑着说，"关于如何学好外语，可能很多人都感到头疼。其实学外语，并不是你想象的那么难。"

胖墩一本正经地插嘴道："我也认为学习外语没有什么难的，要不我们家乡那些没有文化的老人怎么都能学会一些日语呢？他们不但会说日语，有的还会说朝鲜语、俄语。"

我试探着讲了自己的看法："日语可能比英语好学一些，因为日文里有很多汉字……"

学长打断我的话说："学日语和学英语都一样，虽然不很难，但也不是那么容易。毛主席说在战略上要藐视敌人，在战术上要重视敌人。作为初学者，我认为首先要藐视这门外语，确立战胜它的信心，不要被它吓倒。语言就像木匠手中的锛凿斧锯，只是个工具，我们是在学习怎样使用一种工具，别把它想得多难多神秘。我们可以回忆一下，小的时候学习母语觉得难吗？"

见我和胖墩频频摇头，学长继续说："当然，除了勤学苦练之外还要有点耐心，有点韧劲，别学了三个月就急着想和外国人交流。要记住，我们不也是到了四五岁说话才比较完整通顺的吗？小时候每天都泡在母语里还得学习几年，何况成年人呢，又缺乏语言环境。不过我相信，只要树立信心，不怕困难，就一定能学好外语！"

我握住学长的手连声说："讲得好，有道理。谢谢，谢谢……"

听君一席话，胜读十年书。这位学长虽然比我们只早学了一年，看来他是个有心人。尽管我学的是英语，但他的经验对我来说仍然很宝贵，很实用，值得我认真思考，好好学习。他的话不仅使我学习外语提高了信心，而且也为我学好外语提供了方法。

惊闻枪杀案

晚上，在路灯的辉映下，昆明大街有几分阴柔之美。我和老李去昆明军区政委周兴处呈送一份北京发来的绝密电报，给我们开车的是一位侯姓老师傅。他为人热情诚恳，工作兢兢业业，只是左腿有点跛，却不影响驾驶。

由于调到昆明工作才一个多月，我对云南省军地两方面的情况都不熟悉。在路上我不解地问老李，周兴作为昆明军区政委，为什么不在军区大院办公？老李说周兴是云南省委第一书记兼昆明军区政委，自他的前任谭甫仁政委两年前被枪杀后，他就很少去军区大院，可能感觉到那里不吉利或不太安全吧！

谭甫仁，1910 年生于广东仁化。1927 年参加南昌起义，曾任红十五军团七十八师政治部主任。参加过长征。抗战期间担任过冀鲁豫军区副司令员。解放战争时期任东野七纵副政委。新中国成立后任十五兵团军政委、广西军区副政委兼政治部主任、武汉军区第二政委、工程兵政委、昆明军区政委。1955 年授中将衔。

听老李如此说，突然想到前两天我和通信员小卢去昆明军区大院办事时，发现那里异乎寻常地戒备森严。

"枪杀？"我虽然是一个敢于冲锋陷阵的战士，对老李所说的"枪杀"

两个字仍然感到不寒而栗。可能是昆明军区枪杀案还处于保密状态，我还是第一次听说这件事。于是又问老李，谭政委是怎么遇害的？

老李叹口气说，两年前的一个凌晨，昆明军区大院里接连传出几声枪响。原来谭政委被凶手枪杀了，身上中了三颗子弹：颈部、肩胛部和胸部各一颗，其中胸部一弹从心脏旁穿透，谭政委于当天中午去世。

我大吃一惊，忙问：这是谁干的？是阶级敌人？还是美蒋特务？

据说凶手是昆明军区政治部保卫部姓王的副科长，他在解放战争时期曾参加过"还乡团"，对他的家乡反攻倒算时杀死了村武委会主任。后来他逃往外地参加了解放军，改了名字。1970年初，家乡告发他有历史问题，因而被送到俘管所隔离审查。王怀恨在心，仇视党和组织，决心鱼死网破。

我插话：这不是阶级报复吗？

老李接着说，凶手作为保卫部的副科长，对于军区内部的情况包括首长的工作、生活情况以及活动规律，均了如指掌。再者，凶手兼任过多年的枪械保管员。所以，这个隐藏在昆明军区心脏里的杀人狂魔，毫不费事地从保卫部偷出了两支手枪，而且又轻而易举地混进了谭政委壁垒森严的住宅。

那天晚上，谭政委正巧没有住在自己屋里，是夫人闻声起床开的门。凶手用手枪指着谭夫人问谭甫仁在什么地方？谭夫人感觉不对头，就说不知道。

凶手搜遍了屋子，见谭甫仁确实不在，于是开枪把谭夫人击毙。

当时谭政委住在旁边另一间屋里，听见枪声，便往外跑，直奔附属平房敲打警卫员的房门，但警卫员的门紧闭不开。

我不解地问：警卫员为什么不开门？莫非年轻人睡得太死？

老李苦笑道，谭政委有两个警卫员，其中一个警卫员听见枪响吓得全身发抖，不敢出来。另一个警卫员则做了非常荒唐的事情：当时他正和一个比他大30岁的保姆在一间屋里姘居。房门"砰砰"山响，他以为有人捉奸呢！那年月通奸的事罪名可大了，他不敢开门。

总之，一切条件都为凶手准备停当。窄窄的小天井里，谭政委已无处可躲，凶手非常从容地对将军进行了射击。

后来，经严密追查，凶手自知逃脱无望，便将枪口对准太阳穴，扣动扳机，把最后一粒子弹留给了自己。事后验证，凶手自杀所用之手枪，正是保卫部被盗的两支手枪中的一支。

我望着车窗外若明若暗的昆明夜景，心有余悸而又觉得不可思议。在久不见硝烟的和平年代，又是在戒备森严的军区大院，怎么会发生这样的事呢?!

寻访阿诗玛

今天是国际劳动节，机关安排干部及其家属游览路南石林。我早就听说过这个闻名世界的自然景观了，只是无缘相识，所以一路上兴奋不已。

从春城昆明乘坐汽车，沿着风景如画的乡间公路向东南行驶 120 公里，便到达了阿诗玛的故乡——路南石林。

路南石林是我国最为壮观的著名风景区，被誉为"天下第一奇观"。《大元混·方舆胜览》载："石笋森密，周匝十余里，大者高百仞，参差不齐，望之如林"，故名石林。因在路南彝族自治县境内，又称路南石林。

据地质学家分析，路南石林约形成于 3 亿年前的古生代。由于开发时间较晚，明清以后始成今日之瑰丽奇景。因此，赵朴初在一首《石林》诗中写道："高山为谷谷为陵，三亿年前海底行，可惜前人文罕记，石林异境晚知名。"林区主要包括大石林、小石林、外石林、下石林等景点，面积约 40 万亩，其中辟为游览区的有 1200 多亩，游览路程 5 公里。

进入林区，但见怪石嶙峋，奇峰耸峙，千姿百态，神秘莫测。我被这世间罕见的大自然景观所陶醉，恍若进入电影《阿诗玛》的剧情之中。

沿石林湖畔南行，转过几道弯，绕过"石屏风"，在一片连绵起伏的石峰中可以看到刻于峰腰之间由当年云南省政府主席龙云题写的"石林"两个隶书大字。

在龙云题写的"石林"两字左侧，石柱上竖排摩刻着"天下弟一奇观"六字，初看以为"弟"是错别字，其实来源于一段典故。

1935年5月，蒋介石视察云南，并参观了石林景区，惊叹其名不虚传，当地官员请其题字，蒋介石原本想写"天下第一奇观"。当提起笔时，他突然想起家乡溪口，因其一直视家乡风景为天下第一，于是就把石林题字中的"第"字，写成了"弟"字。

我按照游览路线，在峭壁奇峰之间攀石而上，直奔望峰亭，去领略大石林森严雄伟的气势。位于石林最高处的望峰亭是一座重檐飞脊的八角建筑，凌架于犬齿狼牙的石峰之上。居高远眺，层层石峰，连绵起伏，宛如林海，人和凉亭像一叶扁舟，航行于万顷碧波之中。从望峰亭下行，曲径通幽，峰回路转，别有洞天。一路可见千姿百态的各种奇峰异石，如"凤凰梳翅""双鸟戏游""少女骑驼""书生赶考"等岩石造型，无不惟妙惟肖，栩栩如生，令人叹为观止。

越往里走，景色越美。我提心吊胆地从两壁之间夹着的一块危若欲坠的岩石下面穿越而过，此景点名曰"千钧一发"，然后进入"刀山火海"，并英勇无畏地在那里照了一张相。之后来到一个叫作"且住为佳"的岩溶石洞小住片刻，只见门口有石凳、石桌，洞内有石床、石枕，犹如一间精巧的房舍。仰卧小憩，可见洞顶有蓝天一线。

走出石室，忽见一泓碧波深潭，石径成桥，在水中曲折行进。凭栏望池，有一长石如剑，笔立水中，名曰"剑峰"。剑峰两侧各有一洞，相传撒尼青年阿黑在此寻找妹妹阿诗玛时，为石壁所阻，情急之下，他左拳打通一个窗，右脚踢出一道门，至今可见窗如拳头，门似脚掌。

在东转西游之后，我来到小石林。其间有数十亩草坪，点缀着绚丽多彩的花朵，红的如火、白的如雪、黄的如金，风吹枝摇，像一个个小姑娘在喜笑颜开，尚未开放的花蕾，又像一个个害羞的小姑娘。附近还有一种野果叫火把果，因为它长出来的时候满树都是红色，如同一把火一样。传说这里是阿诗玛与兄弟姐妹欢歌醉舞的地方，每年阴历六月二十四日，当地撒尼人都要来此举行火把节。他们白天在此比武争雄，夜晚燃起篝火纵情狂欢，通宵达旦，热闹非常。

小石林地势开阔，在此欣赏岩石造型可以远望近观，一览无余。这里的石峰、石壁平地而起，多为孤峰高耸，有的像文人武士，有的如农妇村姑，比较著名的岩石造型有"护林将军""石佛相向""唐僧玄奘""爷孙闲坐""夫妻相望"等。真是一石一景，移步换貌，美不胜睹。

在小石林的东侧，我看到有一块高约20米的岩石耸立于金鱼池畔。巨岩酷似头戴彩帽、身背竹篓的撒尼少女，含情脉脉地注视着远方。这块奇特的巨岩，就是令人神往的阿诗玛石像。

相传很久以前，撒尼姑娘阿诗玛被财主热布巴拉抢占为媳，哥哥阿黑前来搭救，历经千辛万苦，终于逃出虎穴。当兄妹俩高高兴兴地来到此地时，热布巴拉勾结崖神变出滔滔洪水，淹死了阿诗玛。阿黑到处呼唤妹妹，但阿诗玛再也回不来了，人们看到的是"天生老石崖，石崖天样大，天空放光彩，石崖映彩霞"。

《阿诗玛》是撒尼人（彝族的一支）一部优美的叙事长诗，这个动人的故事被拍成了电影，阿诗玛石像是影片中的一个镜头。因此，慕名前来参观的游客络绎不绝。我穿上漂亮的撒尼服装，在阿诗玛的家乡与"阿诗玛"合影留念。

青春靓丽而坚贞不屈的阿诗玛，你的形象在石林里永驻，你的歌声在石林里回荡：

日灭我不灭，
云散我不歇。
我的灵魂永不散，
我的声音永不灭。

巧遇"胡汉三"

今天不是我值班，可以放松一下，听说资料室下午放映内部电影，吃完午饭我就直奔放映室。

看电影的人不多，只有十来位，而且都是生面孔。坐在我旁边的一个老同志似曾相识，身体胖胖的，脸膛黑黑的，眼神凶凶的。我仔细一瞧，原来他是电影院正在上映的《闪闪的红星》里"胡汉三"的扮演者刘江。不过他今天穿的是解放军的军装，戴的是红五星的军帽，正襟危坐，就像一位很有风度的老首长。

我对这位既熟悉又陌生的老同志肃然起敬，于是以谦恭的口吻问您是刘江演员吗？他像电影里的"胡汉三"那样皮笑肉不笑地点了点头。就在这时电影开始放映了，可是我的脑海里一直浮现着胡汉三凶神恶煞的形象，耳畔仿佛响起"我胡汉三又回来了"的咆哮。

刘江，原籍辽宁辽阳，1925 年生于哈尔滨。他很早就到社会上谋生，曾当过学徒，做过邮差。刘江从小就喜欢文艺，对电影、戏剧的兴趣尤其浓厚，16 岁时参加了哈尔滨北斗业余实验剧团。1946 年参加了松江军区政治部文艺工作团，1952 年由野战军独立第二师文艺工作队调到中南军区部队艺术剧院（即现在的广州部队话剧团），1958 年调到八一电影制片厂，开始了电影演员生涯。

刘江参加过《海鹰》《回民支队》《赤峰号》《突破乌江》《鄂尔多斯风暴》《苦菜花》《地道战》《闪闪的红星》等影片的拍摄，成功地塑造了一系列具有鲜明个性的反面人物形象，成为中国影坛上以善于扮演反面人物著称的电影演员之一。他与陈强、方化、陈述、葛存壮并称为影坛上"五大坏蛋"，给观众留下的"坏人"形象经久不衰。

1963年初，总参指定八一厂拍摄一部民兵革命传统教育片《地道战》。当时，八一厂有"男看王心刚，女看王晓棠"之说，很多演惯了故事片的演员都不愿接演，更不用说其中的反面角色了。导演找到刘江问："在影片中有一个地痞汉奸汤炳贵的角色，你愿不愿意演？"刘江回答得很干脆："好，我演！"

"人贵有自知之明，我父母没把我造成漂亮小伙。作为演员谁不想演个好角色呀？演一个叫人羡慕的、尊崇的英雄人物啊？但在这方面我天生不具备条件，我过早就发胖，出来个将军肚，哪有那么胖胖的人演一号英雄人物的？"忆及往事，刘江自我调侃道。

正是这部从无数故事片中异军突起的军教片，让八一厂着实跟着火了一把。《地道战》赢得了中国人的厚爱和追捧，十多年长映不衰，在国内外拷贝发行近千部，观众超过10亿人次，成为世界上观看人数最多的影片。由《地道战》中的经典台词所构建的特殊语境，至今还广为流传，特别是他演绎的汤司令那一句"高，实在是高"，已经融汇到当代汉语口语的经典语句中了。

1972年10月，中央文化组在京召开"拍摄革命样板戏影片座谈会"。会上，某位国家领导人说了一句"我向你们呼吁，给孩子们拍些电影吧"，于是就有了家喻户晓的儿童故事片《闪闪的红星》。刘江在这部电影里扮演胡汉三时，调动了与这一形象有关的大量生活积累，特别是把他在东北拉锯战地区耳闻目睹的还乡团反攻倒算、烧杀抢掠的暴行，以及在广西剿匪时抓到的一个用人心泡酒喝的恶霸地主兼土匪的形象，作为塑造人物的依据。从而，使胡汉三这个复辟狂的形象跃然银幕，给人们留下了极为深刻的印象。

据八一厂的朋友说，刘江很庆幸自己能有这么一个机会，让他做了一辈子演员，他从来没有改过行，这也是他最知足的一点。人不可貌相，海水不可斗量。作为观看过多部刘江出演的电影的观众，我知道银幕上的刘江令人憎恨，而生活中的刘江未必是那样。正如刘江的夫人所说，他演了一辈子坏蛋，生活里是个大好人。刘江自己也说，我们反派演员在生活中更要洁身自好，因此他是一个正派善良的人，没听说他有什么绯闻。

电影结束了，大家从座位上站了起来。我急忙握住刘江的大手，向这位专演坏蛋而不是坏蛋的好人致敬，同时感觉到他也在用力地握着我的手，其面部微笑也是真诚的。虽然我们相聚的时间很短，而且也没有什么语言交流，但是我很珍惜与刘江的这次相遇，这一刻定会永远留存在我的记忆之中。

出国第一天

挂着中华人民共和国国徽的国际列车在东北原野上飞驰了一夜，于今天早晨到达边境城市丹东。很快就要出国了，这是我第一次走出国门，心情非常激动。

随着汽笛一声长鸣，开往平壤的国际列车启动了，很快跨上鸭绿江大桥。我坐在车厢里两眼盯着窗外，只见西边的那座公路桥被炸断了，朝鲜一方的桥面被齐斩斩地炸掉，只剩下几个光秃秃的桥墩子。这就是朝鲜战争的历史见证！这座 1909 年动工修建，长达 944.2 米的大铁桥，是 51 万名中朝民工耗时两年的劳动结晶，却毁于美国飞机的一次大轰炸。在那场轰炸中，美军飞机还向朝鲜大榆洞投下大量的汽油弹，志愿军司令部遭到严重破坏，毛主席的长子毛岸英就是在那次轰炸中牺牲的。

过了中朝界河鸭绿江，就到了朝鲜的边境城市新义州。这里是平安北道的首府，也是京义铁路的北方终点站。由于我是前往朝鲜军事停战委员会中国人民志愿军代表团开城联络处工作的，穿的又是佩戴"中国人民志愿军"标志的军装，因此过关比较顺利，朝方边检人员给我敬了个礼，只验了一下护照和黄皮书就放行了。

大约下午三点，我到了久闻其名的平壤车站。接站的司机非常热情，他一边开车一边向我介绍大街两侧的景点。我透过车窗，发现平壤不愧是一个大都市，这里的高楼大厦很多，完全看不到《三国志》里描述的"居处作草居土室，形如冢"的传统民居。眼前的楼房和树木在白雪的映衬下，显得更加素美俏丽。大街上行人很少，大多都以步行为主。马路上秩序井然，偶尔能看到身穿蓝制服的女交警。

中国大使馆坐落在平壤市牡丹峰区凯旋门大街长村洞，大门有朝鲜士兵守卫。据说这个使馆是战后志愿军建造的，主要建筑物有主楼和几栋附属楼，建筑庄重、大方、实用。庭院错落有致，前有花园，后有假山，还有室外游泳池和防空洞，整体设计体现了中国传统的建筑风格。

到了使馆，我拜见了李大使、铁武官和几个参赞。可能我是当时中国驻朝最年轻的一个工作人员，只有22岁，他们都把我当作孩子，时时处处关心我照顾我。

晚饭后，我和做文秘工作的一对夫妇聊天。由于是同行，有共同语言，说话也比较随便，彼此有一见如故之感。他们非常关心国内情况，主要是国内的政治形势，如中央首长有什么讲话，中央又下发了什么文件，政府又出台了什么新政策等，可能他们久离祖国，又被封闭在使馆里的原因。我就我所知道的情况一一做了介绍。我们嗑着瓜子，品着香茗，不知不觉就到了晚上十点。

我临时住在使馆主楼旁边的一个小二楼，靠近使馆的院墙，外面是一条大马路，在楼上可以看到马路上熙熙攘攘的行人，还能听到车来车往的轰鸣声。上了二楼，我掏出钥匙打开房门，不禁大吃一惊，发现里面居然有一个人影，怔神的工夫忽然又消失了。

出国第一天就发生这样的怪事，我的精神极为紧张。是"梁上君子"？知道我刚出国，身上可能带了不少钱？不对，我刚到平壤，他怎么会知道我这个无名小辈呢！是窃密特务？想从我这里搞到机密情报？可是我的行李箱里并没有什么文件。

我赶紧打开灯，关上门，同时做好了搏斗的准备。我仔仔细细检查了窗户、壁橱和床底下，窗户关得好好的，壁橱里都是些日用杂物，床底下什么东西也没有。这就见鬼了，我清清楚楚看见一个人影，怎么就找不到了呢？难道他能破壁穿墙？我头脑发紧，不知如何是好。

这个小楼类似于招待所，平时很少有人住，现在只住我一个人。听说这个房间以前住过一个将军，因心脏病去世。难道他舍不得离开这里，又回来看看了？不可能！草死一把灰，人死如灯灭，共产党人是无神论者，再说天底下根本就没有什么鬼神。

要不然向领导报告，请保卫人员过来搜查一下？不行，深更半夜，这种捕风捉影的事会给领导添麻烦的。想到"捕风捉影"这个词，我灵机一动，马上打开房门，正巧马路上过来一辆汽车，车灯发出的亮光从走廊的窗户射进来，把我的身影实实在在地映到房间里的白墙上，就像放电影一样，身影随着汽车的移动瞬间消失了。

我恍然大悟，原来是马路上汽车惹的祸！虚惊一场，心里犹如一块石头落了地。不过也好，这件事再一次给我敲响了警钟：出国在外，斗争环境更为复杂严峻，务必提高警惕，以确保人身和机密的绝对安全。

异域祭英魂

今天是中国人民祭祀亡灵的日子——清明节。唐代文学家杜牧诗云："清明时节雨纷纷。"然而今天却万里无云，天晴气朗，是一个难得的好天气。我们开城联络处的几位同志和使馆人员一起乘车去平安南道桧仓郡，给那里的中国人民志愿军烈士陵园扫墓。

桧仓郡离平壤市约 100 公里，是一个山清水秀的好地方，中国人民志愿军烈士陵园就坐落在当年志愿军司令部所在地附近 150 米高的山坡上。在抗美援朝战争期间，这里原本是志愿军烈士的简易墓地。1954 年开始兴建志愿军烈士陵园，三年后建成。这是朝鲜几十个志愿军烈士陵园中规模最大的一个，占地面积 9 万平方米。烈士陵园四周群山起伏，苍松翠柏环绕，山下溪水潺潺，花草丛生。陵园大门上用中朝两种文字写着"中国人民志愿军烈士陵园"。

1958 年 2 月，周恩来总理应金日成首相邀请，率中国政府代表团访问了朝鲜民主主义人民共和国。他和金首相亲自选定和审核了在平壤牡丹峰北麓建造友谊塔的设计图纸和建筑模型后，便在纷纷飞雪中专程到桧仓中国人民志愿军烈士陵园敬献花圈，凭吊志愿军烈士。

使馆的车队迎着晨风和朝霞，在崎岖不平的山路上向东行驶。开城联络处苗处长指着窗外不时出现的一个个山洞告诉我，那些都是金矿，当年他在"志司"当参谋，经常在这些山洞里躲避美军的飞机。约两小时后，我们到达了桧仓中国人民志愿军烈士陵园，受到朝鲜人民军中央护卫局副司令池京珠中将和平安南道责任书记郑东益同志以及当地军民的夹道欢迎。

我们从陵园大门登上240级台阶，到达陵园的第一层。首先映入眼帘的是一座中国古典式的三门琉璃牌坊，上方是郭沫若题写的"浩气长存"横匾。牌坊门内迎面挺立着一座绿瓦红柱、彩漆油绘的六角纪念碑亭。亭里的汉白玉纪念碑上刻着"抗美援朝保家卫国烈士永垂不朽"的铭文，亭子的横梁上共有11幅彩绘，画的是朝鲜国际主义战士朴在根，中国国际主义战士罗盛教，中国人民志愿军一级英雄邱少云和特级英雄黄继光、杨根思等人的英雄事迹。

在陵园第二层极为别致的宽阔平坦小广场中央，矗立着一尊底座呈方形，由大理石砌成的高17米的志愿军英雄铜像。石座正面和背面有朝鲜最高人民会议常任委员会和朝鲜内阁起草用朝鲜文镌刻的碑文，正面的碑文写道"在无产阶级国际主义旗帜下用鲜血凝成的朝中人民的友谊万古长青"。

志愿军铜像后有两面巨大的石影壁，壁面浮雕是朝鲜人民积极支援志愿军和志愿军英勇作战的41人群像。从影壁之间的台阶往上走便是志愿军烈士墓地，总共有134名志愿军烈士安息在这里，其中，毛岸英烈士安葬在最前排的正中间。

我们来到志愿军烈士墓地，只见翠柏环绕，繁花似锦，干净整洁，肃穆凝重。烈士墓组成一个整齐的方阵，烈士们头枕青山，面朝祖国（西南的北京方向）。除三个无名烈士外，每个烈士墓前都竖有一块刻着名字的石碑，每个墓旁都栽有一株英姿挺拔得像烈士本人一样的中国东北黑松。

看着一个个墓冢，摸着一块块墓碑，我的眼前恍若出现了黄继光、邱少云、杨根思等英雄的形象，他们为了抗美援朝保家卫国，为了坚持正义维护世界和平，英勇献出了年轻的生命。他们是钢铁战士，他们是民族英雄，他们是祖国脊梁。他们的英勇事迹感动着我，激励着我，作为年轻的志愿军战士，我要向他们学习并传承他们的精神。我情不自禁地举起右手，给他们敬了一个军礼。

上午10时30分，在悲壮的乐曲声中，中朝双方代表向志愿军铜像和毛岸英烈士墓敬献花圈。每逢清明节和志愿军赴朝参战纪念日，朝鲜的工人、农民、士兵和学生都会来此扫墓，告慰英灵。金日成向志愿军烈士献花圈共有二十次左右。朝鲜人民都知道中国人民志愿军的烈士，包括毛泽东之子毛岸英是为了他们的民族解放事业而牺牲的，因此一年四季，年复一年，他们都在精心保护着毛岸英和所有志愿军烈士的陵墓。

祭奠仪式结束后，我来到毛岸英烈士墓前，面向身着志愿军军服的毛岸英遗像深深鞠了三个躬。然后拍照留念，并掏出小本子做笔记：

墓碑：长方形大理石，高约1米，竖刻郭沫若题写的"毛岸英同志之墓"7个大字。

碑文：毛岸英同志原籍湖南省湘潭县韶山冲，是中国人民领袖毛泽东同志的长子，一九五〇年他坚决请求参加中国人民志愿军，于一九五〇年十一月二十五日在抗美援朝战争中英勇牺牲……

遗憾的是，碑文上漏刻了"杨开慧"三个字。据说当时周恩来准备让人重新给毛岸英刻碑，添上毛岸英母亲的名字。毛泽东却说："算了算了，战士们的碑文都已经刻完了，他又怎么能搞特殊待遇呢？"

★ ★ ★

三八线的神秘地道

上午，在板门店召开了由我方建议的第 362 次军事停战委员会。据刚刚从会场回来的翻译说，"美韩"方面在三八线又发现一条地道。"地道"这两个字，对新来乍到的我来说非常敏感，于是放下手头的工作听他神乎其神地娓娓道来。

三八线非军事区两侧，都里三层、外三层修筑了铁丝网，成为一道东方的"柏林墙"，除了鸟儿能自由飞越三八线外，没人能越过这道人间藩篱，否则会引来一阵密集的枪声。然而，谁都没有料到，就在这道戒备森严、无懈可击的三八线地下，却"蛰伏"着好几条长长的地道。

去年 11 月的一个清晨，一支"美韩"联合侦查小分队在三八线附近进行例行巡逻。在任务进行的过程中，一名南朝鲜①士兵因"内急"，独自离队来到一个空旷的地方解决问题。就在这个时候，他觉得自己蹲下的地下有动静，还发现有一股非同寻常的热气从地缝里冒出来。

这个重大发现被逐级上报后，驻南朝鲜美军大吃一惊。其实，南朝鲜军方早就说朝鲜人民军可能在三八线附近挖地道，但傲慢不逊的"山姆大叔"根本不相信，因为三八线两侧几乎都是花岗岩，根本不适合挖掘，可

---

① 本书为日记体，根据本篇日记时间，保留 1992 年中韩建交前，国内对韩国的旧称，下同。

是眼前的事实，无疑打了他们一记响亮的耳光。

"联合国军"司令部立即调来工兵进行探查，结果发现了一条长约3000多米的地道，最深处在地下45米，其中1000米在非军事区内。地道的方向冲着南朝鲜军事重镇议政府，距汉城只有65公里。地道的洞壁是水泥和石板，里面有电灯、电线、轨道和车辆。为了防止积水，整个地道以5度之差北低南高。整条地道的宽度足够每小时运送一个团的兵力和相应的重炮。

为了弄清真相，"美韩"联合调查组便急不可耐地进入地道调查，当他们正在为朝鲜的浩大工程慨叹时，朝军撤退后埋设的诡雷突然爆炸，一名南朝鲜少校和一名美军少校被炸死，另有六人受伤。"联合国军方面"在军事停战委员会的谈判桌上向朝方提出了抗议，而朝方却一问三不知，最后说是挖煤的人干的。

突然发现的地道以及随后发生的爆炸，让驻南朝鲜美军慌了神。在寒冬腊月，南朝鲜军下令一个行动小组冒着零下20多度的严寒，迅速展开普查朝鲜地道的大行动。虽然三八线的地面已经冻成了冰疙瘩，但他们仍然坚持不懈地钻探查找，结果却没有新的发现，只好无功而返。

几个月后，朝鲜原劳动党联络部官员金富成叛逃南方，据他交代曾参加过朝鲜隧道的测绘和挖掘工作，还说他参与施工的地道在非军事区内的一棵大白杨下面。在金富成的指点下，南朝鲜工兵通过现代化装备进行试锥，在每棵白杨树旁边往地下钻孔，然后往里面灌水。经过24天不懈地挖掘，终于在今年3月19日发现了位于铁原的第二条地道。

铁原是朝鲜半岛上江原道的一个郡，也是朝鲜半岛上位置最为复杂的地区之一，位于南北朝鲜军事分界线，至今仍处于分治状态，在朝鲜战争中也是重要的战场之一。这里是南朝鲜前往元山和金刚山的必经之路，也是南朝鲜冬天最冷的地区之一。

这条地道的规模是上一条的两倍，高宽各2米，距地面最深处达160米，总长3.5公里，距离汉城①约100公里，地道建在花岗岩层地下50～

---

① 本书为日记体，根据本篇日记时间，保留2005年之前的韩国首都中文译名，下同。

160 米处。地道内还有用于大规模集结兵力的广场，有 3 个出口，分别用于打常规战和特种战，全副武装的 3 万名士兵可在 1 小时内实施渗透，不仅车辆、大炮，甚至坦克都可以通行。

几天后，南朝鲜军第六师出动侦察兵进入地道搜索，他们忘记了过去的惨痛教训，又一次遭到毁灭证据的爆炸，多名南朝鲜士兵死亡……

那位翻译绘声绘色地讲完了地道事件，对我这个刚刚进入情况的"新手"来说简直就像听天方夜谭。惊愕之余，我对这么一个弱小国家搞出这么一个巨大工程沉思良久，深感不可思议。

停战村板门店

上午，我和一位朝文翻译陪同以王玉太为领队、江振洪和曹继业为副领队的中国人民解放军男女排球队参观板门店。战友在国外相会，显得格外亲切。汽车开出被誉为朝鲜国宝的开城南大门，沿着蜿蜒的乡间小道向东南行驶了约 8 公里，便到了举世闻名的板门店。

板门店地处朝鲜半岛南北交通要冲，旧时为商贸集镇。因当地客栈的门多用床板充之，故称客栈为板门店，后沿用于地名。经过战争的洗劫，这个小镇曾被夷为平地。

1951 年秋天，南北双方联络小组和几十名外国记者来到板门店，美军少校联络官提出搭建一个大帐篷作为停战签字场所，我志愿军联络官说帐篷不行，天气越来越冷，起码也要建造木板房。于是经我驻防开城的志愿军第四一五团夜以继日地赶制，七天后两栋总共 500 平方米的装配式木板房，包括桌椅用具以及室外的停车场如神话般地出现在这片废墟上。10 月 25 日，朝鲜军事停战谈判的会场由开城北郊的来凤庄迁至板门店。从此，这个鲜为人知的弹丸之地便名声大振，被称为没有居民的"停战村"。

板门店属于非军事区内的共同警备区，长 800 米，宽 700 米，停战双方代表在这个区域内举行不定期会晤，以便相互监督执行停战协定的情况。五幢蓝白两色的木屋骑在军事分界线上，交战双方各占两幢，中间的一幢是归中立国监察委员会管辖的军事停战委员会会场。朝鲜在分界线北侧建了一座名叫"统一阁"（原称"板门阁"）的朝鲜式两层楼建筑，南朝鲜则在对面建了一个名为"和平之家"（原称"自由之家"）的西式两层小楼阁，彼此对应，相互监视，并不断通过高音喇叭向对方喊话，进行统战。

我对队员们说，板门店虽然对外开放了，但是来参观的游客必须严格遵守这里的规定，我和队员们一起走进停战委员会会场，告诉他们会场南北两端各有一个侧门，供谈判代表和参观人员出入。会场内横摆着一排谈判桌，双方各有5个座位，桌上有一条向东西延伸的麦克风线，这就是会场内的"军事分界线"。谈判时代表们坐在自己桌子一侧与对方交涉，新闻记者只能站在会场外面通过宽敞的玻璃窗拍摄室内的开会情景。休会期间参观人员在会场里面的活动不受限制，可以跨越分界线进入对方管区，坐上朝中方面或"联合国军"方面首席谈判代表使用过的椅子，感受一下停战谈判的气氛，或与朝鲜士兵拍照留念，但不得走出对方大门，否则就算越境了。

一个队员问我左臂上为什么戴黄袖标，我说这是工作人员的一种标志。对进入非军事区的车辆和游客，停战委员会也有明确规定：由朝鲜进入板门店的车辆，一律要用黑布遮住牌照，并插上红旗，以示无挑衅企图。而从南朝鲜进入板门店之前，参观人员必须签署一份类似生死状的协定，声明在非军事区内若发生任何意外，将自行负责，南朝鲜或联合国军概不承担任何赔偿责任。

站在高大雄伟的统一阁往南俯视，板门店全景尽收眼底。我对身旁的一位队员说，你看在荷枪实弹、虎视眈眈的两方士兵中间有一条高7厘米、宽40厘米的水泥台，这条东西走向的水泥标志就是人们常说的"三八线"。

由地理的北纬38度线衍生为政治性的"三八线"，源自抗日战争胜利后美苏以北纬38度作为南北朝鲜受降区的临时分界线。现在的"三八线"并非完全按照北纬38度线划分，而是依据1953年7月27日停战谈判结束时双方军事态势（两军实际接触线）确定的，东线南方在北纬38度以北占的地方多，西线北方在北纬38度以南占的地方多，板门店就位居北纬38度以南5公里。

有一位队员问到非军事区是什么意思，我说是指为停止敌对行动而在双方武装力量之间建立的缓冲区。根据《停战协定》的规定，双方沿着长达248公里的军事分界线各后撤两公里，两侧用铁丝网封闭，这个约有1000平方公里的区域就是非军事区。未经军事停战委员会特许，任何人员和车辆不得入内。

朝鲜半岛非军事区是全球军事戒备最为森严的缓冲区，规模比当年东西德的"柏林墙"和南北越的"贤良河"要大得多。这里埋下了几百万颗地雷，作为冷战活化石的这个狭长地带，也是世界上最危险、最恐怖的雷场。如今，非军事区内杂草丛生，鸟兽成群，如同一个野生动物自然保护区。

板门店和三八线都是朝鲜战争的产物，它像一条铁腰带紧紧捆绑在朝鲜半岛中部，残忍地割断了三千里锦绣江山和朝鲜同胞的骨肉亲情。历史走过了二十多年，热战早已消弭，而板门店的谈判仍在继续，三八线的壁障依旧峙立。随着时间的推移，我相信，板门店的谈判桌上一定会停止唇枪舌剑，它必将为朝鲜半岛的和平稳定和南北双方的繁荣昌盛发挥新的历史作用。

在朝鲜助民劳动

"十一"国庆假日刚过，苗处长就带着我们去开城十月合作农场帮助朝鲜农民收割水稻。十月份到十月农场劳动，非常有纪念意义。助民劳动对中国军人来说并不是一个新事物，我在国内曾多次参加助民劳动，但在国外助民劳动，这还是第一次，也是唯一的一次。

汽车迎着初升的太阳，沿着乡间小道来到人参村南面的一块稻田。一下车，我们就闻到一阵阵稻香，眼前如同重现《鲜花盛开的村庄》电影画面。水稻黄灿灿的一片，仿佛满地都是金子。秋风拂来，金黄的稻海掀起金色的波浪，稻穗随风摇摆，好像在跟我们打招呼，欢迎客人的到来。

俗话说，三春不如一秋忙，绣女也得出绣房。此时不管是男是女，是老是少，如同救火一般都得下田抢收庄稼。朝鲜的秋收和我国的秋收一样，他们早就把镰刀磨了又磨，试了又试，直到把刀刃磨得锋快，能剃掉腿上的汗毛为止。于是万事备全，只等开镰。

十月合作农场的领导和朝鲜人民军代表团的同志早已等候在田边地头，对我们的到来表示热烈欢迎。他们握住我们的手激动地说：战争年代你们帮助我们打败了美国侵略者，今天你们又来帮助我们收割水稻，我们再一次谢谢志愿军同志，中国人民的深情厚谊，我们永远不会忘记！

苗处长说助民劳动是我军的光荣传统，人民军队来自人民，根植于人民，服务于人民。我们的伟大领袖毛主席说：军民团结如一人，试看天下谁能敌。过去，中国人民志愿军和朝鲜人民军团结奋战，打败了美国侵略军。今天，我们在一起劳动，为中朝两国人民的伟大友谊和战斗团结做出新的贡献……

接着，农场作业班班长发给每人一把镰刀，大家像接过武器一样开始下地收割稻子。不分军民，不分男女，不分老少，大家自动排成一行，又各自为战。只见苗处长左手抓起一把稻子，右手挥舞镰刀，那熟练的动作就像在打太极拳。

年过四十从小就做过农活的苗处长边割稻子边说：割稻子和割麦子一样也有窍门，讲究的是手法与刀法的协调。首先腰得弯下去，或者蹲下来，一手握住稻秆，一手把持镰刀，把镰刀放在稻子根部，用力一拉稻子就割下来了。不过，割稻子比割麦子稍微费点劲。

我出身于农村，小时候虽然没割过水稻，却割过小麦。于是拿着镰刀连蹦带跳地冲进田里，左手握住一把稻子，右手拿着镰刀贴近地皮用力一拉，只听"唰"的一声，稻子就齐斩斩地被割下来了。

人民军代表团的官兵割起稻子来也不含糊，只见他们前腿弓后腿蹬，镰刀发出的唰唰响声如水石相击，声声清脆。一道道阳光在镰刀上闪烁，一缕缕稻子像队伍一样整齐均匀地排在身后。他们割得是那样的快，那样的有力，那样的熟练，并富有韵律美。

割了好一阵，我想挺起身喘口气。忽然头脑轰的一声响，两眼直冒金花，差点儿跌倒在地。我一边拍脑袋一边深有感触地念叨，农民太辛苦了，粮食来得多不易啊！接着顺口朗诵一首古诗：锄禾日当午，汗滴禾下土。谁知盘中餐，粒粒皆辛苦。

在我旁边割稻子的人民军代表团金科长立起身问我：武东木（同志），你刚才念的那首诗是谁写的？我说这是一首七言绝句，诗名叫《悯农》，是唐代诗人李绅写的。遗憾的是这首诗的作者后来做了官尤其是当了宰相以后就忘本变坏了，他不再怜悯农民，成了一个欺压百姓的贪官暴吏。

金科长说，看来武东木不但对中国古典诗词有研究，对中国古代历史也有研究。我说谈不上研究，都是上学时从课本里学来的。平时我也写写诗，只是没写出什么名堂，不过却有一点"诗人"的情怀。他又说这是他第二次听我讲唐诗，受益匪浅。

金科长的这句话，令我想起了上次游览朝鲜著名风景区朴渊瀑布时，他曾指着巨石上的一行狂草汉字问我是什么意思？我看了半天，只认识其中的"是""河""九"三个草书，又是镌刻在瀑布旁边，联想到李白写的七绝《望庐山瀑布》，于是说：这是唐代大诗人李白写的"疑是银河落九天"七个字。

金科长如获至宝激动地说，这几个字困惑我十几年了，每次来这里都研究半天，一直搞不明白是什么字，更不知道它的出处。现在好了，你帮助我解决了一个大难题。于是掏出纸和笔，要我把那首诗给他抄出来。于是我在纸条上写道：日照香炉生紫烟，遥看瀑布挂前川。飞流直下三千尺，疑是银河落九天。

此时，金科长说他对唐诗很感兴趣，只是知道得太少，以后要多向武东木请教。我说请教不敢当，可以互相学习，共同切磋。我们中华传统文化一直讲"耕读传家，诗书继世"，今天我们在秋收中论诗，应该说"耕"和"读"都有了！

真是人多力量大，偌大一块地的稻子很快被割光了。农场为我们准备了午宴，大家带着劳动后的喜悦来到餐厅，相互祝贺，相互道谢，相互敬酒。金科长左手端着斟满黄澄澄人参酒的酒杯，右手向我伸出大拇指说："招思密达（好）！"我向他敬个礼："高麻思密达（谢谢）！"

这个农家便宴十分丰盛，其中有朝鲜久负盛名的一道菜"人参鸡"，它是用当地特产高丽参和家养的公鸡烹制而成，味道十分鲜美，而且营养价值很高，一盘人参鸡很快被吃了个精光。在友好的气氛中，熟人不拘礼，我团的一位同志还把剩下的菜汤倒进自己碗里拌着米饭吃。结果营养过剩，发生了鼻出血。

板门店砍树事件

上午，我们应邀参加了由朝鲜人民军代表团为中国、波兰、捷克、瑞典、瑞士等代表团安排的国庆招待会，酒桌上推杯把盏，谈笑风生，而且有不少朝鲜人手之舞之，足之蹈之，口之歌之，由此可见惊心动魄的板门店砍树事件暂时告一段落。

上月 18 日 10 时，6 名美军与 5 名南朝鲜兵共 11 人来到位于"不归桥"南边的第三号哨所，准备砍伐挡住他们三号哨所与五号哨所之间视线的一棵高 12 米的白杨树。这棵枝繁叶茂的大杨树位于"共同警备区"内，从领土上看应在南朝鲜一方。根据停战协定，他们没有携带武器，只带了两把斧头。但他们要砍伐那棵白杨树，事先没有征得朝鲜方面的同意。

在美军砍树不久，朝鲜人民军朴哲上校率领 17 名士兵赶到现场，要求对方停止砍树。客观地说，朴哲的要求是合理的，因为共同警备区内凡是涉及地貌草木的活动，都必须得到双方的许可才行。但美军中队长亚瑟·伯尼法斯向来主张对朝鲜人强硬，自然不予理会。而且他还有几天就要退伍，捅了篓子大不了拍拍屁股走人就是了。结果没想到走是走了，却是躺在棺材里回去的。

朴哲上校见美军不肯收手，便马上通知后方支援，随即调来一辆载有近 20 名士兵的卡车，并再次要求美方停止砍树，但美军仍然无视朝方的警告。朝鲜军人那都是不好惹的主儿，生死看淡不服就干，在反复劝阻无效的情况下，朴哲一声令下，朝鲜军人抄起家伙就上。

三十多人对付十多人，朝方在冲突当中明显占了上风。美国军官看到众多的朝鲜士兵向他们冲来，顿时被吓得魂飞魄散，慌忙把手中的斧子向对方扔去。这可不是他们美国人喜爱的棒球赛，但朝鲜士兵没有躲闪，像棒球运动员一样把飞来的斧子接住了，又以迅雷不及掩耳之势朝美国军官扔回去，当场砍死波尼法斯上尉，重伤小队长马克·巴雷特中尉（后不治身亡），另有8名美伪士兵被打伤，3辆美军汽车被毁坏。

作为拥有尖端科学技术的美国来说，本来可利用情报卫星和电子侦察机了解和掌握三八线的动态，一棵白杨树成不了什么障碍。美军用斧子砍树确实有点匪夷所思，因为美国与朝鲜不同，是一个拥有先进伐木工具的国家，可是不知为什么他们竟然舍弃省力的电锯偏偏用笨重的斧子砍树。再说，先动手的是两个美国军官而不是朝鲜士兵，难道美国西点军校是伐木工培训中心？为砍掉一棵白杨树，两个美国军官竟带来了十多个士兵，是想炫耀一下他们的伐木技术吗？

这一事件令霸气十足的"山姆大叔"十分恼火。自朝鲜战争结束以来，美国哪吃过这么大的亏？事件发生后，"美韩"联合司令部立即宣布进入战时状态，并制定了"保罗·班扬"计划，想让朝鲜人知道，我美国要砍的树没人保得住。

8月19日深夜，驻南朝鲜美军司令斯蒂威尔和南朝鲜联合参谋本部议长柳炳贤等人召开联席会议，确定一份名为《突发计划》的联合作战方案。这个作战方案以再次砍树为诱饵，引诱朝方出手阻拦，然后让冲突升级为战争等级，可能采取的行动包括炮击位于开城的朝鲜军队，进攻并占领开城，甚至包括使用战术核武器。

为了配合这次行动，驻南朝鲜美军召回全部休假人员，进入二级戒备状态。他们还从美国本土调来20架可以搭载核武器的F-111战斗轰炸机，驻在关岛和日本空军基地的几十架战机在半岛上空执行警戒，中途岛号航母群也驶入日本海待命。

为应对美军的军事行动，朝鲜领导人金日成也立即发布"北风1号"战争动员令，陆海空三军进入战争状态。双方剑拔弩张，一场大战甚至是核战争一触即发。

8月21日凌晨6时，美军派出64人在700名南朝鲜士兵的掩护下向三号哨所进发，其中队伍里有一部分跆拳道高手，衣服里面藏着冲锋枪和手榴弹。离三八线最近的美军第二师的光滩机场集结了36架武装直升机和运输直升机，这些直升机处在随时待命状态，只要命令一下，5分钟便可抵达板门店参战。不过在此之前，美军给朝方发去了照会：我方将继续砍掉遮挡我方哨所视线的白杨树，完成任务后就会撤出，如果作业不受任何挑衅，就不会发生任何问题。这次，美军终于如愿以偿地砍掉了那棵白杨树，只留下一个短粗的树桩。

与此同时，全副武装的朝军士兵枕戈待旦，虎视眈眈，只是没有接到出击命令，故一枪未发。原来在砍树之后几小时，朝鲜人民军以最高司令官的名义向军事停战委员会发去声明，对8月18日的事件表示遗憾。随后美国国务院也发表声明，对朝鲜的"遗憾"表示"遗憾"，同时宣布"突发计划"停止执行。于是，一场核战争乌云随之散去。

事件发生后，朝鲜方面提出如果双方军人在共同警备区里低头不见抬头见地继续自由往来，就会再度发生冲突，建议把共同警备区完全划分开来，禁止双方军人互相接触。朝美双方不顾南朝鲜方面反对，于9月6日签订了关于将共同警备区拆分为南北两部分的协定。从此，共同警备区虚有其名，实际上不复存在了。

在这次朝鲜国庆招待会上，朝方只谈到与他们国庆有关的话题，未提及砍树事件。与会的各国嘉宾也都是明白人，谁也不会哪壶不开提哪壶。不过大家心里都清楚，这次板门店事件虽然最后以朝方看似服软而结束，但事件当中美军毕竟死了2人，受伤多人，朝方则毫发无损，总的来说还是美方吃了大亏。

哀悼毛主席

9月9日下午，我们参加完朝方组织的国庆活动回到营地不久，苗处长就接到一个从平壤使馆打来的电话，惊悉毛泽东主席于当日0时10分逝世了。

听到这个突如其来的噩耗，恍若之前发生在吉林和唐山的"天塌""地陷"。我作为一个年轻军人和联络处所有的同志一样，由平时的精神抖擞一下子像泄了气的皮球瘫软下来。"毛主席逝世了？"我不敢相信，大脑里一片空白，泪水夺眶而出，不由得嘤嘤哭了起来。

"天大地大，不如毛主席的恩情大。"现在天塌了，这可怎么办呢？对中国人来讲，毛主席就是天，就是太阳，这是八亿中国人毋庸置疑的信仰。我是唱着《东方红》这首歌长大的，那首歌称毛主席是大救星，是带路人。那种信天游一般的雄壮浑厚旋律，总会激起心中的涟漪，令人振奋和感动。

"东方红，太阳升"是中国人民对毛主席的敬仰，也是发自内心的爱戴。感谢中国大地上"出了个毛泽东"，感谢"他为人民谋幸福"，他就是"人民的大救星"。可是今天，这位被亿万中国人祝愿"万寿无疆"的大救星、带路人和红太阳，还是在举国悲痛中离开了。生前老人家常说"七十三、八十四，阎王不叫自己去"，这一年他正好是八十四（虚）岁。

秋风萧瑟，哀乐低吟。当看到营地内外的所有旗杆都降了半旗，不管是中国人还是朝鲜人都面带悲情，我的心里难过极了。这两天，我临时来使馆帮助工作，赶上这个非常时期，也只能化悲痛为力量，尽己所能，为哀悼毛主席的活动做一些服务性工作。

在获悉毛主席逝世的消息后，朝鲜党政机关立即决定9月10—18日举行全国哀悼，停止一切娱乐活动，以国丧的标准在9月18日下午召开全国追悼大会，这一天整个朝鲜举国上下集体致哀三分钟。

这几天，朝鲜各党政机关的干部、群众团体的代表、工人、农民、人民军官兵、青年学生共一万多人举行了纪念毛主席逝世大游行，并络绎不绝地来到中国大使馆吊唁。那种执着的感情，烈日挡不住，泪水收不住，山水隔不住。一个个，一批批，一行行，他们有的泪雨涟涟，有的低声哭泣，有的捶胸顿足。

在毛主席逝世后，我国大使馆共收到朝鲜各界发来的唁电、唁函5200余封。朝鲜党报《劳动新闻》不仅发出了长篇报道《中朝友谊将会永远被铭记》，还掀起了一股学习毛主席著作《论持久战》的热潮。

中朝两国的友谊，是在抗美援朝战争中得到巩固和发展的。朝鲜劳动党总书记金日成无法忘记，在新中国成立之初，不是神却能料事如神的毛主席先是提醒他防范美军"仁川登陆"之险，后又派遣志愿军入朝参战。经过长达两年的浴血奋战，牺牲了包括毛主席长子毛岸英在内的近二十万志愿军战士，这才保住朝鲜半岛社会主义的半壁江山。金日成十分感动，他不止一次地公开表示他和他的国家将永远铭记中国人民的深厚友谊。

毛主席逝世的消息传到朝鲜后，金日成显得异常悲痛。他于毛主席逝世当天就向中共中央发来唁电，两天后又身着素衣、胸缀白花来到中国大使馆吊唁，沉痛悼念毛主席。他在接受媒体采访时，眼中噙满泪水，话语哽咽。

每天早晨，我都收听国际新闻，获悉世界各国包括美国在内的西方国家及其领导人都在高度评价毛主席，联合国和53个国家为他的逝世降下半旗。毛主席的文韬武略，毛主席的大公无私，毛主席的人民情节，为世人所叹服。毛主席个人的魅力，足以使后世的人们永远地去研究他、学习他，读他的著作，讲他的故事，诵他的诗词，摹他的书法，学他的精神。由此可以肯定，这位敢于点评"唐宗宋祖，稍逊风骚"的布衣领袖不仅是中国的一位巨人，也是世界的一位巨人，他代表和塑造了整整一个时代的辉煌，他对历史的影响将远远超出中国的国界。

又是一个金秋日，又是一个丰收年，朝鲜的苹果又红了。往年金日成都要挑出一筐最甜美的苹果，印上"毛主席万岁"五个大字送到北京，慰问毛主席。如今，这满含中朝深情的红苹果，再也无人接收了。

毛主席的逝世，作为他的国民万分悲痛是可以理解的。但是对于外国人，他们竟然也如此悲伤，如此痛惜，如此哀号，作为一个中国人，我为我们有这样一位伟大领袖而自豪，而骄傲，而幸运！

参观朝鲜艺术电影制片厂

下午，在朝鲜人民军代表团安排下，我们和波兰、捷克两代表团一起来到风景秀丽的平壤普通江畔，参观慕名已久的朝鲜艺术电影制片厂。一进入厂院大门，便看到一个被青松环绕和花坛衬托的铜像群，身穿风衣的金日成主席站在中间位置，抚摸着身边的小演员，左侧穿民族服装的一男一女两位演员合捧一只花篮，那是《卖花姑娘》的扮演者；右侧站着三位男女电影工作者，他们在聆听领袖对电影创作的教导。

不难看出，铜像群反映的是金日成当年视察艺术电影制片厂时的情景。朝鲜党和国家领导人十分重视电影事业的发展，据说金日成视察制片厂时，曾要求提高国产电影的质量，要参与国际电影的商业竞争，并提出要超越美国大片。1972 年，该厂摄制的宽银幕彩色故事片《卖花姑娘》就获得了第 18 届世界电影节特别奖。

此时，有一个熟悉的身影向我们走来，他就是故事片《摘苹果的时候》里"自行车班长"的扮演者金世荣，于是大家不约而同地鼓掌欢迎。在他的引领和介绍下，我们先后参观了摄影、录音、剪辑、洗印、道具、烟火、置景、合成等车间。在参观过程中，我紧紧跟着金老师走，认真地听他讲解，不时向他请教一些问题。而波、捷两国的军官却心不在焉，只是盯着女演员不放，可能他们对东方文化不感兴趣。

朝鲜艺术电影制片厂又称朝鲜民主主义人民共和国电影制片厂，成立于1946年2月6日。该厂拥有综合放映室、编辑室、化妆室和创作剧团、演员剧团、电影乐团。在其摄制的影片中，影响较大又被我们熟知的有《轧钢工人》《鲜花盛开的村庄》《劳动家庭》《摘苹果的时候》《卖花姑娘》等。

《摘苹果的时候》是1971年出品，描述的是朝鲜北清果树农场，以贞玉、明吉为代表的年轻一代，热爱生活，热爱劳动，蓬勃向上的动人故事。站在我身边的这个"喜剧大师"，其一举一动都和银幕上看到的形象一样憨厚朴实。当我跷起拇指称赞金老师的高超演技时，他好奇地盯着我胸前的"中国人民志愿军"标志，然后苦笑着说：我演的都是些取笑逗乐的角色，见到你们真有点不好意思。《摘苹果的时候》上映后，回到家面对孩子们我感到很难为情……

这个被尊称为"大叔"的金世荣在影片中专演配角，但他却是一位功勋演员。朝鲜演员的荣誉分为"人民"和"功勋"两大类别，一旦进入这两个序列，就会有很好的生活保障。譬如有专用的通勤汽车、专用的高档住宅、专用的食堂幼儿园等。由于演员福利待遇优厚，朝鲜的艺术之路竞争非常激烈。朝鲜的道郡两级均设有艺术学校，对艺术特长生的培训，一般从中学就开始了。

在众多的演员中，我还看到了《卖花姑娘》里花妮的扮演者洪英姬。这位青春靓丽的女明星被授予人民演员称号，其头像竟然被印在1元面值的朝鲜纸币上，而成为世界上第一个被印在纸币上的电影明星。

《卖花姑娘》这部影片，我是五年前在北京西苑观看的。记得那是国庆的第三天，露天剧场突然刮起了冷飕飕的西北风，但场内秩序井然，观众依然坚持看完了这部长达122分钟的影片。"卖花哟，有蔷薇，还有金达莱……"其中亲切的台词，凄婉的音乐，打动了全场观众的心，主人公花妮、顺姬姐妹坎坷的命运和优美的歌声让许多人流下了热泪。

然而鲜为人知的是，《卖花姑娘》的剧本和乐曲都出自朝鲜领导人金日成之手，而其导演则是他的儿子金正日。据金日成自述，20世纪30年代他在吉林监狱坐牢时就开始构思《卖花姑娘》剧本了，而该剧首演也在中国，地点是西满辽河地区五家子村的三星学校礼堂。

《卖花姑娘》中文版插曲全部由我国著名歌唱家朱逢博演唱，歌声优美动听，反响热烈，成为中国观众十分熟悉的一部经典的朝鲜电影歌曲。为此，朱逢博也成了深受朝鲜人欢迎的歌唱家。在平壤的一次演唱会上，观众对她的优美歌声曾报以经久不息的掌声。

我出国之前，社会上对外国电影曾流传过这样一句顺口溜：朝鲜影片哭哭笑笑，越南影片飞机大炮，阿尔巴尼亚影片莫名其妙，罗马尼亚影片搂搂抱抱。实事求是地说，朝鲜电影的艺术水平保持了电影的民族性、人民性和纯洁性，通过电影的艺术形式，唤起了人们的社会责任感，唤起了人们对领袖的崇敬。

美丽的画面，动听的歌曲，感人的剧情，朝鲜电影在我国曾产生过很大影响，充实了成千上万知青、工人、农民、解放军战士的青春年华和情感世界。尤其是电影里那娇娇滴滴、亭亭似月的女孩形象，更是像一股清风，给中国观众不少的愉悦和惊叹。

参观结束了，我们在朝鲜艺术电影制片厂的标志铜像群前与演员合影，留下了这次活动的美好瞬间。

在朝鲜学朝语

上午，朝方采购人员来厨房登记食品，厨房唐先生想要几个猪蹄，由于朝文翻译外出执行任务了，只好把我叫去与朝方人员沟通。可是我也不懂朝语，除了"您好""谢谢""再见"几个问候词之外，别的就不会说了。我磕磕巴巴地用有限的朝语夹杂着英语交谈了半天，对方还是不理解我们的意思。没办法，我只好学猪叫，然后再抬起腿拍拍脚，这才解决了问题。

回想来朝鲜几年，由于不懂驻在国语言，在参加朝方活动时经常出洋相，同事们都说我是在开"国际玩笑"。

我刚到开城时，朝鲜人民军代表团为我和即将离任的战友举行了一次迎送会。这是我第一次参加外交活动，第一次参加外国宴会，更是第一次面对面地与外国人交流，言谈举止多少有点拘谨。

在宴席动箸之前，朝鲜人民军代表团外事部长许上校致辞。当听到热情洋溢的讲话中有"wu li nen"三个音节时，我以为是在点本人"武立金"的名字，于是就礼貌性地颔首致意。后来才知道"wu li nen"一词在朝语中是"我们"的意思，与本人的名字毫无关系。

为了方便工作，我开始学习朝语，向朝文翻译请教，与朝鲜同志交谈。时间不长，我就学会了一些简单的日常用语，如："东吉/东木"（同志），"安宁哈塞哟"（您好），"高麻思密达"（谢谢），"安尼亚卡塞哟"（再见）……

有一次，我去平壤中央医院看病，被医生诊断为病毒性感冒，需要打针消炎。注射完，我的臀部顿时肿胀起来。更令人接受不了的是，朝鲜护士看到我一脸苦相，为了减轻我的痛苦，竟然在我的臀部施以按摩。结果好心办坏事，弄得我疼痛难忍，于是赶紧说"招思密达、招思密达"，提示对方"好了好了，不用再按了"。然而奇怪的是，护士非但没有住手，反而按得更起劲了。

我一瘸一拐地回到使馆，向武馆处的同志述说了治病经过，其中一个懂朝语的人捧腹大笑，说"招思密达"是"良好"的意思，既然你感觉很好，人家当然要继续给你按摩了。你要是不想按摩，应该说"德思密达"，即"停止"。

春天的朝鲜非常美丽，天蓝地绿，山清水秀，鸟语花香，风景如画。在这个风和日煦的季节里，朝鲜人民军代表团组织我们旅游。虽然马不停蹄地连续游览了好几天，但朝鲜的秀色美景还是令大家乐此不疲。途中看到给我们开车的朝方司机很辛苦，我就送给他一个苹果，并说"巴里巴里"，意思是让他多吃一些。

未承想，那个司机扔下苹果，抱着方向盘就加足了马力飞跑起来。坐在我旁边的朝文翻译忍俊不禁，笑着说：你又把朝语说错了，"巴里巴里"是"快"的意思，司机还以为你要他加快速度呢！你要是想让他多吃一些，应该说"麻里麻里"。

有一年清明节，下起了毛毛雨，我们开着两辆轿车去桧仓中国人民志愿军烈士陵园扫墓。在返回途中，我突然发现跟在后面的轿车不见了，糟糕的是首长和朝语翻译都在那辆车上，如何应付突如其来的情况，仅靠我学的那几句朝语根本不敷使用。我立即拦住一辆卡车，边敬礼边说"东木，安宁哈塞哟"，然后拍拍身边的轿车，又指指我胸前佩戴的"中国人民志愿军"标志，再指指后方。朝鲜司机很快明白了我的意思，就用他的手掌做了一个翻车的动作。

我们顾不得向朝鲜司机致谢，赶紧调转车头往回开。等到了现场，看到汽车没有翻个，车里的人都出来了，我悬着的心才落了地。原来是下雨路滑，汽车开到路边的沟里去了，所幸人车无恙，大家只是虚惊一场。

由于我的工作与语言无关，参加外事活动又有翻译陪同，加之我对学习朝文的热情不是很高，所以最终也没有学会多少朝语。在朝鲜的国土上和朝鲜人打了三年交道，却不会说朝鲜话，也许这是我人生的一大憾事。

难忘离别情

今天是我在开城联络处任满回国的日子，也许是恋恋不舍这个战斗了三个春秋的工作岗位，也许是想对这里的一山一水、一草一木作一个告别，这一天我起床很早。

我打开大衣柜，收拾一下行装。然后摸着衣柜，情深依依，仿佛向老朋友告别似的。这个衣柜比别的同志用的衣柜要旧一些，其使用期甚至超过了我的年龄。从衣柜上的"乔冠华"三个字看，可以想见"乔老爷"在此工作时曾用过这个衣柜。据说，这个衣柜和其他办公用具都是当年驻守开城的志愿军四一五团提供的。

天刚蒙蒙亮，我就走出了位于高丽王朝废址后面的开城联络处营地，像往日遛早一样，沿着松岳山下不宽的乡间小道，向东一路走去。

开城的早晨，寂静而安谧，偶尔能听到几声鸡啼和狗吠。路过交战双方初次谈判的会场来凤庄，再往前走，只见路边有一块块用席子遮盖的园畦，我知道那里面种植的是人参。因此附近的村子以当地特产为名，叫"人参村"。

大约走了半个小时，我来到庄严肃穆、干净整洁的志愿军烈士陵园。在苍松翠柏的掩映下，我沿着石径拾级而上，一座镌刻着"永垂不朽"四个大字的汉白玉石碑映入眼帘。

在朝鲜境内，中国人民志愿军烈士陵园有8座。另外还有六十多处志愿军烈士墓地。开城烈士陵园建成于1955年3月，是安葬志愿军烈士最多的陵园。陵园占地面积约12000平方米，建有4层24个合葬墓，15236名志愿军烈士长眠在这里，其中有名烈士10084名，无名烈士5152名。

1950年12月31日至1951年1月8日，历时9天的第三次战役突破了"三八线"，占领了汉城，将敌人驱至"三七线"以南地区。此战歼敌19000余人，志愿军伤亡8500人，大部分都安葬在这个陵园。

在陵园东侧的山坡上，有姚庆祥和丁明两位烈士的墓冢。姚庆祥是志愿军停战谈判代表团的军事警察排长，1951年8月在板门店执行巡逻任务时遭敌袭击而壮烈牺牲，被授予"和平战士"称号。丁明是新华社记者，在1951年9月参加停战谈判工作时积劳成疾，以身殉职。

每逢清明节和志愿军入朝纪念日，我们与朝鲜人民军代表团都要给志愿军烈士扫墓，敬献花圈。另外，我和我的战友们也经常散步到这里走一走看一看。

今天，我独自一人静静地踏着青石地面，脚步极为轻缓，生怕惊扰了熟睡的英烈们。虽然我不知道他们是谁，他们生前是什么模样，但我知道他们是革命前辈，他们牺牲时都穿着志愿军服装。我抚摸着墓碑，默读着碑文，脑海里浮现出志愿军和敌人英勇作战的情景：黄继光舍身堵敌人的碉堡枪眼，邱少云被敌人燃烧弹的火焰活活烧死，王成手拿步话机高声喊道"向我开炮"……

我和电影《英雄儿女》王成的原型之一赵先友是一个老部队的，他就牺牲在开城附近的红山包。1951年10月6日，敌人在飞机、大炮、坦克支援下向板门店正南约5公里的67高地疯狂反扑，我五八二团六连副指导员、双目已经失明的赵先友在战友全部牺牲后，用报话机呼喊："团长！敌人上来啦，开炮打吧！"英雄的鲜血染红了67高地，从此这个高地便叫作"红山包"。五八二团的英勇事迹被巴金先生写进了小说《团圆》，后改编成电影《英雄儿女》。

此时此刻，作为年轻的志愿军战士，我的心情十分沉重：志愿军先辈们，今后我不能经常来看望你们了，也可能这是我最后一次到这里瞻仰。不过，你们的爱国主义精神、国际主义精神和革命英雄主义精神已铭记在心，我会好好地学习，好好的宣扬，好好地传承。是你们保卫了祖国安全，是你们挺起了民族脊梁，是你们维护了世界和平，你们的伟大精神与日月同辉，与天地共存！

我驻足良久，深情凝望，晶莹的泪花从我的脸颊缓缓滑落……我双脚并拢，挺起身板，举手向志愿军烈士敬礼。这是第几次敬礼？我记不得了，但我知道这是最后一次给开城烈士陵园的志愿军烈士敬礼！

这天晚上，我怀着依依惜别之情，离开了朝鲜古都开城，离开了停战村板门店，离开了朝夕相处的战友，准备从平壤乘国际列车回国。

在朝鲜使馆授勋

这次回乡探亲，一是看望暌违三年的父母，和家人吃顿年夜饭；二是举办婚礼，喜事定在腊月二十八（公元 2 月 5 日）。

谁知蜜月还没度完，就接到一封催我速回北京的电报，说是朝鲜驻华大使要为我授勋。因为我从朝鲜军事停战委员会离任太仓促了，朝鲜政府未来得及为我授勋，只好委托他们的使馆在北京补办一个授勋仪式。

今天上午，在外交部和总参外事局同志的陪同下，我们来到位于北京市建国门外日坛北路 11 号的朝鲜大使馆。这个拥有朝鲜领土主权的大院占地面积约 4.5 公顷，有 7 幢楼房，主要是工作人员的办公、居住场所。使馆有两个大门，分别是日坛北路上的正门和芳草地西街上的侧门，其中正门主要供高级官员的车辆行驶，侧门供工作人员进出。

我们的汽车从正门进入朝鲜使馆，对面有一棵迎客松，象征着中朝友谊长青不老。左侧是一个小广场，里面有一个纪念碑，上面刻着朝鲜文字。汽车停在主楼门前，一下车，我仿佛又回到了朝鲜，耳闻目睹的都是朝鲜话、朝鲜字、朝鲜服饰、朝鲜物品。我们受到了朝鲜同志的热烈欢迎，并被带到会客室。那里窗明几净，鲜花烂漫，茶几上已摆好了朝鲜风味的点心、茶水和香烟。

寒暄过后，授勋仪式正式开始。首先是全明洙大使讲话，他宣读了

《朝鲜民主主义人民共和国奖章证》文本："朝鲜民主主义人民共和国中央人民委员会 1978 年 2 月 28 日政令：授予武立金军功章。朝鲜民主主义人民共和国主席金日成。"

接着，一位穿着朝鲜长裙的年轻姑娘用托盘端来两枚军功章，全大使把其中一枚军功章挂在我的胸前，并向我表示祝贺。另一枚军功章是授予和我同时离任的一名陈姓司机的，因他家远在四川，只好由外交部转递过去。

二十多年前，中国人民志愿军同朝鲜军民并肩战斗，共同赢得了朝鲜战争的伟大胜利。为表彰英雄和模范，朝鲜政府制作、颁发了奖章、军功章等一系列的勋章，多达几十万枚。其中，1952 年 6 月，在朝鲜反侵略战争两周年前夕颁发了一批勋章，赠予中国人民志愿军的 9353 位战斗英雄、工作模范和人民功臣。1953 年又向中国人民志愿军指战员颁赠了大量的勋章，有金星奖章（金质），直径 3.6 厘米，正中铸五角星，此为朝鲜政府最高等级勋章；一级、二级、三级国旗勋章（银质），正中镌刻朝鲜国旗，制作精美；一级、二级自由独立勋章（银质），五角星中间刻有两名战士向敌人进攻的图案；一级、二级战士荣誉勋章（银质），底部为五角星和交叉的步枪，正中盾牌形状的框中镌刻一位持枪战士，两边麦穗环绕，工艺精细。

这次朝方给我颁发的是银质军功章，呈圆形，直径 3.5 厘米，厚 0.25 厘米，重约 16.8 克，上有小钮。正面镌刻一名持枪战士，背景为朝鲜国旗和旭日光芒，背面刻有"军功奖章"4 个朝鲜文。

授勋仪式结束，我握住全明洙大使的手说：谢谢全大使为我授勋。离别了工作三年的美丽的朝鲜，内心充满不舍，朝鲜永远在我心中。今后不管在什么地方，我都会继续关注支持朝鲜的发展，愿为增进中朝友谊不懈努力。今天，全大使为我授勋，我感到十分荣幸。这一崇高荣誉不仅是对我本人在朝鲜工作的肯定，也是对中国人民志愿军代表团工作的褒奖，更体现了朝鲜政府对发展中朝友好关系的高度重视，也饱含着兄弟般的朝鲜人民对中国人民的深厚情谊。最后，我祝愿全大使和在座的各位朝鲜同志身体健康！祝愿朝鲜繁荣昌盛、人民幸福！

授勋仪式在热情友好的气氛中结束。

枪声就是命令

这次回乡探亲，一是想和家人过个团圆年，二是想看看已出生百日的小儿。因父亲和我都是国家干部，望孙成"龙"的继母给孩儿起了个响亮的名字叫"指挥"。我感觉这个名字有点俗气，为了不悖继母的好意，便改用谐音"志辉"。由于我的爷爷还健在，我们老武家现在是四世同堂了。

此时我突然想起了亲生母亲，她在我5岁的时候就已病故，现在我连她的模样都记不清了。她要是还健在，看到有了第三代，那该多好啊！唉，黄泉路上无老少，她还没有活到我这个年纪，走得实在太早了！

我和妻子分居两地，离多聚少。一年一度探亲假，如今不但夫妻团聚了，令我欣喜的是家里又多了一口人，自己也有了后代。初为人父的我摸着宝宝的小手，逗着宝宝玩，心里美极了。

就在北方花未开、鸟未归、冰未化的时候，南方却传来了枪声——对越自卫反击战打响了。报纸广播，街谈巷议，都是这方面的信息。

战争不是个好东西，尤其是毗邻战争，因为它是一种处理纠纷的拙劣方法。但作为军人，枪声就是命令，必须立即投入其中。虽然假期未满，我还是急忙收拾行装，甚至未来得及给生母扫墓，就在小儿的嗷嗷叫声中向家人告别，准备以最快的速度赶回北京。

时值春运，人满为患，火车站一票难求，更不要说卧铺票了，就连硬座票也不好买。时间不等人，前方的战士在战斗，在流血，在牺牲，我只好买张站票尽快上车。车厢里的乘客像罐头里的沙丁鱼，人挨人拥挤不堪。在我旁边坐着两个穿军装的战士，可能同我一样也是奉命归队的。他俩挤一挤腾出一个地方，让我坐下来歇歇脚。

此时列车长像个木塞子似的从车门口一点一点挤过来，意外发现她竟然是我的一个亲戚。原来这是始发于徐州的一趟普通快车，几年不见，没想到她已到铁路上工作而且跑的又是这趟车。她把我带到列车后端的公勤车厢，换了一张卧铺票，终于解决了我回京路上的一个大难题。

躺在卧铺上，我首先感谢我的这位亲戚，接着感谢发明火车卧铺的美国人伍德拉夫。想着想着，我的思绪又飞到了"山连山水连水"的中越边境。长期以来，中越边境一直是个友好的地方，两国边民一向频繁往来，和睦相处。在越南抗美战争期间，中越边境的中国一侧成为越南的可靠后方。中国边境的广大人民不惜承担牺牲的代价，给越南军民提供了巨大的有力支援。

然而，自1974年起，特别是南北越统一以后，越南当局为了迎合苏联，疯狂反华，竟然忘恩负义，有组织、有计划地在边界许多地段挑起纠纷，制造摩擦。他们经常越界到中国一侧巡逻、修路、开荒、植树，干扰中国边防部队的正常巡逻，窜扰中国村寨，干涉中国边民生产，破坏中国边境的生产设施，甚至绑架中方人员，开枪威胁中国群众，制造多起流血事件。越方公安人员还以种种借口，任意指认边界走向，企图单方面强行改变边界现状。

我作为总参的参谋，每时每刻都在关注国际形势和中越边境的动向。由于越南方面的挑衅，致使边境局势日益紧张。边界问题成为近几年来中越关系中的一个突出问题。据不完全统计，中越边界纠纷事件1974年发生100多起，1975年增加到400多起，1976年剧增到900多起。1977年又连续发生越南公安人员开枪威胁我边民的事件。自去年越南反华升级以来，越南方面在边境的挑衅活动更是有增无减，仅从8月25日到12月15日，越南当局就侵入我广西境内近百处地段，大量蚕食我国领土；出动武装人员 2000 多人次，挑起 200 多次边境事件，造成我边境群众数十人伤亡。

　　我连夜赶到了北京，放下行李，风尘未洗，今天上午便立即投入战斗。前方的战士在浴血奋战，我们在后方不能袖手旁观。为了完成作战的保障任务，我和我的战友们都像上足了发条的机器超速运转着，甚至顾不上吃饭和喝水。晚上休息时，我想起了可爱的小儿子，希望他健康茁壮地成长。其实，前线的流血牺牲和后方的辛勤工作，也正是为了他们能过上幸福安定的生活。

祭忆生母

今天是清明节，我和弟弟去路南为母亲扫墓。母亲和祖父母及曾祖父母都葬在一个地方，去那儿要绕到一个小车站，跨过两条铁道，路过大队部和一所小学。这所小学是我的母校，我懵懂的求学生涯就是从这里开始的，而大队部则是我离家入伍的起点。

我已经有两年没给母亲扫墓了，母亲一定很惦记她这个远方的儿子。为了不践踏周围的庄稼，我轻脚轻步走进墓地，为三座坟墓拔掉野草，献上鲜花，又分别行了礼，然后坐下来跟母亲拉拉呱。

母亲在我心里是一片空白，除了一张遗像之外，她没有给我留下任何念想。这使我更加怀念起母亲来，尽量搜索依稀的记忆，找寻往昔的碎片，终究还是忆不起母亲的音容笑貌。母亲生于何时？卒于何时？身为人子，竟然记不得母亲确切的生辰年月，离尘祭日，真是天大的不孝，不可饶恕的不孝。我的心里产生了一种负罪感，深感对不起母亲，一直背负着愧对母亲的自谴自责。

我的母亲是一个农家女，很不幸，在我五岁那年，她撇下我和三岁的弟弟就撒手人寰了。她死于肾病，据说在那个年代肾病是一种难以治愈的绝症。如果在今天也许还有救，我完全可以把我的一个肾送给她。

在我童年的记忆里，母亲是一个聪明、勤劳、善良的女性。当时，父亲在外地工作，家里的事全靠她一人操持。既要忙田里的活儿，又要忙家里的事儿；上要照顾爷爷、奶奶，下要抚养我和弟弟。不仅如此，母亲还是一个好学上进的人，每到冬闲时节，她总要进村里的夜校上课，学文化，练书法。后来她识字不少，已能看书写信了，还能写一手漂亮的毛笔字呢！

我的母亲和天下所有的母亲一样都疼爱自己的孩子，呵护自己的孩子。有一年夏天，爷爷带我去看望住院的母亲，母亲知道我喜欢医院花园里长出的小葫芦，就顺手摘掉一个给我玩。因受到医院工作人员的指责，我母亲还与那人大吵了一通。现在想起来，母亲毁坏公物固然不对，但她那份舐犊之情是可以理解的，何况又是身患绝症人之将死的时候。

据说，在我母亲病危即将咽气之时，她抓住我奶奶的手眼含泪花托付道："娘，您要坚持活下去，能活多久就活多久，把这两个'眼珠子'带大，我谢谢您啦！"

"有娘的孩子像个宝，没娘的孩子像根草。"母亲的去世，带走了暖融融的母爱，留给我的是孤独和痛苦，就像是流浪的小猫小狗，孤零零地走在村野，随时会受到别人的欺凌和恐吓。幼小的心灵遭到无法倾诉的心痛，委屈自心底蔓延，泪水似雨滴从脸上滑落，甚至禁不起伙伴们的奚落。

当时，由于年纪太小，无法理解母爱是什么，只知道人家有妈妈，我却没有。尽管我还有继母和祖母疼爱，但那终究代替不了纯真的母爱，于是我倍感孤独。由于长期自闭，我就变得寡言少语，不大喜欢与人交往，就像一位深居闺房的小姐，羞于见到一双双诧异的眼神。一声声叹息，一种种无奈，更增添了我心中的痛楚。生命的离去是无奈的，生命的出生也是无奈的。我的出生即是无奈，母亲的离去更是无奈。我只能在无奈中挣扎，在无奈中痛苦，在无奈中苟活。

我的童年在缺失温暖爱意里孤独前行，任苒苒岁月凭苦痛浇泪磋磨，把那些悲苦轮廓磨成粉碾成泥，再洒在记忆的扉页上。我上学以后，逐渐懂得了一些道理。我想翻过这记忆的篇章，走出孤独的阴影，忘掉成长的苦痛，用生命赋予的力量去主宰自己的命运，树起桅杆，扯起白帆，斩风劈浪，奔向人生的坐标，以期到达幸福的彼岸。

记得母亲出殡的那天早上，天空下起了大雨。风在为我哀号，雨在为我哭泣，而我却欲哭无泪。身穿孝衣、头戴孝帽、腰扎孝带雪人一般的我由本家叔叔抱着，在路上他不时教我呼唤棺材里的母亲"上路""过桥""躲土"……当送葬的队伍走到墓地时，天空突然放晴。同去送葬的一位老辈人在白纸飘荡、灵幡招展的新坟前对我说：孩子，这是好兆头啊！你妈走了，她把灾难也带走了，留下了福气给你们呢！

我长大成人后，光荣地参加了解放军，不但成为一名国家干部，而且又是一名军旅作家。现在，我和弟弟两家日子过得都很好，生活无忧，儿孙满堂。这可能是母亲在冥冥之中的护佑，而且也正是母亲抱憾离去的愿望，今天母亲在九泉之下可以安息了。

由于工作繁忙，我不能每年回乡为母亲扫墓，有孝心而无行动。我想等退休以后，要经常来这个没有墓碑的小土堆看望母亲，跟她说说话，帮她清理一下乱草，采几朵鲜花送给她。希望她在那边不担忧，不孤独，不冷清。

游天下第一关

毛主席说："不到长城非好汉。"其实，我入伍时连队就坐落在张家口坝上的长城脚下，可那里的长城都已坍塌，根本看不到长城的模样。后来几次路过山海关，也都没能看到长城，更不知道"天下第一关"是个啥样子。为了争当好汉，作为钢铁长城的一块"砖"，我利用这次来秦皇岛出差之机，决定好好欣赏一下长城及其起点"天下第一关"。

山海关城古称榆关，明洪武十四年（1381 年），大将军徐达见此地"枕山依海，实辽蓟咽喉"，便修筑长城，建造关隘，遂更名为山海关。楼高 13.7 米，建筑面积 356 平方米。因其地处要塞，形势险峻，有"山海关关山海"之说。山海关古城共有四座城门，东门为镇东门，西门叫迎恩门，南门唤望洋门，北门称威远门。其东门是明长城的起点且地势险要，素被称为"天下第一关"。

我们到了镇东门下，发现这个城楼高大雄伟，黑洞洞的城门口有两尊石狮子，其凛然气势有一种不可侵犯的威严。向上仰视，映入眼帘的便是那檐下的巨幅横匾，上面是明朝进士、当地大书法家萧显书写的"天下第一关"五个大字，字体遒劲有力，庄重洒落，是整个关城的"点睛之笔"。

镇东楼分上下两层，高 13.7 米，上层有木质的 68 孔箭窗，可以从箭窗里射箭抵御敌人的进攻。可是箭窗上却画着红底白环黑靶心的图案，像一只只怒睁的眼睛。导游告诉我们，因为"天下第一关"的箭楼刚建好时，总有飞鸟停留，箭窗开启时这些飞鸟又乱飞影响士兵作战，于是他们就想了个办法，把箭窗设计成红底儿白和黑靶心的样子，就像一只只大眼睛看着飞鸟，使飞鸟不敢靠近。听到这里，我不禁为古人的聪明才智拍手叫绝。

因东面处于迎敌的位置，所以东门城楼的建筑就修得特别坚固，布防也特别严密。在东门的城门下设有券门。在券门之外修有一圈高大的城墙，旁侧开门，取"瓮中捉鳖"之意，将这圈城墙包围的空间定名为瓮城。在瓮城的外面，就是宽阔的护城河，河上建有吊桥。在护城河之外，还修有一圈和关城城墙相连的高大城墙，这就是罗城。因此，要想进入山海关东门，就必须通过罗城、吊桥、瓮城和城门四道防线。由此可见，在冷兵器时代，敌人若要从东面攻入山海关关城进入华北平原，比登天还难。

军人总爱用军事眼光寻踪觅迹，欣赏风景。我顺着石阶上了城楼，只见高高的城墙上可以五马并驰，两侧曲曲弯弯，一直延伸到大山的背后。望着眼前壮丽的景色，抚摸着古老的城墙，我仿佛看见了当时劳动人民修建长城时的情景，看到了当年站在这里守卫祖国大好河山的士兵。那种顽强的意志，那种崇高的信念，令我无比崇敬。

收回视线，我们转身进入箭楼的二层参观。推开沉重的大门，跨过一尺来高的门槛，迎面的桌案上摆着一口大刀，在这阴森森的氛围中，显得十分冷峻肃穆，寒气逼人。读完说明书才知道，这把钢刀是明朝时铸造的，重166斤。从那砍得锯齿般的刀口看，完全可以想象出它当年立下的卓著战功。大殿左边的墙上摆着七支羽箭，右边墙下摆着一副盔甲，也锈迹斑斑，残缺不全，一看就知道是一位身经百战将军的遗物。

在陈设大刀后面的墙上，挂着一个与城门上相同的大匾，原来这是萧显的真实手笔，城门上的字只是个复制品。说起眼前的这个大匾，我忽然想起过去从一本书上看到萧显题写"天下第一关"的传说。

这一年皇上下旨给山海关总兵，要在山海关城上悬挂一块"天下第一关"的匾额。起初总兵想自己题写，但是一番操练之后，发现怎么写都不满意，这才发现那是个技术活，不是谁都可以写的。这时谋士进言：何不去找刚刚辞官归乡的进士萧显呢？总兵恍然大悟，马上派人去请。

萧显知道了总兵府来意后，应下了这个差事。为了展现出"天下第一关"的气势与内涵，他终日在家练武吟诗，却不急于动笔。没想到钦差突然要来视察挂匾，眼看时间来不及了，好在萧老先生拿起笔一气呵成，"天下第一关"雄浑有力的五个大字跃然纸上。总兵于激动之中急忙派人去制匾，等牌匾挂起来后才发现，由于太仓促，忙中出错，萧老先生把"天下第一关"写成了"天丁第一关"，"下"字的一点给漏掉了。这可急坏了总兵，再制匾已经来不及了，赶忙把萧显请回来补救。萧显眉头一皱计上心来，命人准备一盆墨汁，拿起书案上的抹布，吸足了墨汁，甩开膀子对着牌匾扔了上去，只听"啪"的一声，抹布不偏不倚正中"丁"字的右下方，牌匾上完美的"天下第一关"就这样诞生了。

我盯着大匾仔细品赏，发现"天下第一关"这五个字与我们平时写的字有点不一样："天"字上面一横长，"第"字是草字头。据说天字上面一横长意思是天在上，广袤无边，覆盖着大地。"第"写成草字头是因为明朝的开国皇帝朱元璋是草根皇帝，所以就把"第"写成了"苐"。

游完了明末女将军秦良玉、武举吴三桂等曾经领兵镇守过的山海关，我体会到了古人对军事的重视，也感受到了古人的智慧。今天，长城已经失去了它的历史作用，但是我们仍需要长城精神，它是智慧的象征，它是力量的象征，它是国防的象征。如今，我们的人民军队就是战无不胜的钢铁长城。

接手资料室

两年前我从北京调到天津，因机关新建办公室缺少人手，趁我还没有接触业务，便被派到那里帮助盖了三栋宿舍楼。上午张主任找我谈话，要把我临时调到资料室。据说那是一个很非凡的工作单位，既不冷清，也不热闹。

我局的资料室像个小型图书馆，只是比普通图书馆的图书更单一更专业一些，而且外文原版资料不少。作为"宁可食无肉，不可居无书"的我来说，非常喜欢这个"文化气息"很浓的工作。我在朝鲜工作时曾兼管过图书室，成天和尚修行似的在图书室里"打坐""念经"，三年时间几乎把那里的图书翻阅了一遍，可谓眼界大开，学问大长。由于胆大包天偷看了被封存的"封资修"书籍，还受到了领导的严厉批评，写出令领导满意的深刻检查。但"贼"心不改，过后仍然一如既往地去图书室"偷"书看。

我上初中时因"文革"而停学，所得知识有限。因此把图书当作良师，当作朋友，当作财富。我总认为，除了父母之外，我一生中还有两个恩人，一个是培养我成长进步的领导，另一个就是给予我知识的图书。为此，我对图书情有独钟，我的工资相当一部分都买了图书。如今能在知识宝库里工作，坐拥图书，游弋书海，细细品味书的香、魂、音、韵，感受一份怡、泰、淡、然的情趣，那真是求之不得。再说这里不仅是长知识的地方，也是出人才的地方，尽管"三十而立"还未立的我无意成才也不可能成才，只是想像西汉大学者刘向所说的那样：书犹药也，善读之可以医愚。

图书馆自远古时代就已存在，直到 19 世纪下半叶，图书馆学才作为一个单独的研究领域出现。随着 20 世纪知识爆炸式增长，它逐渐被归入更广泛的信息科学领域。图书馆学的发展为图书馆员工作奠定了基础，与此同时，杰出的图书馆员也在推动着图书馆学的发展。

我一直把图书馆员看作是神圣的职业，从周朝的老子，到东汉的班超；从国内的李大钊、华罗庚，到国外的歌德、爱因斯坦，都从事过这一职业，可谓人才辈出。

我国古代伟大的哲学家、思想家和道学家老子曾是周朝官方图书管理员，他辞职后留下了 5000 多字的《道德经》，这本书成为中国哲学、政治、文化的重要源头之一。《道德经》的精华是朴素的辩证法，主张无为而治，其学说对中国哲学发展具有深远的影响。他整日在书海里打转，后来成为圣人，在道教中被尊为始祖。由此可见，他是历史上闻名最早也是地位最高的图书管理员。

1918 年 8 月，25 岁的毛泽东从湖南来到北京后，杨昌济给他找了一份临时工作：在才子云集的北京大学做图书馆助理员，月薪 8 块大洋。他负责管理 15 种中外报纸，主要工作是登记来此读报人员的姓名。图书馆阅览室的门正对着教室门，坐在办公桌前就能听到教室里老师讲课，求知若渴的毛泽东在这里工作学习两不误。其间，他还参加了哲学会和新闻学会。他把这些活动视为进一步开阔眼界、扩大社会交往面、深化自己知识的平台，并利用这个平台结识了蔡元培、陈独秀、李大钊等北大师生。受其影响，他最终信仰了马克思主义，成为了无产阶级革命家。然而，以毛泽东的志气、才能和性格，图书馆员的工作毕竟太简单，他在那里只待了 4 个月，但受益匪浅，主要是为找到解决中国问题的"钥匙"创造了条件。

不难看出，对图书管理员来说，如满库图书般的博学、智慧是他们的特点，似工整字体般的善思、冷静是他们的共性。图书馆里蕴含的人类文明之精华，让他们纵情畅游博文广志，从而打下了成就一番事业的基础。

我打开资料室的大门一看，原来这里只有两个房间，藏书不少，却布满了灰尘，看来已有很长时间无人管理了，图书摆放得混乱无序，想找一本书很难，可能也无人来此借书。

我想从清洁卫生开始，必须让读者有一个舒适的读书环境。首先把地面擦干净，再把书架擦干净，甚至把每一本书都擦干净。等做完这些工作后，我准备把图书码放整齐，分门别类，编号造册，最后再编写图书管理使用规定，发放图书证，办理借阅手续。同时考虑从海内外订购一批与业务有关的新书和报刊，以保证业务干部的工作需要。

接手心仪的工作，喜不自禁。我对做好这个工作充满了信心，争取在最短的时间让资料室有一个新面貌，让各级领导和所有读者都满意。同时也想利用这个平台，多读书，读好书，用知识来武装自己。正如牛顿所说："我并没有什么方法，只是对于一件事情很长时间很热心地去考虑罢了。"

事无巨细的秘书

上午，张副局长找我谈话，要我去局办当秘书。开场白就给我来了个"下马威"，说我这份工作来之不易，一是机关人事比较复杂，二是工作性质比较特殊，说我这个秘书还是部领导认定的，一定要珍惜这个机会，竭尽全力做好工作，不要辜负领导对我的信任。

秘书对我来说，是一个陌生的工作。何为秘书，我查了一下资料。秘书是直接为领导服务的办公室人员，协助领导处理政务和日常办公事务，是领导的参谋和助手。他的从业范围很宽，凡是有管理组织、有领导的地方都有秘书，主要分布在党政机关、群众团体和企事业单位。

秘书工作也是个古老的职业，它的出现基于两个条件：一是管理组织的出现。原始社会，生产力低下，没有领导和被领导之分，随着生产力的发展，出现了社会管理组织，出现了领导和公务活动，也就需要秘书协助领导处理公务，秘书与领导有着天然的联系，先有领导，后有秘书。二是文字的出现，有文字才有公文，而公文的制作、传递、管理，是秘书工作的重要内容。因此，秘书同文字、公文是密不可分的。

秘书起源于距今 4500 年至 4100 年的黄帝至禹时期，此间是部落联盟的鼎盛时期，国家尚未形成，社会管理组织已产生。因为部落联盟是由多个部落组成的，地域广、人口多，单靠口头指挥难以实施管理，因为语言在空间上不能传于异地，在时间上不能传于异时，语言不能及时、准确传遍整个部落联盟。就在此时，公文应运而生，秘书和秘书工作也就产生了。秘书是生产发展和社会进步到一定程度才产生的，秘书产生后，又促进了生产的发展和社会进步。

夏朝是我国第一个奴隶制国家。那时已经有了正规的文书，《尚书》就是一部最早的文书集，收入该书的多是帝王的作战命令。西周时期，开始有了秘书机构，叫太史寮，就是现在的办公室，并且有了文书档案，《左传》《国语》，就是根据文书档案编写而成的。东周（战国）时期，开始有了私人秘书，当时的高级官僚，养了不少门客，这些门客就是做秘书工作的。

看完资料，知道了秘书的起源和秘书的职能。那么，到了办公室以后该如何做秘书工作呢？我认为首先要有三心，即恒心、坚心、全心。另外根据所在机关的具体情况，还要注意以下几点：

一是要把握好自己与领导的关系。当了秘书后，要积极工作，同时要掌握好原则。要尊重领导，做好服务工作，但对领导不能盲目地百依百顺，也不能过多地参与到领导的私生活中。秘书首先是一份工作，要做到有热心、有尊严，有分寸。

二是要把握好自己与其他领导之间的关系。作为办公室的秘书，要尊重每一位领导，不能厚此薄彼，有亲有疏；不能互相传话，挑拨是非；不能参与到他们之间的恩怨之中，只能补台，不能拆台。这是职业道德，也是做人的根本。

三是要把握好自己与分管部门之间的关系。一般情况下，领导分管部门有事都通过秘书协调，他们对秘书都会给予很大的尊重和信任。因此要摆正自己的位置，对部门工作人员及其领导不能颐指气使，更不能要求他们给自己办私事。

四是要把握好自己与平级同事的关系。秘书因为直接为领导服务，因此很多同级别的干部甚至高一级的领导都会高看一眼。在这种情况下一定要头脑冷静，为人低调，诚恳老实，千万不能飘飘然，因为乐极必然生悲。

缅怀粟裕大将

从今天新华社发布的讣告上，惊悉粟裕大将在 5 天前病逝了，享年 77 岁。讣告称粟裕是久经考验的共产主义战士、党和军队的优秀领导人、无产阶级的革命家、杰出的军事家。

我非常崇拜这位功勋卓著的战将，对他有一种特殊的感情。我很小的时候就听说过粟裕的故事，我父亲就在他的麾下当兵。另外，我的家乡邳县是淮海战役的发生地。1948 年 11 月中旬，华东野战军代司令员粟裕曾在我县土山镇华野前线指挥部与他的参谋长陈士榘、副参谋长张震谋划淮海战役的战略部署。据说他还到过我们邻村侦察战场，有些老人还把粟裕当作陈毅误讲了几十年的故事。

粟裕是淮海战役的最先提议者，在豫东战役即将胜利之时，他就开始策划淮海战役。为了确保胜利，他还向毛主席建议请陈毅和邓小平协助此次战役。1948 年 11 月 8 日，粟裕联名其他解放军将领向中央军委发电请示，毛主席同意了粟裕的方案。不久后由邓小平、刘伯承、陈毅、粟裕和谭震林组成的总前委，统筹指挥华东、中原两大野战军共 60 万人，发动了震惊中外的淮海战役。从 1948 年 11 月 6 日开始，到 1949 年 1 月 10 日结束，我军获得了重大胜利，共歼灭国民党军 55.5 万人，缴获枪支弹药不计其数。战后，毛主席激动而又直白地称赞道：粟裕同志在此战中当属第一功劳。

历史证明，如果当年没有粟裕将军卓越的胆识，一切从战局的实际出发，及时地向中央力陈自己独到的见解；如果没有以毛泽东为首的党中央胸怀宽阔、虚心纳言、从善如流，不失时机地采纳粟裕的意见，果断地调整重大战略部署，那么在中国人民解放军战争史上也许就不会有浓墨重彩、极其辉煌的淮海战役的伟大篇章了。

我入伍以后，尤其是来到总参工作后，对粟裕的情况了解得就更多了。他的音容笑貌，他的大将风度，他的动人事迹，时常在我的脑海里浮现。据说1955年解放军实行军衔制时，按照粟裕的战功来看，他应该被授予元帅，就连毛主席都说："论功、论历、论才、论德，粟裕可以领元帅衔。在解放战争中谁人不晓得粟裕呀！"然而令人意外的是粟裕竟然主动请辞元帅，这一做法也令毛主席和其他中央领导震惊和欣赏，毕竟当时有很多将领因肩膀上的这颗星而大哭大闹。居功低调的粟裕说："能授予我大将军衔已经够高的了，我还要什么元帅呢？我只嫌我现在的军衔高，并不嫌低。从今以后就不要再讨论这方面的问题了，没有什么意思。"于是粟裕被授予大将军衔，不同的是，他是共和国第一大将！

当年毛主席有个"霸气"的规矩：党内同志上门，不论地位高低，资历大小，从不出门迎"客"。但有两个人让他破了例：一个是生于洞庭湖以北"天上九头鸟，地上湖北佬"的"楚才"林彪；一个是生于洞庭湖以南"无湘不成军"的"南蛮"粟裕。还评论他们两个打仗：林是又刁又狠，粟是又细又准。由此可见，毛主席非常看重这位和他一起住过井冈山、喝过南瓜汤的老乡。

粟裕这位"共和国战神"，从士兵到第一大将，戎马一生，身经百战，曾经六次负伤，头颅两次受重伤，是一只战火中涅槃的"不死鸟"。淮海战役期间，粟裕日夜守在指挥所，七天七夜没有睡觉，体内残存的弹头不时挑逗着他的神经，结果带来的是剧烈的头痛。为了缓解痛楚，警卫员必须帮他不停地摁头，受不了的时候，他就用强度更大的工作来转移注意力。医生也尽力给他治疗，但病痛一直不见好转，每次发病的时候头部又痛又烫，他总是一声不吭地用凉水冲头。

粟裕病逝之后，负责火化的老师傅得知这是共和国赫赫有名的"战神"，于是在筛选骨灰时格外仔细，他从头骨骨灰中找到了一粒黄豆大小和两粒绿豆大小的黑色弹片。这三粒弹片藏在粟裕头颅里整整54年，这就是引起他经常头疼的主要原因。

粟裕逝世前曾经留下遗愿，不搞任何告别仪式，也不要举行追悼会，更不要葬在八宝山。他对夫人楚青说，希望把自己的骨灰撒在曾经作战过的地方：江西、福建、安徽、江苏、上海、山东……粟裕生前几次来到我的家乡故地重游，死后又要把他的骨灰葬在那里，他要和在淮海战役中牺牲的战友们重聚。

粟裕为革命奋斗终生，半生坎坷，一生辉煌。他无私无畏的独立人格，凝聚着中华民族的忠贞不渝；百折不挠的高贵品质，让后辈的我们为之感佩。名利淡如水，事业重如山，这就是粟裕的卓越风范，正如毛主席评价的那样："难得粟裕！壮哉粟裕！"

★★★

第一次坐飞机

这次青海之行，主要是为一位曾毕业于黄埔军校并在我局工作过的马姓干部落实政策。任务完成后，我和同事从西宁乘火车刚到兰州，就接到局办有急事处理的电话，所以只好改乘飞机尽快返回。

兰州的航站叫中川机场，离市中心近百公里。我乘坐的是早班飞机，因市区距机场较远，要求旅客必须头天晚上乘民航班车去中川镇，在民航招待所住上一宿。

今天早晨天还没有亮，我们就起床了，吃完早点就去候机楼。办完登机手续，通过安全检查，然后进入候机大厅休息。我往窗外一瞧：嗬，真是河里无鱼市上看！只见停机坪上有许多飞机，一架一架排得很整齐，跑道上不时有飞机起飞降落。

不一会儿，扩音器传来女声广播：去北京首都机场的飞机很快就要起飞了，请乘客赶快登机。出了检票口，我们乘坐泊车拐来拐去，最后来到一架飞机前面。飞机好大哟，就像一座高楼。我迫不及待地沿着舷梯登上飞机，找到登机牌上标示的位置坐了下来。座椅又干净又柔软，坐上去非常舒适。

这是我第一次坐飞机，心里既激动不已，又忐忑不安。一是怕飞机在空中出现问题，难以营救。不久前我从报纸上看到过飞机失事后的惨状，

71

令人触目惊心。二是怕飞机颠簸，身体受不了。我曾参加过飞行员体检，知道飞行的痛苦。那还是入伍后的第二年，我"验飞"在团卫生队通过了，到了师卫生科在测验旋转那一项被卡住了，顺时针转我还行，突然改成逆时针转就受不了了，头晕得厉害，直想呕吐，那种痛苦不堪的折磨至今仍记忆犹新。由于我身体的其他条件都很好，"验飞"的负责人舍不得放我走，又连续试了几次仍未过关，最后只好放弃，结果飞行员没当上却落下一个"恐飞症"。

起飞前，空姐向我们展示安全知识，我按照她的指示系好了安全带。过了一会儿，飞机开始滑翔，速度越来越快。我望着窗外，好像跑道向后面塌陷一样，飞机腾空而起，犹如一支利箭射向蓝天。我的心情激动无比，已经飞到空中了，终于实现了我多年来既害怕又向往的飞行梦想。

此时我紧张极了，紧紧抓住座椅的扶手，好像一松手就会掉下去似的，同时做好了随时呕吐的准备。当我看到周围的旅客有说有笑，轻松自如，渐渐地也就不那么紧张了。我有点失重，耳朵被鼓得疼痛，已经听不到声音了。

飞机在空中平稳了，我透过舷窗，尽情地俯视大地：汽车比甲壳虫还小，公路比尺子还细，房屋也只有橡皮那么大，一块块整齐的田地有黄的、有绿的、有红的，像一扇扇彩色的玻璃窗，整体像一幅五彩斑斓的油画。

我张嘴打了一个哈欠，耳朵又能听到声音了。就在这时，空中小姐推着小车给乘客送饮料和点心。因囊中羞涩，我不敢随便花钱，也没有随便花钱的习惯。后来听说是免费供应，每人一个餐盒，饮料随便点。饮料的品种很多，有茶水，有果汁，有牛奶，我点了一杯橙汁。

飞机在八千多米的高空中平稳飞行，在一望无垠的云端上穿越。只见窗外一朵朵白云非常美丽，有的像面包圈，有的像小绵羊，有的像大雪山……当时，我真想让飞机在空中停留一会儿，让我把云朵看个够，或者像孙悟空一样在云层上走一走。突然，飞机钻进了云层，就像钻进了棉絮里，白茫茫的一片，连机翼也看不清了。过了几分钟，飞机钻出了云层，地面又成了彩色图画，我的心情也随之豁然开朗。

　　我带着好奇之心，一会儿看看机舱，一会儿看看窗外，时间就这样很快过去了。我去了一趟卫生间，刚回到座位上，就听到空姐说飞机在下降，请乘客系好安全带。我往窗外一看，地面的景物越来越清晰，越来越大。只觉得一阵颠簸和振动，有人说飞机安全着陆了，随后爆发出一阵掌声。

　　我恋恋不舍地走下飞机，心里的那块石头也落了地。完全出乎我的意料之外，原来乘飞机并不可怕，而且很舒适，就像是在空中腾云驾雾，还能看到很多美丽的景观。尤其是它的速度很快，从兰州到北京只花了两个多小时。

探访殷墟

上午在安阳县民政局张科长的陪同下，我游览了因毛主席一句话被保留下来的袁世凯葬身之地"袁林"。听说殷墟就在它的西面不远处，作为与文字工作有点关系的我，对神秘的甲骨文很感兴趣，于是便去探访这个被誉为"第二个古埃及"的殷墟博物馆。

殷墟，商朝的最后一个都邑。3000 年前，中国历史上曾存在过一个强大的王朝——商朝。它是被全世界所承认的中国第一个朝代，历经 550 年，承传十七代三十一王，都邑数度迁徙，大约在公元前 1300 年，第二十代商王定都在今天的河南安阳，这也是商朝的最后一个都邑，在这里度过了250 年，后来被西周王朝所取代。

如今所说的"殷墟"，主要是指位于安阳市洹河南岸小屯村和花园庄一带的商朝宫殿宗庙遗址。走进殷墟博物馆大门，我深深感受到了岁月沧桑的历史氛围，脚下踩着的这片土地是千年前祖先们曾经活跃过的地方，于是就有了一种对这个远古王朝的敬仰之意。尽管这里的房屋都是复建的，当年商代国都早已随着天灾与战乱夷为废墟，只留下几根象征着当年厚重历史的大殿基柱，但缓缓流淌的洹河依然守护着这片神奇土地，古朴厚拙的"門"字形大门仿佛遮掩着这个强大王朝的种种神秘。这里没有高大的建筑物，博物馆也是建在 8 米深的地下。馆内展出的商人日常生活使用的工具和器物，还有装饰和显示身份的玉器、石磬、陶埙等物件，充分体现了这个在中国历史上占据时间最长的王朝空前的繁荣和强盛。

我们穿过如同天书一般的甲骨文字回廊，进入殷商甲骨文最大的发掘坑洞。据讲解员说，甲骨文的发现是在偶然与必然之间，历史将商朝的文明尘封了3000年后，选择了20世纪初晚清金石学家王懿荣为破译天机的第一人。1899年夏，身患伤寒的王懿荣从他服用的药材中发现一块奇异的"龙骨"，然后顺藤摸瓜，致使甲骨文重见天日。真是"一片甲骨惊天下，中华基因永传承"。

甲骨文，顾名思义是把象形文字刻制在龟类动物的硬甲之上，一般人们都以为是刻在甲背上，其实不然。甲骨文是刻制在甲腹骨的上面，也就是龟类动物的腹部，这里的甲片比较平整，而且颜色几乎是白色。

甲骨文图画性较强，以象形字体为主，有的字体甚至颇为逼真，尤其是与人或动物相关的名词。从甲骨上的文字看，它已具备了中国书法的用笔、结字、章法三要素。其用笔线条严整瘦劲，曲直粗细均备，笔画多方折，对后世篆刻的用笔用刀产生了影响。从结构字体上看，文字不仅有变化，虽大小不一，但比较均衡对称，还显示了稳定的格局。

甲骨文一般是记录发生过的事情，类似现在的文字档案，还有相当部分是占卜用的，这里展出的就有记录天象和纪年用的天干地支甲骨文。

游览景点，并不是为了看个新鲜，而在于它背后的故事。我从讲解员口中得知了很多有趣的知识，比如"模范"这个词的由来。在铸造青铜器的时候，外面要有一个模型，铜器的外部形状和各种图形就是按照这个模型浇铸出来的；铜器的内部是根据另一个"芯"的形状浇铸而成的，整个"芯"古时称为"范"，由于铜器的外部图形和内部形状都是受"模"和"范"来制约的，反过来"模"和"范"就成了一种样式和样板，于是后来就有了"模范"这个词，形容按照规矩和标准做事和执行。

"觥筹交错"是一个成语，形容许多人相聚饮酒尽欢的情形。"觥"是中国古代盛酒器，流行于商晚期至西周早期。椭圆形或方形器身，圈足或四足，带盖，盖做成有角的兽头或长鼻上卷的象头状。有的觥全器做成动物状，头、背为盖，身为腹，四腿做足，这里就展出了一些铜制兽形觥。

另外还有一个词，就是"商人"的来历。商朝被西周替代以后，作为政权逐渐从政治舞台淡出，但商人仍然从事各种买卖和物资交换及流转活动，后沿用至今，就把从事买卖活动取得利润的人称之为商人。

走出展览馆，我们来到西侧约百米的妇好墓。这是殷墟发掘以来唯一一个未被盗掘过、能和甲骨文相对照，并能确定墓主和墓葬年代的殷代王墓。

妇好是商朝第23任君主武丁的妻子，也是中国历史上第一位内可治国、外可征战的巾帼将军，深得武丁的宠爱和臣民的敬仰。她曾率领千军万马抵御前来侵犯的鬼方，大获全胜而归。她曾北讨土方，东南伐夷，西败巴军，为商王朝拓疆辟土立下了汗马功劳。尤其值得称道的是攻巴一役，她率部在巴军的退路预设埋伏，待武丁自东面把巴军赶进伏击圈，然后合而攻之，大获全胜。此役当为战争史上所记载的一个范例，也是中外军史上最早的伏击战。除带兵作战外，妇好还主持过各种类型和不同名目的祭祀、占卜活动。武丁对妇好宠爱有加，不仅授予她独立的封邑，还经常向鬼神祈祷以保佑她健康长寿。

然而，这位智勇双全的王后33岁就阵亡了。虽然在当时她的寿命已经不短，但是相对于享年59岁的丈夫武丁确实有点屈寿了。武丁对妇好的不幸去世非常痛心，将她下葬在自己处理军政大事的宫室旁侧，让自己随时能看到妻子，日夜守护着她。

我从《武氏族谱》上早已知道商王武丁是武姓的始祖，也知道妇好是武丁的妻子，如此算来妇好应该是在下的老祖奶奶了。在这次探访即将结束之时，作为武丁的第113世孙，我整衣脱帽，面向妇好墓恭恭敬敬地行了三个礼。

中英街纪行

盛夏的广州，犹如蒸笼，溽热难忍。我来到广州开会，其间会务组安排我们去逛中英街。据说，中英街与朝鲜的"三八线"、德国的柏林墙、越南的贤良河被称为 20 世纪最具影响的 4 条分界线。"三八线"我看过了，而且在那里工作了三年，现在很想见识一下中英街。今天一大早，我们就乘坐面包车前往这个闻名已久的历史景点。

我从资料上得知，中英街位于深圳市盐田区沙头角镇，由梧桐山流向大鹏湾的小河河床淤积而成，原名"鹭鹚径"，是深圳"八景之一"。1898 年 6 月 29 日刻制的"光绪帝二十四年中英地界第×号"的界碑立于街中心，将沙头角一分为二，东侧为华界沙头角，西侧为英（港）界沙头角，故名"中英街"。

就是这个南国边陲的弹丸小镇，曾牵动着我们这辈许多人刻骨铭心的记忆，吸引着亿万人热切的目光和追逐的脚步。进入一街两国的中英街，不论是来自内地的旅客还是当地居民（沙头角居民除外），都要办理公安部门签发的"特许通行证"。在沙头角关口，游人排成一条长龙。我们顺着队伍一步一步往前移动，终于来到关口，检查人员看了一下通行证，就放行了。

游客就像洪水冲破闸门，浩浩荡荡冲进了中英街。进入中英街之后，能看到一个标志性界碑，由于自然风化，界碑已失去棱角，有的字迹模糊不清。这也是一个小景点，游人可以在界碑前拍照，留下到此一游的记录。

中英街长不过250米，宽不足4米，非常古朴，有沧桑的感觉。街心以"界碑石"为界，左侧的门牌字号都是简化字，右侧的门牌字号都是繁体字。走在大街上，不时可以看到中英双方的警察在各自的辖区巡逻并井水不犯河水地管理辖区的秩序。这里店铺林立，有来自五大洲的产品，种类齐全，而且人民币和港币可以通用，不失为一个购买洋货的好去处。

有人说，去南方旅游看树，去欧洲旅游看屋，去香港旅游看物。我没去过香港岛，从一半深圳一半香港的中英街来看，可以想见香港不愧是"购物天堂"，那里的商品一定很丰富，而且物美价廉。

由于商品异乎寻常的便宜，有些人就认为中英街出售的商品都是水货和假货，其实不然。货比三家的当地常住居民都在中英街购物，而不舍近求远去香港。因为这里的东西多为舶来品，一律免税，性价比高，尤其是生活日用品和食品都很齐全，而且有的比香港还要便宜。

我来之前，朋友告诉我去中英街主要是买日用品，那里的食品特别是巧克力非常好，一定要买；药品、保健品、化妆品要甄别，应谨慎买；手表、黄金、衣服、电子产品、名牌皮具不要买。

我来中英街意在考察资本主义的市场环境，并无购物打算。可是进关以后，各种各样的商品搞得我眼花缭乱，购物欲顿生。我发现这里的折叠伞很便宜，只要10块钱，就买了一把。再往里走，发现更便宜，8块钱一把，就又买了一把。快走到尽头时，那里一把折叠伞才卖5块钱。于是当即打住，咱又不是批发商，不管多便宜也不能再买了。

来中英街的人不只是采购，买完之后还可以散散步，看看景，拍拍照！据说这里也是男女相恋、情人约会的场所。因为它毕竟不是随便出入之地，不易遇到熟人，所以更为私密，更为浪漫，也就更为放心，可以尽情地沉浸在爱河之中。

中英街头有一口不大的古井，据说是康熙时代开凿的，我把头探入井口，看到了里面的井水，感觉有些微凉。因喝不到井水，里面的水质如何却不得而知，估计不会太差。我沿着中英街一路朝前走，发现有一棵枝繁叶茂的古榕，四五个人才能合抱过来。古榕的根部植于社会主义一方，而躯干却大幅度倾斜到资本主义一方，很是奇异，当地人打趣说此树政治立场不坚定，是在"吃里爬外"。

我一边漫游，一边观看两侧，不知不觉走到了中英街的尽头。前面分支出一条与中英街宽度相当的道路，两名警卫立于街头的一处，很是威严。旁边的牌子告诫"不得进入"，因为再往前走就是资本主义的香港了。

我这次来中英街不是为了购物，也不是为了观光。这里自然与人文相互映衬的特殊风景，使我看到了它的百年沧桑和屈辱历史。我要把这次特殊时期的旅行记录下来，目的是想在记忆中留个纪念！

恢复军衔记

上午9时，在响亮的国歌声中，我参加了入伍以来第一次授衔仪式。会场上军容整齐，群情振奋。部首长宣读授衔命令后，全体干部在欢快的音乐声中依次走上主席台受领命令状。此时场内响起一阵阵掌声，如雷贯耳，经久不息。

军衔，我以前只是在图片和电影里看到过，知道它是缀在肩部和衣领等处的军阶符号，是标明军人社会地位和军事级别的称号，最早产生于15世纪西欧一些国家。为了提高军人的荣誉感和责任心，方便部队的指挥与管理，加强军队的组织纪律，促进军队正规化建设，我国在去年召开的七届人大二次会议上决定恢复军衔制，通过了《中国人民解放军军官军衔条例》。今年9月14日，我国正式恢复军衔制，新的军衔等级为：一级上将、上将、中将、少将；大校、上校、中校、少校；上尉、中尉、少尉。

此时此刻，我的心情十分激动。一是没想到恢复军衔制这么快，而立之年的我有幸成为两杠一星的少校军官；二是没想到我能服役这么长时间，并为退役的那些战友没能享受这份荣誉而感到惋惜。此前我只穿过"一颗红星头上戴，革命红旗挂两边"和大檐帽配军种肩章的两种军装，今天突然穿上带有军衔的新军装，的确有一种焕然一新、脱胎换骨的感觉。尤其令我惊喜的是，我的授衔命令是由总参谋长迟浩田将军签发的。

我军的军衔代表着军人的级别，它将军人的荣誉称号、待遇水平和职务因素融为一体，兼有增强军人的责任心和荣誉感，促进军队正规化建设，加强军队诸军兵种之间指挥、管理和保障的协同，以及便于进行国际交往的作用。尤其是在讲究双方对等的外事活动中，如果一方没有军衔实在不方便。比如，1984 年国防部部长张爱萍访问美国，由于我国取消了军衔制，美方就不知道该用什么样的规格来接待张爱萍。后来经过反复掂量，美国政府才按照五星上将的等级委派国防部部长温伯格接待张爱萍。在那次访问中，张爱萍还大闹美国国务院，舌战国务卿舒尔茨，被邓小平称为"惹不起"的张爱萍。

新中国成立后，我军先后于 1955 年和 1988 年两度实行军衔制度。在第一次授衔时，那些经过战争洗礼而九死一生的将帅们面对荣誉却淡然处之，不为名利争短长，徐向前、罗荣桓、粟裕、徐海东、许光达等都提出过让衔的请求。授衔那天，在中南海还发生过这样一件事，成为至今仍在传颂的一段佳话。

1955 年 9 月 27 日下午，中华人民共和国元帅授衔、授勋典礼完毕，在怀仁堂的休息室里，人民共和国的开国元勋在追忆革命历史。陈毅以浓重的川音问贺龙：元帅阁下，当初你在南昌和叶挺打响第一枪时，可曾想到要当元帅？贺龙用手把他那八字胡一捋说：元帅？我连这是第一枪都没想到，我只想怎么打好这一枪。叶剑英问陈毅：要是叶挺军长还健在，贵军就出了两个元帅，不是吗？陈毅爽朗的笑声中带着严肃的口气：不！要是他还健在，我就把这元帅的桂冠奉送给他。那时，在十大元帅中就有两个叶帅倒是真的。当周恩来走向元帅们时，陈毅向他敬了个军礼，大声喊周副主席！叶剑英则叫周恩来是我们的总参谋长。贺龙纠正说他应是未授军衔的元帅。周恩来听了哈哈大笑，连连摆手道：不，不，我只是政府的一个工作人员，为诸位元帅当后勤。开国元勋的交谈虽然轻松欢快，妙趣横生，却令人深思，令人感叹，令人敬佩！

当我换上佩有少校军衔的新军装，戴上饰有银灰色丝带的大檐帽，不由得想起当兵以来的着装史。1969 年刚入伍时，我穿的是 65 式棉布军服，佩戴的是红五星帽徽和全红领章。1974 年，我军的服饰由原来的"三点红"改为大檐帽、八一五星帽徽和军种肩章、领章符号，军装的面料也由合成纤维改为三元混纺。这次恢复军衔制，配发的是 87 式毛料军衔服装，体现了我军革命化、现代化和正规化建设的新貌，掀开了我军被服建设史上新的一页。

有人说：北国边陲，军装是不倒的长城；南疆哨卡，军装是庄严的国门；街头巷尾，军装是安宁的象征；扶老携幼，军装是爱心的使者；抗洪救灾，军装是不溃的大堤；艰难困苦，军装是不屈的雕塑。如今穿军装的中华儿女肩上又多了一份标志，它象征着荣誉，代表着责任，凝聚着承诺，洋溢着壮志与豪情。

毫无疑问，军装是军人身上一道靓丽的风景，它是比山更高、比海更阔的军旅情怀，它是人民子弟兵对党和祖国矢志不渝的忠诚。在合影留念时，我端详着穿戴在身的新式军装上闪闪发光的军衔，不禁心有所思，情有所感，于是即兴赋诗一首：

青春岁月几峥嵘，
铁马金戈一路行。
今日军衔肩上挂，
誓为国防献终生。

学跳交谊舞

从办公室调到业务处工作之前，机关安排我去南京国际关系学院进修三个月。我又回到了阔别十几年的母校，重温十几年前的校园生活。今天晚上系里安排一场舞会，既是给学员搞的一次娱乐活动，也是专业学习的一项内容，因此作为进修班分管内务的副班长，我不得不带头参加。

改革开放以后，被"文革"禁锢了十几年的舞会又悄然兴起，尤其进入 80 年代，全国各地掀起了一股跳交谊舞的热潮。每逢周末晚上，到处能听到砰砰嚓嚓的舞曲声，闻曲起舞的年轻人放下饭碗便纷纷奔向舞场。

我们的舞会在学院舞厅里举行，虽然场面不大，但灯饰、音响、茶座等一应俱全。我找了一个不太显眼的位子坐下，首先映入眼帘的是闪烁的彩灯和美丽的鲜花，恍若置身于"惊心动魄"的彩色世界里。优美的旋律，动听的歌声，炫目的灯光，和一张张化出来的靓丽面孔，令我进入一个陌生的幻境。其实，我是个本色男人，一贯不用雪花膏和香水儿，也一贯讨厌捆在脖子上的领带。对于这样一个爱静的"老土"来说，我有点享受不了这样的耳目之福。

一支舞曲轻轻响起，舞池中开始有人翩翩起舞，我却为如何开口邀请舞伴而发愁，因为我根本不会跳舞，像这么气派的舞会也是第一次参加。我心里像揣着一只兔子怦怦乱跳，以求助的目光盯着坐在我旁边的一个同班女生。她好像已看出了我的紧张情绪，安慰我放松别紧张。我说我不会跳呀！女同学笑着说还是班长呢？不会跳，我来教你！我说别着急，让他们先跳。

我重新调整了一下情绪，希望可以沉稳下来。不但毫无效果，反而越发丧气，于是有了干脆躲开舞场的念头。就在这时，一位个头比我高的女士带着一股芳香走过来，做了一个潇洒的邀请动作，轻声问能请先生跳个舞吗？我吃惊地看着她，尴尬地说我不会跳呀！那女士温文尔雅地说不会跳没关系，我可以教你。

盛情难却，又是女士的邀请，同时也是一次难得的学习机会。我赶紧站起来随女士走向舞池，羞涩地伸出右手搂住她的腰，掩不住内心的紧张与兴奋。毕竟这是我第一次跳舞，毕竟这是我第一次和陌生女子牵手，并且她的左手还扶着我的右肩。

那女士像一位舞蹈老师很有耐心地一边跳一边说，跳舞首先要挺直身体，听到音乐后要昂起头，挺起腰。男士先出左脚，女士先出右脚。要跟着鼓点跳，慢慢就会有感觉。中三比较容易学，也是左右脚交替进行，只是和四步一样，讲究步子大小，第一步要大，第二步要小，第三步要并脚。

我似懂非懂地听着，也不知道跳的是三步还是四步，只是像一个拖车被动地跟着她走，跟着她转。此时，她以女人特有的细心问我是进修生吧？我掩饰住职业性的敏感问她是怎么知道的，她说学院里的干部她都认识，今天来跳舞的都是生面孔。接着她继续教我跳舞："你的脚要灵活些，别像士兵走正步似的，要把脚跟抬一点，脚尖擦着地皮跳就好看，还要学会转圈子，朝左朝后，对，就这样跳……多走，踏着音乐走，慢慢你就能找到跳舞的感觉了。"

跟鸭子拽步似的蹦跶了一会儿，我感觉跳舞并不容易，比写文章难多了。踩着舞步的脚过于生硬别扭，不够灵活，形似推磨，又像跨栏。我扭动着肩膀，吃力地一抬脚一落步，根本维持不了身体的平衡，偶尔还踩到舞伴的脚。我们跳得很不协调，而且很吃力。当看到身旁婆娑起舞的同学们，我很羡慕他们优美的舞姿，同时又觉得他们在用惊异的目光看着我。我狼狈极了，无法掩饰脸上的懊丧神情。如果再这样跳下去，我那笨拙的形象肯定会受到更多人的讥笑。

我并不反对别人跳舞，但自己对跳舞却有一种与生俱来的抵触心理，不习惯混在"花丛"、脂粉和音乐之中。那女士大概从慌乱的舞步中感觉到了我神情的急剧变化，于是轻柔地说休息一下好吗？我像被释放的犯人，顿时有了一种解脱感。我们就近找了一个沙发坐下，这才发现那位不知姓名的女士不但穿得漂亮，人也长得漂亮，而且脸上还带着微笑。我端起一杯茶水送给她，说谢谢您教我跳舞，辛苦您啦！您是我人生中第一个舞伴。谢谢您……

这就是我第一次学跳舞，由于人太笨，最终也没有学会跳舞。在抑扬婉转、感染动人的音乐声中，当教我跳舞的那位美女又跑进舞池鱼翔浅底般地踢腿、扭腰、晃脑时，我悄悄离开了舞场。在纷乱中逃离，从"红尘"中隐逸，第一次当了逃兵。如果班里进行评比的话，我跳舞的成绩肯定不及格，而且可能是全班唯一一个不及格的学员。

助人为乐

广州不愧是闻名全国的花城，尤其在春天，这里到处鲜花烂漫，芳香四溢。我和吴副局长到广州出差，适逢中国进出口商品交易会开幕，因此大街上显得车多人多，车像流水，人如海潮。

中国进出口商品交易会，创办于 1957 年 4 月 25 日，每年春秋两季在广州举办，由外贸部和广东省政府联合主办，是中国目前历史最长、层次最高、规模最大、商品最全、客商最多且分布国家最广、成交数额最好的综合性国际贸易盛会，被誉为"中国第一展"。

下午，我们去花园酒店会见来自境外的两位客人。我到处里工作不久，对我这个新手来说一切都是新的，新的业务，新的人事，新的做法，都要从零开始，从头学起，从头做起。这次将要会见的客人也是新的，我们是第一次见面。

处于地理位置极为优越的广州市环市东路的花园酒店，在 2 万平方米的自然花园里，近百种不同的植物摇曳生姿，18 米双瀑布相互增辉。小桥流水，锦鲤嬉游。漫步园中，恍若走进一年中的春夏秋冬。

走进整洁明亮的客房，吴副局长把我介绍给客人，然后又向我介绍客人。这是一对年近花甲的老人，既精干又慈祥。我握住他们的手，观察他们的相貌，感觉似曾相识。老人的记忆力极好，他微笑着说你是武先生吧？我们见过面啊，是在火车上！

一句话提醒了我，"哦，原来是谢老先生啊！"

那还是两年前的一个夏天，在北京开往天津的火车上，我找到座位刚坐下，发现坐在我对面的是一对年迈的老人，他们像是长途旅行，随身携带的两个箱子上还缀着航空行李牌。我赶紧起身帮忙，用力把他们的大箱子放到行李架上。两位老人看到我累得满头大汗，很是感激，连声说谢谢谢谢，还说他们运气好，遇到好人了。我说不用谢，你们是老人，这是一个年轻人应该做的。

做好事尤其是尊重老人和师长，是我的父母乃至祖父母一直倡导的。我自己也认为这是做人的一种习惯，一种义务，一种本分。

我是在学雷锋活动中长大的一代人，"雷锋"贯穿了我的整个童年、少年、青年时期，在三十年的生命时光里如影随形，他那"助人为乐""钉子精神""艰苦朴素""无私奉献"等经典事迹伴随着我成长的全过程，对价值观的形成起到了至关重要的作用。其实学雷锋，做好事，也是一种态度，一种精神，一种修行。

中国有句古语："人之有德于我也，不可忘也；吾之有德于人也，不可不忘也。"告诉人们从受恩角度上说，应该有恩必报；从施恩角度上说，却要施恩不图报。也就是教育我们做好事未必留名，付出了不求回报。

"但行好事，莫问前程"，这是大多数做好事人的初衷。而我则认为，做好事的人一定会有好报的。因为做好事能够得到人们的敬仰和尊重。有句话叫"助人为乐"，做了好事，心中愉悦，对身体特别是身心的健康大有裨益，这不就是回报吗？再说人心都是肉长的，你为人家做了好事，人家记在心里，你若有个小灾小难，人家也一定会出手相助，因为人都有感恩之心，善人者，人亦善之。正如一首歌词所说，"只要人人都献出一点爱，世界将变成美好的人间"。大家都做好事，处处充满温暖，对于每一个人来说，这其实就是一种回报。

我这次与两位老人不期而遇，在场的人都感到十分惊奇和惊喜，没想到一件极小的事情竟然把两位老人感动得一塌糊涂，老爷子像看到了久别重逢的亲人，他一把拉住我的手用力地握起来，可能还嫌热度不够，他又和我紧紧地拥抱。站在一旁的老太太笑得更灿烂，居然挣平了脸上的褶子。

我被两位老人的举动感染了，眼睛有点潮湿。此时我在想，我不过是做了一件应该做的小事，且不说什么"人在做天在看""好心必得好报"，假如那次在火车上我袖手旁观，没有帮助这两位老人，那么这次相见就被动了，尴尬了，或者说无颜面对了。看来所有看似偶然的相遇，背后都有必然的因果。

爱出者爱返，福往者福来。当然做好事并不是为求名，也不是为求利，更不是为求功德。抱着尽本分的心去做好事，那才是真正实在的好事，才是至诚无私的善事。我为人人，人人为我；赠人玫瑰，手有余香。帮助他人的同时也帮助了自己，就像埋在地下的树根自然会使树枝产生花果，却并不要求什么回报。

一分耕耘，一分收获。付出了，总会有回报，或物质回报，或精神回报。但我们不求回报，只求做个好人。做好事的人必是好人，好事又能感化出好人。"好人一生平安"，这一直是我们这个拥有五千年文明古国里历代人民的美好祈愿与真诚祝福。我愿做一个好人，做一辈子好人！

一次家宴

我参加过婚宴，参加过寿宴，参加过国宴，还参加过庆功宴。但最让我尴尬的是今天中午这顿家宴。

M 先生来自阿拉伯地区，在中国留学，毕业后留在中国工作。他是一个英俊、热情、开朗的小伙子，不但有文化，有才干，而且也通情达理。他说他是外国人但不是外人，中国是他的第二故乡，他要在中国成家立业，为中国的改革开放事业做出贡献。

我们经常聚会，赶到饭时总是我主动请客。因为他是国际友人，又是来自不发达国家，我要尽地主之谊。我知道他信奉伊斯兰教，不吃大肉，只好点一些我不爱吃的牛羊肉之类菜品。他忌讳喝酒，我也不胜酒力，所以只点饮料和茶水。尽管如此，这并不妨碍我们之间的交流，反而关系愈处愈亲密。

平时我们经常通电话，互致问候。有时他让我帮助咨询一下生意，寻找一些客户，我虽然不懂买卖，但都尽量帮忙，或介绍客户，或推荐货源。我从他那里也学到了很多知识，比如阿拉伯地区的历史和阿拉伯人的风俗等。

我从中央电视台新闻联播上看到巴勒斯坦总统阿拉法特经常戴一顶方格头巾，就请教 M 先生这条头巾有什么含义。他说阿拉伯地区为沙漠地带，天气炎热并且风沙较大，外出行走用头巾把头和脸裹起来是环境所需。这种头巾多为白色，也有其他颜色，将其放于头上，再套上一个头箍固定之。阿拉法特的头巾，黑白方格代表巴勒斯坦农民，红白方格代表沙漠中的贝都因人，方格中的白色代表居住在城里的居民。

这天中午，我们又不期而遇，互相寒暄后我提出一起去吃饭。M 先生郑重地说这次吃饭要听他的，由他来做东。我说我是地主，请客请客，哪有客人请主人之理。他说请客应该是互相的，你们中国古人有一句名言叫作"来而不往非礼也"，这顿饭不让我请，就是看不起我这个"老外"。

话说到这个份上，我无语了，只好悉听尊便。M 先生要在他家里招待我，要我认识一下他的家门，品尝一下他夫人的手艺。

我坐着 M 先生的汽车，来到了他的住处。真是不是一家人不进一家门，M 夫人是中国人，居然也学会了做 M 先生的家乡菜。只见她在厨房里士气高昂地孤军奋战，乒乒乓乓一阵响动后，四个凉菜和一个咖喱烩菜就上桌了。M 先生把茶水倒进杯子，然后以茶代酒开始碰杯。尽管是茶水，好客的女主人也不停地催我喝，逼我喝，不喝挺对不起她的真诚。

由于都不喝酒，这就简化了家宴的许多程序。M 夫人帮我盛了半碗米饭，然后又盛了一勺伊斯兰风味的咖喱烩菜放在米饭上面。顿时一股膻气扑鼻而来，熏得我头昏脑涨。原来这个咖喱烩菜是用牛羊肉与洋葱、土豆烹制而成，据说是 M 先生家乡的名菜。

我从小就不能吃牛羊肉，一是接受不了牛羊肉的膻气味，一闻到膻气味就反胃恶心；二是吃了牛羊肉以后浑身过敏起疙瘩，刺痒难忍。现在来到朋友家做客，只能客随主便。我屏住呼吸硬吃一口，然后使劲吞咽下去。我时时提醒自己，这是在朋友家吃饭，又是外国朋友，不能失去礼节，不能让朋友难堪，不能辱没我们"食礼之国"的名声。于是我忍了又忍，像喝苦涩的汤药一样以最快的速度把一碗饭吞了下去。

看得出来 M 先生和他的夫人吃得很香，为了照顾好客人，他们又吃得很慢。M 先生看到我吃完了，就问饭菜怎么样？味道还可以吧？我顺口而答好吃好吃，非常好吃。没想到好客的 M 夫人突然向我碗里又倒进一勺咖喱烩菜，还说别客气，好吃就多吃点。

虽然是一勺菜，但对我来说就是一个艰巨的任务，简直比攻碉堡还难。没办法，为了友谊，只好硬着头皮再吃。这次我接受教训，不再狼吞虎咽了，而是小口小口地细嚼慢咽，是那种不敢品味的细嚼慢咽，以免吃完了他们再给我加一勺。直到他们都放下了碗筷，我才吃掉最后一口饭。

中国是"礼仪之邦"，朋友之间最讲义气。古有"秦叔宝为朋友两肋插刀"的故事，我虽然没有为朋友两肋插刀，但我觉得吃了这顿饭比为朋友两肋插刀要仗义得多，真诚得多，壮烈得多，试问谁能为朋友付出像我这样的巨大痛苦？

香港印象

国家对外开放了，要求"走出去""引进来"。根据上级指示精神，为了考察外部环境，我准备先出境后出国，先东方后西方，先就近后远游。被誉为"东方之珠"的香港是继纽约、伦敦之后的世界第三大金融中心，素有"购物天堂"之称，因此我把它作为外出考察的首选地区，想去那里看一看自 1842 年沦为英国人之手的资本主义制度是个啥样子。

通过罗湖口岸乘火车到九龙，一路上我仔细观察了各个车站和铁道两侧的市容，得到的初步印象是香港的交通便利，秩序井然，环境整洁。实事求是地说，香港的城市管理比内地要好得多。

香港确实很干净，天蓝地绿，水清路净，花草鲜灵得像水洗过的一样，皮鞋穿上三五天都不会脏的。这里不像内地尤其是北方有些地区随地吐痰，乱扔烟头，不讲究公共卫生。那么香港是如何做到那么干净的呢？我想在未来的几天找到答案。

香港的坡道多，弯道多，地道多。一会儿山间，一会儿海边；一会儿地上，一会儿地下，绕来绕去，都把我绕转向了，总感觉太阳是从西边出来的。我在这个满眼英文充耳粤语如同外国一般的弹丸之地走马观花了两日，今天下午想去附近的影院看场电影，放松一下。

进入影院刚刚落座，只见银幕上打出几个大字：禁止吸烟，违者罚款

3000 港元。这对于月薪只有几百元人民币的我来说不禁大吃一惊，那可是厚厚的一沓钞票，是内地人一年的生活费呀！于是问陪同我的朋友 3000 港元是个什么概念？朋友说是香港普通员工一个月的薪水。

人家都说新加坡罚款厉害，虽然我没去过那里，但通过各种途径知道那个国家不但罚款很重，甚至还要施以世界罕见的鞭刑，犯法的男性往往会被打得皮开肉绽，疼痛难忍，而且鞭痕无法消除，将伴随犯人一生，留下终身的耻辱。

听说在新加坡街头，有一些卖冰激凌的流动小摊贩，花一块新币（折合人民币 5 元），摊主就会用刀切一块水果口味的冰激凌砖，外面裹一片面包，同时送上一块大大的薄膜纸，防止你边走边吃把碎屑掉到地上。当然，这张薄膜纸你千万要记住扔进垃圾桶，否则乱扔一张废纸的代价实在太高，最低处罚 500 新币，相当于 2500 元人民币。

中国香港和新加坡市都是很干净的城市，对不讲卫生的人罚得都很厉害，甚至连当地人也难以承受。听说有一个老头在香港街头抛物，被执法人员当场拿下。该老人接过罚单竟然被吓得当场晕倒，食环署人员将他送往医院抢救。等他苏醒过来，执法人员毫无恻隐之心，仍然把那张 1500 港币的罚单交到了他手里。

还有一位来自境外的女佣，以自己家乡的习惯把一袋垃圾放在垃圾箱旁边，被执法人员抓个正着，并处以罚款。那女佣急得大哭：我每月才挣 3000 港元，给你们 1500 港元我怎么生活……哭了很久很久，但法律是无情的，最后还得含泪交钱。

我向朋友提出一个问题："如果随地吐痰或乱扔烟头被抓住了，死不承认是自己扔的，周围又没人作证，难道还要去验 DNA 不成？"

朋友笑着说，执法人员都是二人结伴而行，看到违法者当场开罚单，上面有姓名、住址和身份证号。如果是累犯，还要重罚。没带身份证不要紧，对讲机一叫，警察马上会过来，因为在香港不带身份证上街是违法的。如果你一定说不是自己扔的，或者接到罚单后不理不睬，过不了多久，你一定会收到法院的传票，法官一般会判你输，最后诉讼费还得你出。所以在香港最明智的做法就是守法，别乱扔东西。如果被抓住，有头脑的人都会老老实实交钱认罚，在这里是不会出现"阿赖"的。

"法"与"罚"，是一种手段，是一种象征，是一种震慑。不过，我认为罚不罚、怎么罚、罚多少，应该以这个城市中大部分人的文明素质为参照。俗话说：法不责众。如果平时违规的人多，而处罚的力度一下子很大，肯定会遇到强烈反弹，执法成本会很高，最后有可能罚不下去，这可能就是内地有些地方公共卫生搞不上去的原因之一。只有不断地宣传教育，让自觉的人越来越多，而不自觉的人当然还会有，这时候加重处罚力度，成效才会更佳。

不管怎么说，香港的城市管理机制还是比较先进的，很值得我们学习借鉴。他们是依法行事，而且铁面无私，不像内地重人情而轻法制。香港保持清洁几十年如一日，都是源于自觉维护加严管重罚。由于人人都有法治观念，从而使爱护公共卫生成为一种风气，一种习惯，一种自觉，所以才取得了如此成效。

陪狱半月

今天获悉衡水特大金融诈骗案两个要犯被捕，我非常欣慰。此案被骗数额巨大，惊动了中南海。当时我国外汇储备只有 200 亿美元，这次差点儿被骗去 100 亿美元，因此中共中央总书记江泽民给河北省委书记打电话说你们把半个中国丢掉了。

与此案有关的犯罪嫌疑人、部队离休老干部王先生是我局研究所的聘任人员，因研究所归办公室分管，作为办公室主任的我和研究所所长都受到牵连，为此我还陪伴他们在总政看守所住了半个月，被关在一个有铁门铁窗的房间里，三四个人睡一个地铺。我知道我们被冤枉了，但这个简单之极而又复杂之极的案情不查清，相关人员谁都脱不了干系。

俗话说：新官上任三把火。我这个刚刚上任的办公室主任，三把火还没来得及烧，就冒出了这个被称作"9341"的惊天大案，没进"朝堂"却入了班房，心里很是纠结，同时压力山大。这都是军队经商"一手抓业务一手抓筹资"惹的祸，不知它害了多少人，甚至包括高级干部。此案的起因是这样的：

3 月 4 日上午，河北农业银行衡水中心支行行长赵金荣在他的办公室接待王先生时，听说他有两个美籍华人朋友，一个是美国亚联集团公司的总裁梅直方，另一个是副总裁李卓明，他们对祖国的改革开放和经济建设十分关心，可以帮助融资。并说只需衡水农行与亚联集团签订一份引资协议，然后以衡水农行名义开出备用信用证作为资信证明，亚联集团公司凭此信用证明从外国银行进行融资，一旦融资款项到位，亚联集团公司将按照引资协议商定的款项，将资金打进衡水农行。

赵金荣和他的副行长徐志国都认为这是天大的好事，为了不被他人抢占良机，便当场拍板同意合作。当天下午，赵金荣就以中国衡水农业银行行长的名义给亚联集团公司签发了同意引进资金的函件，并向梅直方、李卓明两位"财神爷"发出了中国衡水农业银行进行融资考察的邀请。

3月26日，融资说客常某、于某以梅直方、李卓明的代表身份来到衡水，与赵金荣、徐志国洽谈有关引进资金的具体问题。为使两位行长相信其诚意和亚联集团的能力，他们承诺信用证生效后将打入各种项目需求资金人民币20亿、美金5000万，并同意衡水农业银行按信用证总额的5‰收取手续费，同意给中介单位和中介人中介费100万美元……豪爽的承诺，优厚的条件，让引资心切的赵金荣、徐志国喜出望外。

3月30日，美籍华人梅直方、李卓明终于来到了衡水市。在赵、徐的安排下，梅直方、李卓明住进衡水市豪华宾馆，并为他们开通了可拨至世界各地的长途电话，安排专车停在宾馆院内随时听从调遣；为消除语言上的隔阂，他们从学校特聘了英语教员赵永强做翻译。从此，衡水农行方面不再让我们的王先生介入此事，还说介绍人就是介绍人，不可能跟着一起"入洞房"。

在谈判桌上，梅、李二人拿出一份给衡水农业银行早已制作好的备用信用证样本交给赵金荣、徐志国。

经过一番"愉快"的谈判，双方达成了由衡水农业银行出具100亿美元备用信用证、由亚联集团公司从国际财团贷款打入衡水农行的引资协议。4月1日和2日，梅直方和赵金荣分别在金额为16亿美元、34亿美元和50亿美元的《合作引进外资投资开发协议书》上签了字。

根据协议要求，4月5日，赵金荣以衡水农业银行国际业务部门的名义（衡水农业银行并无此机构，系赵金荣为签约而虚设）签发了200份以亚联集团公司为申请人，中国衡水农业银行为开证行，受益人为国外某公司的一年期可转让、不可撤销、到期即付的 100 亿美元备用信用证。第二天，这 200 份备用信用证即由李卓明专程赶赴天津以联邦快递形式寄往加拿大维多利亚皇家矿务有限公司。

就在梅直方将赵金荣签发的 200 份总金额达 100 亿美元的备用信用证发出后不久，我驻外机构在国际金融组织发现了这一疑窦百出的信用证，并立即将情况报告国内。初步调查很快证实，亚联集团公司是李卓明在美国花 600 美元注册的一个空壳公司，根本不具有贷款和还款能力，梅直方、李卓明是一个国际诈骗集团的成员。

5 月 26 日，正在北京参加全国农行工作会议的赵金荣从省行领导的口中得知了上述情况，省行领导特意告诫赵金荣，为防止惊动梅直方、李卓明，请勿将此机密情况告诉徐志国。然而赵金荣没有听从领导的叮嘱，转身便将知道的情况电话告诉了徐志国。

得知梅、李二人背景后的徐志国惊呆了，但他仍执迷不悟，幻想梅、李二人能搞到贷款，弥补声誉。他将知道的情况告诉梅直方、李卓明后，督促他们尽快开一份保函交给农行，尽快将国外贷款打进来。梅直方、李卓明在对赵永强实施完最后一次骗局后，为防止公安机关抓捕，很快转移他地，并迅速筹集资金准备外逃。

6 月 17 日，《人民日报》在一版显著位置刊登了由新华社播发的中国农业银行声明，宣布由中国农业银行衡水中心支行"国际业务部"名义开出的备用信用证全部无效。

根据中央领导的指示，由最高人民检察院和公安部组织的专案小组迅速展开侦查工作。赵金荣、徐志国等一批涉案人员先后落入法网。藏匿在中国境内犹如惊弓之鸟的梅直方、李卓明在公安机关的全力通缉下，也在北京被捉拿归案。

我在总政看守所住了半个月之后，便被抽出来加入总参专案组协助河北省公安厅办案。在案情明晰后，被关押的我局研究所所长和王先生也先后被解除监视居住，与之相关的专案组也随即解散。

供职办公室主任

俗话说，新官上任三把火，头三脚难踢，良好的开端是成功的一半。我到办公室工作已半年了，适逢年终总结，总的来看局领导和各个单位对我的工作还是满意的。作为想做事情和做好事情的我来说，感到十分欣慰。

来办公室当主任是在我的预料之中，也是在同事们的预料之中，正如来我局考察干部的王政委所说："我对小武的情况比较了解，他曾在办公室干了五六年秘书，对办公室的工作很熟，是一个本本分分、勤勤恳恳的年轻人。有一段时间局领导班子不太团结，在处理他们之间的关系上他做得很好，双方对他都比较满意，能做到这一点很不容易啊！他是一个德才兼备的干部，是一个合适的办公室主任人选。"

在机关工作的人都清楚，办公室主任是承上启下的一个关键职位，也是升迁进步的一个重要台阶。同为中层干部，办公室主任在局领导身边，直接为局领导服务，学到的东西自然就多一些，工作水平提高的也就快一些，提职的机会也就大一些。事实证明，我局前几任办公室主任都是以升职结束的办公室主任生涯。

在大家的眼中，我左右逢源，呼风唤雨，十分风光。其实，他们对表面现象产生了很多错觉。说心里话，干办公室主任和当其他领导一样都有自己的酸甜苦辣，并不是有些人想象的那样风光体面、潇洒快活。

我知道我是一个普通家庭的孩子，更知道我的工作能力有限，因此没有太多的奢求。我的人生信条是"尽人事，听天命"，通过自己的努力走好人生之路，通过正常的途径实现自己的梦想，做一个人格上有尊严，事业上有成就的人，不枉来一世，不辜负领导和家人的期望，对得起党，对得起事业，对得起人民。

要想有地位，必须有作为。为了做好办公室主任，我请教了老主任。他直言不讳地说，办公室主任其实就是单位的"大管家"和领导的"左右手"，是单位中起承上启下、沟通协调、发挥枢纽和桥梁作用的中层领导，其主要工作概括起来就是六个字：办文、办事、办会。如何做好这三项工作，对上让领导满意，对下让基层信服，作为办公室主任还是需要具备相当的能力和素质的。

老主任思忖了一下接着说，一是人品要过硬。做事先做人，要认清自己的角色，摆正自己的位置。要排除个人的荣辱得失，以身作则，无欲则刚嘛！二是文笔要好。在办公室主任岗位上，起草各类讲话稿、汇报、总结等公文是必不可少的。在这一点上，你没问题。三是组织能力要强。各种会议和活动的组织，都需要办公室主任做出详尽的计划和周到的安排，在实践中，有好多组织工作往往是细节决定成败……

其实，我虽然初任领导职务，但对做好办公室主任还是有信心的。毕竟在办公室已工作了几年，在几任老主任的身边耳濡目染，还是有一些感悟的。首先要有信心，除了思想重视、工作勤奋外，我还相信李白在《将进酒》一诗中的名句：天生我材必有用。

我父亲是一个任劳任怨的老兵，也是一个清正廉洁的公安干警。听说我当办公室主任了，唯恐我做不好工作，唯恐我走不正路子，接连来了几封信，用他当领导的经验体会对我进行思想教育：不要违反政策，不要摆架子，不要占便宜。他说，工作要认真，办事要稳妥，处事要严谨，要有高尚的道德品质，朴实的工作作风，公正的处事原则。要谦虚谨慎，善于团结人，与人为善，有了成绩归功于大家，出了问题主动承担责任。要廉洁自律，公私分明，不贪不占，当一个太平官。总的意思是在警告我：仕途之上多风险，凡事尚须慎思行。

过去是"儿行千里母担忧"，如今是"儿握重权母担忧"。尽管我手无重权，也就是个"七品芝麻官"，但我认为老父亲的提醒很重要，应牢记在心。时代在变，形势在变，任务在变，还要在实际工作中摸索经验，开拓创新，有所为有所不为。办公室主任应该是"多面手""千只眼""万金油"，知道的事多，接触的人多，因此要管好自己的嘴，管好自己的手，管好自己的腿。虽说办公室是机关的职能部门，但一定要摆正位置，工作是服务，而不是领导。

办公室也是对外联系的一个窗口，有时难免外出应酬，喝喝酒，跳跳舞，早出晚归是常有的事。陪领导多了，陪家人少了，时间一长就会引起家庭矛盾，甚至家属的不满。这也难怪，社会上确实有人当了官后就花天酒地，甚至像陈世美一样抛妻弃子，所以妻子的担心也在情理之中。经过我反复做思想工作和以身证明，她终于解除了这一顾虑，并逐渐适应了这种离多聚少的生活方式。

上午，王局长对我半年来的工作给予了充分肯定，说我到任后办公室的工作有了新面貌，特别是在人员管理使用上比较顺畅。对全局工作的安排和保障以及与各单位的协调也有了很大改观，在经费开支上把关很严。成绩比较明显，进步幅度比较大，希望再接再厉，把工作做得更好。

走街串巷访韩国

我在朝鲜工作过三年，对朝鲜的情况比较熟悉，但对一"网"之隔的韩国却非常陌生，因为"三八线"的铁丝网无情地斩断了朝鲜半岛，对于半岛的南部，工作在板门店北方一侧的我一直面网兴叹，可望不可及。中韩建交后，在旅游观光的最佳季节，我终于有幸访问了这个神秘的国家，所见所闻，感触良多。

我们乘坐的飞机在汉城金浦机场降落。走出舱门，首先映入眼帘的是韩国国旗——太极旗。据说国旗上的太极图是根据李朝高宗李熙 1883 年 3 月 6 日的旨意设计的。

韩国人非常热爱、尊重、敬仰自己的国旗。每逢升旗仪式，行人都会驻足向太极旗行注目礼，直至仪式结束。

我们游览了汉城东大门，在市中心乙支路六街一带，有一个很大的贸易市场，那里云集了 30 多个商场、3 万多个商店以及 5 万多个制作厂商，使东大门成为汉城人人必到的繁华商业区，也是亚洲最大规模的批发市场之一。这里的商场主要销售服装、鞋帽之类，性价比适中，而且摊主还会讲点中文。我看到一件漂亮的衬衣很适合老伴穿，就把它买了下来。摊主用"思密达"口音的汉语问我喜欢什么品牌，见我没懂她的意思，又说她可以把我喜欢的商标订在衬衣上……

晚饭后，我同大伙一起去游览市容。我们离开主要交通干线，走进一条不太宽的街道，原来这是一个农贸市场。街道两侧各设一排摊位，上面摆放着谷物、蔬菜、肉禽等农副产品，看上去十分整洁。

奇怪的是，这里出售货物不用秤称，而是以斗和筐作为衡器，如出售粮食用斗量，出售蔬菜用筐量。据了解，一斗粮食约六百克，一筐蔬菜约四百克。至于不便用斗和筐衡量的货物，如瓜果、萝卜、鸡蛋等，则以个头论价，或以堆作价。因此，在韩国购买农副产品不必担心缺斤短两的问题。

我们来到一家肉铺，柜台上摆着一排脱了毛的猪头。我指着一个大猪头讨问价钱，老板笑着说，我们这里的猪头不是以个论价，也不是以斤论价，而是看猪头的面部表情：猪嘴呈微笑状的价格就高些，反之则便宜。我们大惑不解，后经打听，方知这里的猪头不是作为食品出售，主要供祭祀使用。

韩国人吃饭很简单，几乎无浪费现象。米饭、泡菜、大酱汤是韩国人饮食的三大要素，缺一不可。大蒜、大葱、辣椒是每日不可缺少的佐餐食材。

据朝鲜史书《三国·遗事》记载：在古代，熊和虎"愿化为人时，神遣灵艾一炷，大蒜二十枚，曰：尔辈食之，不见日光百日，便得人形。熊虎得而食之，忌三七日，熊得女身，虎不能忌而不得人身。"由此可见，韩国人食用大蒜已有相当长的历史。

米饭是韩国人的主食，冷面和打糕是待客的佳馔。韩国菜清淡鲜辣。泡菜是韩国人的家常小菜，每餐必备。最受欢迎的是烤牛肉，将切好的牛肉片用酱油、香油、芝麻、大葱、大蒜和其他调味品腌泡，然后在饭桌上的火盆里烧烤而成。

韩国人喜欢喝狗肉汤，汤里多放葱、姜和辣椒面，又热又辣，喝了发汗去火。韩国盛产人参，高丽参鸡汤不仅味道鲜美，而且营养价值很高。韩国人很少用开水沏茶，一般喝凉水。据说凉水可以很快冲去口中的辣味，也可以冲淡因吃辣椒而引起的胃热。

韩国的饭桌如同我国北方的炕桌，就餐者席地而坐。每人都有一个饭碗和一个汤碗，而其他所有的菜则摆在饭桌中间供大家享用。

在一次宴会上，韩国导游以自己的民族能吃辣而自豪。我说不是我不尊重你们的民族，要论吃辣还是我们中国人最厉害，我们的四川人是不怕辣，贵州人是辣不怕，湖南人是怕不辣。你们吃辣是跟我们学的。见那位导游傲慢地摇头不服，我吃了一个红辣椒又说辣椒源自南美洲，经东南亚传到我国的云南，然后从贵州、湖南、湖北、河南、河北传到辽宁，最后才传到朝鲜半岛，在地理上这是一条辣带，你们韩国是这条辣带的最后一站。

韩导听我讲得有理有据，而且吃起辣椒来比他还厉害，便沉默不语了。

游仁川看"登陆"

我在中国人民志愿军代表团工作期间，积累了不少朝鲜战争的历史资料，一直想从反面了解一下当年美军在仁川登陆的情况，以求知己知彼。这次来韩国旅游，终于找到了这个机会。吃完早点后，我和曹先生便乘坐电车前往距离汉城 50 公里的仁川一游。

仁川为韩国西北部面向黄海的一个广域市，人口位居汉城和釜山之后，为韩国第二大港口城市。仁川与汉城之间有首都圈电铁相连，每日有大量乘客往来仁川与汉城两地。由于两地距离太过接近，已经形成一个大的经济圈。

下了电车，我们按图索骥去找仁川登陆作战纪念馆。可是东奔西闯耽搁了半天，就是找不到我们要去的地方。我在朝鲜工作三年却不懂朝语，只能说一些"您好""谢谢""再见"之类的口头语。曹先生也不懂朝语，却会日语。于是只好由我向路旁的韩国老人打招呼，由曹先生用日语问路。那老头一听讲的是日本话，居然把我们误认为日本鬼子，狠狠地瞪了我们一眼，然后"哼"的一声愤然离去。

看图不明，求人不应，我们只好坐下来对照旅游图观天察地，辨别方向，分析路径，寻找目标。经过一番周折，终于找到了位于延寿区玉莲洞525 号的仁川登陆作战纪念馆。

据了解，这个纪念馆是 1984 年为纪念仁川开港 100 周年时开放的。纪念馆坐落在一座较陡的小山上，占地面积很大，整体建筑成扇形而纵深方向又成梯形，估计是类比当年联军士兵登陆时攀登的堤岸。最顶端是自由守护纪念碑，高约 25 米，塔基上雕塑着 3 名"面目狰狞"的欧美大兵。

我们来到高约 4 米宽约 20 米的拱形大门前，看到上方有仁川登陆作战的花岗岩浮雕。然后进入拱门，依台阶直上展览馆。

走进展厅，仿佛置身于另一个世界，因为它提供的信息对我们固有的立场、观点、印象完全是颠覆性的。馆内展示着朝鲜战争时期南北军队的武器装备和各种军服，还有军人及战斗场面的照片，甚至连中国的大前门牌香烟、双喜牌火柴、西湖牌肥皂都被当作"战利品"陈列。当然我方的武器装备和"联合国军"相比，其差距之大是难以想象的。在当时如此恶劣的条件下，中国人民志愿军与以美国为首的"联合国军"激战两年并取得了胜利，打出了国威，打出了军威，打得美国兵给志愿军下跪，打得美八军司令李奇微向彭大将军致敬，确实令全世界人民震惊并陡生敬意。

从馆内的展板上，我们看到了从美军朝鲜战争爆发到仁川作战的构想，以及战役实施与联军初次收复汉城的历史资料。所有展板图文并茂，且用韩英汉日四种语言表达。当然，压轴的还得说是那个仁川登陆作战的大型沙盘，沙盘背景是个大屏幕，直观生动地再现了当年登陆战的宏大场面。

纪念馆外面立有朝鲜战争时 18 个参战国的国旗（实际参战的只有 16 个外国军队，这里增加了联合国旗与韩国旗），右侧是几个拿枪的军人雕像，左面尽头是几个军人从登陆艇上岸的塑像，地坪上还有当时使用过的坦克、水陆两用舰艇、飞机、火炮、导弹之类的武器。

不管怎么说，仅就麦克阿瑟指挥的这次登陆战而言，毫无疑问美军是赢家，朝军损失惨重。其实这场战争本来是可以避免的，因为早在 1950 年 7 月中旬、7 月下旬和 9 月上旬，我国政府曾三次通报朝鲜同志注意敌人从海上向仁川、汉城进攻切断人民军后路的危险，人民军应做好充分准备，适时向北撤退，以保存主力，从长期战争中争取胜利。然而遗憾的是，毛泽东、周恩来的提醒和建议没有引起朝鲜同志的重视。9月15日，美军果然在仁川登陆并一举成功。

　　假如当年朝鲜同志听取了中国的建议，那么美军在仁川的登陆就不可能成功，或者说美军就不会在仁川登陆。要是那样，仁川登陆作战纪念馆也就不复存在了，我们也不会费那么大的周折来此探访了。

　　走出那座非同寻常的纪念馆，我们随着人群茫然地来到"自由广场"。广场前有一个网球场大小的斜坡，左侧边沿砌有一米多高的护围，护围下面是悬崖绝壁。在此抬眼四望，极目之处是静静的仁川港口和波澜不惊的大海。谁曾料到，当年这个弹丸之地曾经发生过举世瞩目的登陆作战！此时我在暗思：当下这个离南北分界线不足百里的平静港湾能永久平静吗？

屯溪老街行

上午，我和几个朋友一起游览了黄山脚下的屯溪老街。

屯溪是皖南的一颗璀璨明珠，她兼有秀美的山水风光和灿烂的人文景观。这座被群山环抱的徽州古城，相传三国时东吴大将贺齐曾屯兵于此，因而得名。

初访屯溪，按图索骥，我们来到久负盛名的"古街市博物馆"——老街。

长达 800 米的老街路面铺着红色麻石，石板拼接有序，路面光滑平整。临街建筑属徽派风格，砖木楼、马头檐、小青瓦、白粉墙，古风古貌，精美绝伦，所有亭、台、楼、阁、轩、榭、廊、舫，尽显古韵之美！

从老街牌楼向西，当我踏上那青石板路时，顿时感到自己的脚印与历史的脚印重叠了，每一步都回响着历史沉甸甸的回音。站在街心，举目四望，恍若置身于诗意盎然的水墨画中。街道两侧店铺林立，每走进一家店铺都像走进了历史。店铺里面除了有名贵的字画、笔墨、砚石等文化艺术品外，还有精美的根雕、木雕、砖雕等"骨董"以及余香萦绕的花床、东屏、琴台等民间工艺品，让人置身于厚重的文化氛围之中。

建筑是时光变迁的缩影，时光凝缩着这里的每一块砖雕和陶饰，历经数百年风雨洗礼，至今风采依旧。多姿多彩的古代文明气息，让人们领略了老街的千般风韵，万种风情：在西方人眼里，她是"东方的古罗马"；在东方人心里，她是"活动着的清明上河图"。

在老街，卖茶、买茶、贩茶，生意也十分红火。作为以茶兴市的著名茶叶产区和集散地，这里的茶文化也独树一帜。在屯溪还设有茶校和茶苑，中外客商在茶苑里不仅能品尝到各种名茶，还可观赏茶艺小姐表演的茶道艺术。茶，让人们的生活有了温度，生命有了厚度，生意有了跨度。品着香茗，赏着街景，令在此歇脚的游客顿时生发出一种"半人半我半自在，半醒半醉半神仙"的感觉。

我们走进三百砚斋，各式各样的砚台扑面而来，有大的有小的，有方的有圆的，也有奇形怪状的。店老板周先生热情地向我们介绍：这些都是当地名产歙砚，为我国四大名砚之一。歙砚为历代文人所称道，南唐后主李煜说"歙砚甲天下"；北宋文豪苏东坡评其"涩不留笔，滑不拒墨，瓜肤而縠理，金声而玉德"；北宋书画家米芾说："金星宋砚，其质坚丽，呵气生云，贮水不涸。"真是干什么吆喝什么！巧舌如簧的周老板边走边如数家珍地推介他的商品，这里的砚台都被他说活了，仿佛变成了吸引顾客的一块块磁石，令人不得不慷慨解囊。在他的诱导下，我和朋友们每人选购了一块砚台作为留念。

走出三百砚斋，迎面看到一个货担，原来是卖毛豆腐的。我早就听说毛豆腐是当地的一种风味小吃，据传朱元璋屯兵绩溪时，百姓曾用水豆腐犒劳将士，因水豆腐送多了一时吃不完，就长出了褐色的绒毛。为防止浪费，朱元璋命厨子先油炸再用多种佐料焖烧，便产生了别具风味的毛豆腐。朱元璋登基后曾以毛豆腐招待他的徽籍谋士朱升，歙县槐塘人朱升又将此菜传回了他的家乡。

我为同伴每人要了一份毛豆腐，只见那位师傅动作麻利地将毛豆腐切成若干小块，然后放进油锅里煎成两面金黄色，再加入葱末、姜末、味精、白糖、精盐、肉汤、酱油烧烩两分钟，颠翻几下，起锅装盘即成，顿时一股毛豆腐的香味在空气中弥漫、回荡，久久不散。我急忙品尝一口，的确不负盛名，脆香馥郁，鲜味独特。

中午，我们在老街的一家饭馆吃饭。服务员推荐了当地的几个土菜，有臭鳜鱼、清蒸石鸡、屯溪醉蟹等。我的香港朋友林先生吃了一口臭鳜鱼，马上不满地对服务员说鱼坏了，服务员却理直气壮地说没有坏。这位港友把鱼盘端起来说没有坏，你敢吃一口吗？服务员说您点的菜，我怎么可以吃。林先生仍不妥协地说，你当然不敢吃啰，你要是敢把它吃掉我赏你一百块钱！于是，服务员接过盘子就把臭鳜鱼吃光了。

原来臭鳜鱼是徽州经典名菜，已有二百多年的历史。据说当时徽州新任姓苗的知府爱吃鱼，而当地山高水急难产大鱼，到江边池州买鱼来回需要六七天，这样活鱼就死了，变臭了。买鱼的人舍不得把臭鱼扔掉，就让厨师烹饪一下。谁知苗知府用筷子夹起鱼肉一尝，鲜美可口，连声赞道："好吃好吃，风味鳜鱼！"回到宾馆，我的那位港友十分懊悔，他说这么名贵的鱼我不但没品尝一口，还倒贴了一百块钱。

老街不仅是一个繁华的商业旅游区，而且还是影视界著名的外景拍摄地。刘晓庆、陈冲、巩俐等一大批电影明星都在这里留下了靓影。据说，在此已拍摄了《小花》《水浒》《画魂》等百余部影视片。因此，老街又有"天然摄影棚"之称。

"一半街巷一半水"。屯溪因与"山水画廊"新安江相拥，更增添了她的无穷魅力。我们走到老街西端，站在绿树掩映的新安江畔，但见江水东流，碧波荡漾；叶叶扁舟，缓缓漂流。沿岸有村姑洗菜浣衣，有牧童牵牛戏水，有渔翁掌竿垂钓。远处的油菜花开得正旺，一片一片的金黄灿烂，淡淡飘香，点缀着蜿蜒曲折的新安江堤岸。此时，我突然想起了爱国主义作家郁达夫的一首七言绝句：

> 新安江水碧悠悠，
> 两岸人家散若舟。
> 几夜屯溪桥下梦，
> 断肠春色似扬州。

奔腾不息的新安江水，用她那宽大的胸怀，纯洁的音质，吟诵着千古不绝的诗章，她在把老街的古朴神韵和两岸的改革新风，传给世人，传向远方！

探访滴水洞

昨天，在长沙朋友的安排下，我们游览了毛泽东主席的故乡韶山冲。这是一个钟灵毓秀、人杰地灵的好地方，有迷人的自然景观，有惊人的文化气场，还有动人的神话传说。我们满怀对韶山的向往和对毛泽东的怀念之情，踏进了这片神奇的土地。

上午，我们瞻仰了毛泽东故居上屋场。这座与邻居脊连脊、檐连檐普普通通的湘间农舍为"一担柴"式房型，总建筑面积 472.92 平方米，占地 566.5 平方米。它坐南朝北，背山面水。1893 年 12 月 26 日毛泽东就诞生在这栋房子的东屋。东头十三间半瓦屋是毛家的，西头五间半土砖茅屋是邻居的。

我们依次参观了毛泽东的卧室、毛泽东父母的卧室、毛泽民的卧室、毛泽覃的卧室、横堂屋、灶屋及所有的房间。在这些房间里陈列了大量文物，其中最为珍贵的有床、柜、书桌、木竹凳、长睡椅、水缸、碗柜和石磨、水车、米碓、风车等。

中午我们在与毛泽东故居仅一塘之隔的毛家饭店吃了毛家菜，其招牌菜主要是毛泽东爱吃的红烧肉、火焙鱼、豆豉辣椒等。这个饭店的老板叫汤瑞仁，她和所有的韶山人一样，除了对毛主席有伟人的崇敬之情外，还有一种天然的情感。1959 年阔别家乡 32 年的毛泽东回到韶山，抱着孩子看望毛泽东的汤瑞仁被拍进了照片，从此她就成了家喻户晓的名人。1987年，57岁的汤瑞仁创办了毛家饭店，致富发家了，却没能省心享受财富。近几年来，她把更多的精力放在了助学、救残、扶老、拥军等社会公益事业上。

吃完午饭，被毛家菜辣得满头大汗的我们，站在《领袖与乡亲》的巨幅照片下，与汤瑞仁总经理合影留念，然后驱车寻访"人间仙境"——滴水洞。

滴水洞在韶山冲西北约4公里的群山之中，我们的汽车通过"洞口"驶入峡谷，"洞口"上方有毛泽东题写的"滴水洞天"四个大字。滴水洞三面环山，仅一径相通，左侧是龙头山，右侧为虎歇坪，故有人把这里称作"虎踞龙盘"之地。《毛氏族谱》中有诗为证：

> 一沟流水一拳山，
> 虎踞龙盘在此间。
> 灵秀聚钟人莫识，
> 石桥如锁几重关。

1966年夏天，毛泽东在一封信中曾提到他在西方的一个山洞住了十几天，这个"西方的山洞"指的就是滴水洞。毛泽东那次是从杭州西行的，杭州古称武林，因滴水洞在"武林"以西，所以毛泽东如此称之。

我们在滴水坪下车，然后沿着一条羊肠小道拾级而上，行至半山腰，便到了慕名已久的滴水洞。

其实，滴水洞并非自然山洞，而是一个大水潭。它是由众多山洞汇成的一股较大的溪流，由于溪水的落差，天长日久，溪中便形成一个"洞"，滴水洞因此得名。

滴水洞水面如镜，波光粼粼，红莲绿荷，清香四溢。周围怪石嶙峋，泉水淙淙，茂林修竹，郁郁葱葱。

滴水洞下方是韶山水库，面积20余亩，可蓄水15万立方米。毛泽东回故乡时，常到岸边散步，曾在水库里游泳。

在滴水洞附近还可观赏"八仙吹箫""观音抱石""将军岩""丞相印"等风景名胜。滴水洞如诗如画的奇异景色令人流连忘返，不觉日落西山，天已近晚。我们决定在滴水洞过夜，入住二号楼，领略一下当年毛泽东随行人员和部长们的生活情形。

今日清晨，细雨霏霏。我们怀着敬慕之心，来到毛泽东住过的滴水洞一号楼，探访领袖的踪迹，身临其境，如见其人，感慨万千。

1959 年 6 月，毛泽东在韶山水库游泳时，因见群山环抱，树木葱茏，流水潺潺，风景甚好，于是对随行人员说将来我退休了，回来在这里盖个茅屋养老。第二年，当地政府开始兴建滴水洞别墅，1962 年建成了一号楼和二号楼，1970 年又增建了防震室和防空洞。

滴水洞别墅是一幢有台基的砖房，坐北朝南，倚山而筑，一泓清溪从门前缓缓流过，溪水日夜汩汩作响。

我们按游览路线，参观了一号楼以及与之相通的防空洞。毛泽东当年用过的物件，现仍原样保存。令人感叹的是，作为一国之尊的毛主席，其住所并无特别之处，一号楼与二号楼的建筑格局基本一样，内部设施也大致相同，各种装饰十分简陋，远不及现在的三星级宾馆。楼内回廊环绕，门窗宽大，会客室整洁明快，朴素典雅，卧室里摆放着一张书桌和一张宽大的木板床，床上一半用于堆放书籍。据介绍，毛泽东当年带来的行李也很简单，除旧凉席、旧床单、旧拖鞋外，就是八大箱子书。

在一个展厅里，挂满了几十幅毛泽东各个历史时期的照片。女讲解员让我看看毛泽东嘴巴上的黑痦子是什么时候长出来的，原来毛泽东嘴巴上并不是一生下来就有黑痦子，我从毛泽东早期的照片一张一张地查看，终于在1931 年的照片上发现了黑痦子。

此时风停雨住，雾日重现。我们走出防空洞，绕到一号楼右侧，沿着逶迤盘旋的石径，攀登虎歇坪。山间翠竹挺拔，繁花似锦，薄雾如纱，犹入幻境。

虎歇坪海拔400 多米，山高坡陡，气势磅礴。山顶有小坪一块，相传昔日有老虎在此歇息，不曾伤人，故名"虎歇坪"。附近有一巨石，外形如鼓，名曰"大石鼓"，毛泽东的祖父毛恩普就葬于此处。大石鼓上建有虎歇亭，并有石虎两只。四周松竹掩映，山花烂漫，景色绮丽。登临其上，凉风习习，幽香缕缕，举目远眺，可纵览韶山冲全景。

毛泽东的祖辈曾在滴水洞住过三代，直到毛泽东的父辈才迁往韶山冲另辟家园。

马日事变后，省长何键曾叫嚷要挖掉毛泽东的祖坟，以断"龙脉"。1930年，国民党派兵一个连深夜闯入滴水洞，寻找毛家祖坟。在当地群众的掩护下，敌人误挖了一座毛姓富农的坟，而毛泽东的祖坟幸免于难，得以完整保存。

新中国成立后，国内外有关人士和学者多次勘查毛恩普的坟头和墓碑，一直无人知晓。1986年9月，韶山辟为国家旅游区后，当修筑滴水洞至虎歇坪的石径时，在石径终端大石鼓附近意外发掘出一块高3尺、宽1尺、厚约3寸的石碑，经考证，此碑正是毛恩普的墓碑。

毛恩普之墓已经修复，供游人观瞻。

祝融峰上的烟火

吃完早饭，我们从长沙驱车南行，一路上听着优美的《浏阳河》等红歌，欣赏着沿途秀丽的田园风光，于十点左右到达中国"五岳之一"的衡山。

衡山被誉为"五岳独秀"。相传古时有神农追赶山鸟，用神鞭打落朱鸟，遂变成南岳衡山。衡山优美的自然风光，众多的名胜古迹，宜人的气候条件，令人心驰神往。据说，黄帝、唐尧、虞舜都曾到此巡狩祭祀，故有"南岳配朱鸟，秩礼自百王"之佳句。

站在衡山脚下向山上遥望，只见山麓林木繁茂，郁郁葱葱，山顶红花盛开，如焰似火。峰巅祝融殿犹如置于火山口之中，景色十分壮观。

我们从南岳镇乘车，沿着飓岩秀林之间的山道盘旋而上，经半山亭，过南天门，直达衡山最高峰——祝融峰，全程 15 公里。

祝融峰海拔 1290 米，南缓北陡，形同鸟首，翘昂天外，众峦伸展如翅，跃然欲飞。祝融峰之高，堪称"南岳四绝"之一。峰顶怪石林立，古树参天，云萦雾绕，景物雄奇。唐代大文学家韩愈有诗赞曰："祝融万丈拔地起，欲见不见轻烟里。"

汽车开进祝融峰顶的停车场，打开车门便听到香客点燃的鞭炮声，如雷贯耳，此起彼伏。我们循径拾级而上，透过弥漫的硝烟，举首仰望，一座庄严巍峨的殿宇映入眼帘。在殿宇门额上直刻"祝融峰"三个大字，左右楹柱上刻有"寅宾出日；峻极于天"的对联。我想，这应该就是雄镇天南、气蒸衡岳的祝融殿了。

祝融殿初名天尺庵，不知始建于何年。整个殿宇屹立在万丈绝顶的巨石之上。它上摩苍穹，下临深壑，百里以外，隐约可见，宋嘉祐年间监察御史刘挚称之为"九千丈外云间寺"。明万历年间，此殿名曰祝融坤君祠，又称开元祠，到清乾隆十六年（1751年）才改祠为殿。殿宇两进，有石檩、石柱、石门、石棂，全部用花岗岩建造。殿顶覆盖着长2尺、宽1尺、重约30斤的铁瓦，虽历经千年，仍光洁不锈，在阳光照耀下，金光闪闪。因此，祝融殿又有"金瓦殿"之称。

祝融是中国古代神话中的"赤帝"，因发明钻木取火，被黄帝封为火官。据《墨子·非攻下》记载，夏桀无道，"日月不时，寒暑杂至，五谷焦死"。天帝命令成汤讨伐夏桀，并叫祝融暗中帮助成汤。祝融用火烧毁了夏桀之城，消灭了夏桀。祝融主管南方事务，常在衡山一带狩猎、游憩。传说过去衡山峰顶有祝融氏冢，2500年前毁于山崩。因祝融以火施政于民，对人类有贡献，故后人将衡山最高峰命名为祝融峰，并在峰顶筑祠纪念，祀为火神。宋大中祥符四年（1011年），祝融被朝廷封为南岳司天昭圣帝。

登上祝融殿门前的石台，我回首远望，但见群峦叠翠，烟雾缭绕，祝融峰和整个殿宇仿佛飘浮在云海之上。衡山烟云可谓天下一奇，清人魏源在《南岳吟》中赞道："恒山如行，岱山如坐，华山如立，嵩山如卧，惟有南岳独如飞。"相传魏时铁脚道人杜巽才到衡山采药，夜半登至峰顶，看到云移峰飞的奇特景象，不由得仰天大呼："云海荡吾胸矣！"

走进祝融殿，只见香烟缥缈，青灯长明。大殿中央供奉着司天昭圣帝坐像，两旁侍立着六部尚书、金吾将军。圣帝神龛后面有观音菩萨、雷神和慧思和尚的全身塑像。

世称"南岳尊者"的慧思，前额长有肉团。这位其貌不扬的佛徒却有一个美丽动听的故事：早在南北朝时，慧思欲辟南岳为佛教立足之地，但须得到岳神祝融的允许。一日，慧思登上南岳峰顶与喜爱下棋的岳神对弈，三胜岳神。岳神便问慧思有何要求，慧思趁机提出：求赐一地。岳神允诺，任其挑选。慧思将锡杖抛向空中，锡杖变成一条飞龙，降落在今天的福严寺附近。岳神大惊，忙问："那是我早做打算的香火宝地，为师占去，我居何处？"慧思将岳神所坐石鼓一点，石鼓便从山前滚到山脚下一块平地上，于是岳神就在那里建造了南岳大庙。

祝融殿内人声鼎沸，有的焚香叩首，有的求签占卦，有的测字相面。神像前跪满了来自四面八方的善男信女，他们双手合十，双目微闭，口中念念有词，无非是在默诵保佑平安、早得贵子、升官发财之类的祷语。由于"福如东海，寿比南山"的南山指的是衡山，而衡山又是五岳中唯一可通行汽车的风景区，因此殿里有很多老人祈福求寿。

回到大殿门口，身穿道装的老道向我伸展一个卦筒，我顺手抽了一签，卦辞是四句七言诗，记得最后一句是"你的名字到处传"。道士吃惊地问我是演员吗？我笑着说不是，不过这个卦辞靠谱。因为我写了不少书，当然名字到处传了。其实抽签算命，纯属迷信，没有科学依据，即便靠谱也是偶然巧合，只能当作游戏取乐而已。

祝融殿后面有用花岗岩砌成的石栏，高约四尺，三面环绕正殿，凌空悬挂在陡峭险峻的舍身岩上。清代和尚本照有诗咏叹舍身岩："放眼愁天涯，低头觉地空，一生奇险处，不在此岩中。"我登临其上，果然感觉奇险无比，动人心魄。凭栏俯瞰，可远眺九嶷洞庭，近览"五龙朝圣"。据说在秋高气爽之季，还能隐约望见雪峰山。唐代大诗人李白曾在此作诗称颂："衡山苍苍入紫冥，下看南极老人星。回飙吹散五峰雪，往往飞花落洞庭。"

我绕到祝融殿右侧石门外，发现在一块岩石上有"乾坤胜览""唯我最高""尊峙寰中""山耸天止""云起峰流"等石刻。岩石顶上有一石栏，这就是望月台。暑夜在此纳凉，抬头可见众星拱月，低眉能观万家灯火。"人间朗魂已皆尽，此地清光犹未低"的幽静夜景别有一番情趣。

峰顶还有风穴、雷池等自然景观。传说风穴风起，天空将会乌云密布，随后即有大雨降落；雷池是古人祈雨的地方，每当阴雨闪电之时，池内金蛇乱舞，雷声轰鸣，是南岳山顶集中的雷击区。此时我忽然想起晋代庾亮在《报温峤书》中的一句名言"不敢越雷池一步"，遗憾的是这个成语并非源于此处。

去南岳必游祝融峰。只有登上衡山的最高峰，一览南岳真面目，才算乘兴而来，尽兴而返，不虚此行。香火，灯火，红花似火；硝烟，云烟，游人如烟。祝融峰上的奇异景色令人流连忘返，正如宋代名僧佛印所作《望日》诗云：

秋高气怒上封寺，碧落浮云放欲收。
万顷苍波澄玉鉴，一轮红日滚金球。
远观西北几千里，近视东南数百州。
好景一时观不尽，天生有份再来游。

★ ★ ★

升迁随想录

今天上午，局召开全体人员大会，古副部长宣布了我任总参二部天津联络局副局长的命令。此时我刚过 44 岁生日，可谓双喜临门。尽管是副职，那也是一个不小的进步。有个同事就给我开玩笑说副职好：吃饭要吃素的，穿衣要穿布的，当官要当副的，必须是常务的。

升官晋职，无疑是一个喜事，而对我来说，更是一个惊喜。半年前，一位朋友告诉我可能要升职，当时我认为他在开玩笑，根本没当回事。拿破仑说：不想当将军的士兵不是好士兵；孙中山说：要立志做大事，不要做大官。我是个有自知之明的人，既不可能当元帅，也做不了大事。因为在我身边资历比我老的、学历比我高的、能力比我强的、功劳比我大的人有的是。再说，我是一个出身于农村无根无基的普通人，不能有非分之想。

令人大出意外的是，天上的"馅饼"就实实在在地砸在了我的头上，我的人生不经意间又上了一个阶梯，看来人的命运转圜也有无法猜透的玄机！在宣布任职命令之前，古副部长找我谈话，令我吃惊的是他竟然罗列了我的许多政绩，说我是副局长的合适人选，真是人在做，天在看。我母亲死得早，祖母就成了我的启蒙老师，她经常对我说的一句话是"但行好事，莫问前程"，我也一直奉行"尽人事，听天命"的人生哲学，也就是

119

努力加机会接近于成功。眼前的事实使我明白了一个道理，那就是每一个人都是在自己造就自己，自己提拔自己，自己写自己的历史。也就是说命运掌握在自己手里，能不能有所进步关键靠自己。俗话说得好，要想有地位，必须有作为。一个不学无术、投机钻营的人或许也能出其不意地混上个一官半职，但那肯定是兔子尾巴——长不了，要不就是臭名远扬，最终自己打倒自己。

一个人进步观的不同，对待进步的态度固然不同，追求进步的方法更是不同，最终的结果自然也不同。现实生活中，党员干部对进步观的理解有两种截然不同的情形，有些党员干部把职位当作为人民服务的平台，把为党和人民多做贡献作为人生追求，不为名利所累，不为后路分心，不攀不比、不贪不占，一心扑在工作上，甚至有的为党和人民事业无私贡献了自己的一切，最终流芳百世。但也有少数干部把职务晋升看作是个人成长进步的唯一标志和主要追求，不是把心思和精力用在强素质、谋事业、解民忧上，而是整天琢磨着升官发财，权欲熏天，心浮气躁，跑官要官，甚至花钱买官，三年不动就有失落感，信仰缺失了，价值扭曲了，心理变态了，腐化堕落了，最终遗臭万年。

当了副局长，惊喜之余，我没有忘记自省和自律。我认为今后的任务更重了，责任更大了，要求更高了。要想成为一名称职的领导，除了慎思而勇决、凝定而志坚外，还要严格要求自己，首先从慎言、慎微、慎行、慎独做起。

慎言就是出言谨慎。在群众眼里，领导干部代表组织，代表官方，是可以信赖和依靠的。因而说话要注意场合，不能说不负责任的话，不能夸张事实，不能言而无信；说话要注意目标，要说大众易懂的大白话，不能打官腔，不能唱高调，更不能放空炮；还要掌握好时机，在大众最需要的时候，要给以重视、关心和帮助。

慎微就是防微杜渐。不能末节不拒，节操不保。一些领导干部之所以"落马"，就是由于在小事上开了口子所致。"针尖大的窟窿能透斗大的风"，不要认为收点拿点、吃点喝点不算什么，恰恰是小事酿成大祸。作为领导干部，一定要谨记"小者大之渐，微者著之萌"，不时扪心自问，事事自我检讨，坚决警觉"小意思"，不耍"小聪明"。

慎行就是行为谨慎。在行动前，要深思熟虑，计划周密，预想到成效或后果，不能轻举妄动，恣意妄行，盲目草率行事。无论是历史上还是现实中，遭到冲动惩罚的个案可谓屡见不鲜。还有，不矜细行，终毁大德，即使是生活小节，也要谨慎行事，否则就会毁坏自己的形象。特别要切记的是，百善可做，一恶莫为。

慎独就是有自制力。俗话说"举头三尺有神明"，若要人不知，除非己莫为。即便在八小时外，即便在大众视线外，还有"天知、地知、你知、我知"。尤其作为领导干部，一定要以反面典型为鉴，经受住利益的考验，洁身自爱，坚贞自守，始终做到台上台下一个样，人前人后一个样，任诱惑满天，我自岿然不动。

处世言行正，私行不愧影，防微可杜渐，独寝不负衾。这四"慎"其实是一种品德修为。而德厚者流光，厚德可载物。也就是说，唯有品德高尚的人，才是一个称职的领导干部，才能真正承担得起干事业的重任。这是对一个共产党员，一个领导干部的基本要求。

欣逢胡子将军孙毅

下午，我应邀参加了在北京举办的一个笔会。走进大厅，看到地板上摆着几幅带着新鲜墨香的字画，知道自己迟到了。我与大家一一握手致歉，当东道主介绍我是从天津特意赶来的，对方就加重了握手的分量。寒暄过后，我突然发现有两位熟悉的嘉宾，一位是我早已敬仰的胡子将军孙毅老人，另一位是我非常喜欢的部队歌手阎维文老师。

作为军人，又是在总参工作，我对总参的元老孙毅将军还是比较了解的。他是河北大城人，生于 1904 年。他与周恩来、贺龙、王震并称为"红军四个胡子"，毛主席管他叫"孙胡子""孙行者"。他参加过著名的宁都起义和二万五千里长征，抗战时期当过抗日军政大学二分校校长，解放战争时期当过河北省军区司令员，离休前是总参谋部顾问。1955 年被授予中将军衔，当选过中共七大代表和五届全国政协常委。

有人说，大凡留胡须的人都有个性。因此见过孙毅将军的人，都会对他那高尔基式的胡须留下深刻印象。孙毅的胡子是在 21 岁上蓄起的，那时他在冯玉祥的西北军当兵，作战负伤后卧床两个多月，瘦成了一把骨头。大难不死的他终于站了起来，在主人危难时一刻没有停止生长的胡子也跟着留了下来。

参加红军不久，孙毅因留须违反了内务条令被关过一次禁闭。有一天孙毅在路上遇到策马而至的朱德总司令和刘伯承参谋长。他停下脚步，向两位首长立正敬礼。朱德勒缰下马，操着一口四川话风趣地问，你就是那个被关禁闭的孙毅吧？我可是从你的胡子看出来的哟！你可晓得红军的条令规定不能留须，难道你就不怕我再关你的禁闭？

孙毅一脸严肃地回答，报告总司令，不怕！朱德又问，那你告诉我为啥子要留这胡子？孙毅说，人遇到危难时，身上的油跑了，肉掉了，就这胡子不跑，还一个劲往上长。这胡子义气，像是人的精气神，剃不得！朱德听罢孙毅的奇谈妙论，好一阵开怀大笑。

其实，朱德以前也留过胡子，他与脸上有浅白麻子的伍若兰结婚时，红军中有个调皮的宣传员还编了一个顺口溜："麻子胡子成一对，麻麻胡胡一头睡。唯有英雄配英雄，各当各的总指挥。"

朱德与孙毅分手时，嘱咐他要好好留住这胡子，别人有意见，就说是我朱德和毛泽东破例让你留的。

就这样，孙毅的胡子就名正言顺地留了下来，一直留到赶走日本鬼子，一直留到新中国成立，一直留到改革开放的今天。这就是孙毅老人留须的原因，也是孙毅"胡子将军"的来历。

一直被誉为"全国最佳健康老人""军中不老松"的孙毅，是全军迄今最长寿的老一代革命将领。当大家都在夸赞孙老的身体好、精神状态好时，他兴高采烈地说："三年前过90岁生日时，迟浩田上将交给我一个光荣任务——希望我带个头，成为全军的第一个百岁将军！"

然而，早在58年前，孙毅曾被诊断为"生命前途不佳"，言外之意就是有生命之虞。那是1938年深秋在太行山上，白求恩大夫受聂荣臻之托，为身体状况不佳的抗大二分校校长孙毅做了一次全面检查。白求恩坦率地说，孙校长你太疲劳了，应该立即放松身体，减轻身体的负荷量，否则你难以完成将来的重任。孙毅说，白大夫您说得对，可我是校长，时刻都要坚守在岗位上。体检后，白求恩给聂荣臻写了一封信，说孙毅校长工作时精神高度集中，过度劳累，患有严重的胃病，他的生命前途不佳，并恳请对孙毅同志的工作进行适当调整。然而，为中国的革命事业早已牺牲了的白求恩大夫恐怕也没有料到，孙老不但度过了"生命前途不佳"的危险阶段，现已92岁仍身强体壮，而且正满怀信心地向100岁的目标冲刺。

我挤入人群，靠近铺着毛毡的书案。只见器宇轩昂的孙老左手伏案，右手挥笔，如临战场，似握钢枪。他在一张宣纸上笔走龙蛇，力透纸背，写出来的每个字都是那么雄浑有力，苍劲奔放，给人一种大气、秀气、灵气、霸气的感觉。

孙老写完一幅字，把笔递给我，让我接着写。我的毛笔字还是小学水平，根本算不上书法，其实我也不懂书法。再说，今天来的都是书画名家，我岂敢班门弄斧。我边摆手边问，孙老的字那么苍劲有力，是怎么练出来的？他笑着说在战争年代，抽空练练，坚持下来，写多了便练出来了。

孙毅将军既有武将之威，又有儒将之雅，博学多识，爱好广泛。据说，孙老就像他诠释自己名字"杀敌为果，致果为毅"的"毅"字那样，每天都坚毅不断地写上几幅字，作为锻炼身体的一项活动。他说自古英豪能吃苦者成大事，写字也必须有毅力。他还自豪地说身体很重要，你看我刚才写字，手不哆嗦，一挥而就，说明我的身体还可以。

笔会结束了，全体人员来到餐厅。在东道主致祝酒词后，大家举杯交盏开怀畅饮时，我端着满满一杯酒直奔主桌，给孙毅将军敬酒，祝愿他健康长寿，请他一定完成迟副主席交给他的活到100岁的光荣任务。在欢声笑语中，男高音歌唱家阎维文的一曲《说句心里话》把宴会气氛推向了高潮。

天下一绝——磬锤峰

承德不仅以其宫苑宏丽称誉中华，更以其山色壮美蜚声四海。我们慕名而来，不顾旅途劳顿，吃完午饭便开始游览。

我们在避暑山庄登上坐落于山岗之上的"锤峰落照"亭，向东北眺望，只见一重众峦之间有一孤峰兀起，亭亭玉立，挺拔俊秀，这就是令人神往的磬锤峰。

磬锤峰距避暑山庄 5 公里。因山有巨峰，上粗下细，形同倒置的洗衣棒槌，故又称棒槌山。北魏郦道元《水经注》名曰石挺，并谓"挺在层峦之上，孤石云托，临崖危峻，可高百余仞"。清汪灏在《随銮纪恩》中称之为琵琶峰。近人研究发现，辽国人所说"华林天柱"，即指此峰。

磬锤峰索道为目前全国最长的吊椅式索道，长达 1260 米。我们从武烈河东岸乘坐缆车，在青峦绿林之上行驶约 5 分钟，不知是临时停电还是机械故障，缆车嘎的一声刹住，我们被悬在半空 20 分钟左右，饱受了烈日暴晒、"招蜂引蝶"和孤独无助的折磨。我的朋友李女士有恐高症，只见她双目紧闭，面目苍白，惊恐无比。下车后我们沿着陡坡石道盘旋而登，上得高如悬堤的平台一瞧，巍然屹立的磬锤峰就在眼前。

据说，磬锤峰形成于几亿年前的古生代。当时这一带是浩瀚壮阔的大海，后经地壳多次演变，海水逐渐退去，岩石不断溶解，天长日久，始成今日之"天下一绝"。这个庞然大物通高 59.4 米，其中锤高 38.3 米，直径上部 15 米，下部 11 米。体积为 6500 立方米，重量约 1.62 万吨。峰顶有古桑一株，传为我国今存最早之桑树。

磬锤峰耸立于悬崖绝壁之上，它三面均为断崖，仅北面有一平坦坡道供游人通行。此处也是观望"棒槌"全貌的最佳场地，因此游人纷纷在此拍照纪念。我们也掏出相机，留下了这一美好瞬间。在磬锤峰北侧，游人蜂拥而围，他们有的在观赏，有的在惊叹，有的在祈祷。因当地流传下来一句顺口溜："摸一摸挣钱多，靠一靠老来少。"因此游人到此都要抚摸一下峰壁，以图吉利。一位胆大妄为的毛头小伙竟然攀至峰腰，以示"勇敢"。

美丽的自然景观，必有动人的民间故事。相传，从前山下有一个十几户人家的小村庄，村东头张福为人厚道，箭法很准。一天，江南来了个采药道士，乡亲们为他盖了草屋，送吃送喝，十分热情。一次，道士在山中遇虎，危难之时，张福一箭射死老虎，救他一命。道士感激张福和乡亲，后来讲了实情。原来这里石崖下有个金棒槌，道士是为盗宝而来。他把索取金棒槌的方法告诉了张福，然后返乡而去。张福不爱财，也不愿破坏风水，无取宝之意。不料，道士所言被隔壁李氏兄弟听到。他俩就依听来之法，偷偷跑到石崖下，点燃柳条笊篱，烧崩石崖。果然，大火中露出了金棒槌。但他们没有听清如何灭火，大火燃烧不止，两人被烧成灰烬。后来金棒槌变成石头，慢慢升高，成为擎天大柱。

站在磬锤峰平台上隔谷相望，可以看到东南 400 米处有一长约 20 米，高约 14 米的巨石，卧于群峰之巅，因酷似欲跃苍穹的青蛙，故名蛤蟆石。"蛤蟆"脊背平坦，嘴里可容纳数十人。我们入内小憩，顿感凉风习习，清爽无比。

在磬锤峰东北方山坡上，有一座神奇的石幢，不知始建于何年。石幢上刻着四个大字，其中有"户""渊""日"三个古字，至今无人破悉其义。清代当过编修官的文学家吴锡麟曾题诗咏叹："留与经幢照奇人，磬锤峰上夕阳多。"

磬锤峰被认为是藏传佛教胜乐金刚的化身。翻开章嘉国师传记，有一段如此记载："磬锤峰是大自在天的依止处，也即胜乐金刚的天然坛城。"三世章嘉活佛曾告诉乾隆帝："前辈章嘉阿旺罗桑却丹曾说过，在热河御花园前面的山头上，有一个状如男根的山峰，是大自在天的依止处，在那个险要处，还有一座吉祥轮胜乐智慧的坛城。"

磬锤峰是承德的标志和象征。承德旧称热河，康熙四十二年（1703 年）皇家在此辟建避暑山庄后，始名承德，取自"承受皇帝恩德"之意。"避暑山庄"，以山得名，当年清帝选中承德建造宫苑，磬锤峰不能不说是重要原因之一。康熙在叙述他为何在此兴建避暑山庄的一首诗中写道："君不见，磬锤峰，独峙山麓立其东。"山庄以秀山而建，城市以山庄知名。雄伟壮观的古代建筑，使承德远近闻名，成为全国十大风景名胜之一。

磬锤峰是我国绝无仅有的自然奇观，《热河十景诗》有"磬锤峰大话非虚"之语。清康熙皇帝也写诗赞叹："纵目湖山千载留，白云枕涧报深秋。巉岩自有争佳处，未若此峰景最幽。"著名作家张庆和先生游磬锤峰后，曾对它作了如下赞咏：

> 一幅悬挂的标语，
> 一串凝固的思绪。
> 像屈原在质问苍天，
> 似众丘竖起了拇指。
> 是青笋与流霞攀顾，
> 倏地遭雷暴轰击，
> 从此，蘑菇云不再迁徙，
> 伫成拔地而起的姿势，
> 做擎举的剑，
> 当测天的尺。
> 传说和想象，
> 不断被斟进高脚酒杯，
> 沐浴风雷雪雨。

田横岛与五百士

今天，在一位海军朋友的安排下，我们游览了青岛的"岛中之岛"——田横岛。偶识田横岛，我们很快就被她那悲壮的历史故事、秀丽的自然景观和丰富的物产资源所吸引。田横岛夏无酷暑，冬无严寒，是一个独具风采且有旅游开发价值的海岛，曾被列为青岛十大景观之一。

田横岛位于山东省即墨市东的黄海横门湾内，西南距青岛码头 68 公里。全岛仅 1.46 平方公里，海岸线长 8 公里。南岸陡峭，景观奇特；北岸坡缓，可以潜游。岛上住有 200 多户人家，多以渔业为生。

上午，我们从青岛市内出发，一小时后汽车驶抵横门湾口，再换乘汽艇向东行约 3 公里，便到达田横岛西岸。然后，我们弃舟登岛，始作一日的环岛旅游。

田横岛是一个历史悠久的名岛，据文献记载：汉高祖五年（公元前202 年），刘邦帝遣使召逃亡海岛的齐王到洛阳，同时宣谕：田横来，大可封王，小亦封侯；倘违诏不至，将发兵加诛。田横为保全徒属，被迫前往。行至尸乡驿站（今河南偃师西），因深感亡国之愧，且羞于向刘邦称臣，遂拔剑自刎。岛上五百将士闻此噩耗，慷慨悲歌，集体挥刀殉节。世人惊感田横五百义士之忠烈，故将此岛命名为"田横岛"，并立祠祀之。

登上岛来，只见红楼点点，绿树满坡，溪流泉涌，鸟语花香。田横岛如诗如画的绮丽风光，被今人誉为"新世纪的世外桃源"。

我们首先参观的是田横岛度假村。这是三联集团为响应山东省委、省政府建设"海上山东"的号召，独资开发田横岛的一个主体项目，首期工程分梦海屯、九龙居、中国园三大建筑群。这个集现代文明与古朴风情为一体的旅游度假村，忽而连栋栉比，忽而疏落有致，其间花树环绕，小桥流水，回廊曲折，构成了一幅绚丽多姿的彩图。度假村的文体设施一应俱全，电子游戏城、健身美容城、体育健身城、射击场、迷你高尔夫乐园、儿童乐园、海上活动中心等七大俱乐部，均已对外开放，游客借以个人志趣、爱好，都可以在岛上找到自己喜爱的娱乐项目。

走出现代化的楼堂馆所，我们看到前方有一处古朴典雅的红墙宅第。进得门来，发现院内有近百尊手执刀戟、身披战袍的士兵雕像，原来这是"田横演兵场"。如孙武之军阵，似秦皇之兵马。石像高约 2 米，形态各异，栩栩如生，再现了当年"历下军"不畏强暴、奋勇厮杀的壮观场面。

在"田横演兵场"附近，有一条通往田横岛最高点的石径。我们拾级而上，举首仰望，只见一座高大雄伟的巨石雕像矗立在田横顶上，石像底座直刻着"齐王田横"四个大字。在石径左侧还列有田荣、田广、田儋、田市、田解等人的石像。据介绍，秦末，狄县（今山东高青东南）故齐王田氏族中的田儋及其堂弟田荣、田横起兵反秦，重建齐国，拥田儋为齐王。田儋率兵救魏时，被秦将章邯所杀，田荣重整旗鼓平定齐地，立田儋之子田市为王，后因田市依附项羽被杀，田横便收复失地，立田荣之子田广为王，自为相。不久，田横所统率的"历下军"被韩信击溃，齐地亦被占领，田广在逃亡中遇难，田横便自立为王。汉朝建立后，田横"与其徒属五百余人入海，居岛中"。田横五百士殉节后，刘邦深为感动，遣兵两千将田横以王礼葬之。

我们登上田横顶，寻访五百义士的遗迹。田横祠已毁，但"齐王田横及五百义士之位"的碑碣尚存。五百义士墓是一个巨大的圆形土冢，四周长满了野石竹，花白如雪，庄严肃穆，格外增添了墓地的义节气氛。游人驻足其前，凛然浩气直涌胸间，千古悲壮义举重现眼前，令人荡气回肠。

西汉史学家司马迁在《史记·田儋列传》中写道："田横之高节，宾客慕义而从横死，岂非至贤，余因而列焉。不无善画者，莫能图，何哉？"司马迁渴望一些画家能把田横及其五百士的形象画出来供人瞻仰。两千年后，艺术大师徐悲鸿绘制了《田横五百士》的巨幅油画，终于实现了太史公的遗愿。

在田横岛上还有一座小碑林，从碑刻上可以看出田横岛自古以来就受到中外文人雅士的青睐。明代即墨县丞周瑶有诗吊五百义士："山函巨谷水茫茫，欲向洪涛觅首阳。穷岛至今多义骨，汉庭谁许有降王。断碑卧地苔痕重，古庙无人祀典荒。识得灵旌英气在，暮潮风卷早潮扬。"高丽文学家郑道也作诗《鸣呼岛吊田横》："晓日出海东，直照孤岛中，夫子一片心，正与此日同。相去旷千载，鸣呼感吊衷，毛发竖如竹，凛凛吹英风。"此外，著名诗人贺敬之、青岛作家姜树茂等也在岛上留下了宝贵的墨迹。

田横岛饱经沧桑，旧时因系仕宦避难和贫民谋生之地，曾有"小关东"之称。据《北史》记载：北魏时自诩"百世忠臣，输诚魏室，家亡国破"的杨愔，在其堂兄忏旨见诛和奸人投书恐吓后，伪作投水自溺，并易名刘士安。"因东入田横岛，以讲诵为业，海隅之士谓之刘先生"。据明万历年间即墨县令许铤所撰《地方事谊议》记载，当时岛上有居民数百，多为亡命之徒、死里逃生之人。官方以叛逃的罪犯和匪徒对待之，便形成了"旋遣旋来"或在陆上进行诱捕和暗杀，使岛上的人备受苦难。如今，岛上"义骨"尚存，而旧貌却早已改观。特别是改革开放以来，田横岛发生了翻天覆地的变化，到处是一派欣欣向荣的景象。

游览田横岛，不仅可以观赏老仙洞、神龟石、狮身人面石等优美奇特的自然景观，而且还可以品尝时令海鲜。田横岛周围的海域盛产鲍鱼、海参、对虾等海产珍品，游客可以任意享用，一饱口福。遐迩闻名的"田横砚"是田横岛的一大特产，此砚呈淡绿色，质地细腻，缜密似栗，砚墨挡笔不滑不滞，墨汁经久不干，堪称文房之瑰宝。

环游海岛一周，不觉天色已晚。我们怀着依依惜别之情，离开了因景因人因事而震撼的田横岛。汽艇向对岸飞驰，望着渐行渐远的碧海青山，令我心潮起伏，浮想联翩，因受田横五百士义举和田横岛巨变所感，即兴赋诗一首：

夕阳西下彩云飞，
树绿花红万物辉。
古迹新容飘异韵，
游人尽兴乘风归。

走进包公祠

上午，利用在安徽省委开会的空闲，我和参会的部分人员一起游览了著名的包公祠。

在以法治乱、反腐倡廉的当今，到包公祠凭吊一代清官包拯，怀古思英，以明做人做官的道德规范，具有深刻的现实意义。

包拯（999—1062），字希仁，尊称包公。北宋庐州合肥（今安徽肥东县）人。天圣进士，官至枢密副使。因其执法如山，除暴安良，不畏权贵，铁面无私，清正廉明，所以人们都亲切地称他为"包青天"。死后谥号孝肃，故祠堂全称"包孝肃公祠"。

包公祠坐落在合肥市城南包河公园内。进入包河公园正门，只见曲径通幽，亭轩错落，杨柳盈岸，菱荷满池，景色十分秀丽。跨过小桥，在绿树翠竹之间的香花墩，隐现着一座粉墙黛瓦、古朴典雅的四合院。大门有石狮镇守，门前筑有石阶，门上有一副"忠贤将相；道德名家"的红底黑字对联，门额直书"包孝肃公祠"五个苍劲有力的大字，这就是我们将要参观的包公祠。

包公祠原是一座古庙，明弘治太守宋光明为了顺乎人意，赢得民心，将庙宇改建成"包公书院"。嘉靖十七年（1538 年），明朝御史杨瞻重修包公书院，遂定名为"包公祠"。太平天国年间，包公祠曾一度毁于兵火。

清光绪八年（1882 年），身为合肥人的清朝直隶总督李鸿章捐献白银 2800 两，又将祠堂修葺一新，包公祠占地不足 1 亩，现有正殿 5 间，两厢各 3 间。门前回廊环绕，廊外有一个 40 平方米的天井，天井中央设置香炉，香火终日不断。

走进包公祠大门，循廊绕行，我们看到正殿大厅有一台基，上面坐着包拯塑像，高约 8 尺。包公身穿红袍，头戴乌纱，粉面修髯，一身正气。在塑像左侧后壁上，镶嵌着一块 1 米多高的石碑，碑上有以清晰、有力、明快的线条雕绘的包拯像，他手持朝板而立，蹙眉平视，形象逼真，呈现一种亲切、伟岸、庄严的气质。

包拯是我国历史上的忠臣、杰出的清官代表，虽世事沧桑，但有关他的佳话却一直被人们传颂。历代文人墨客拜谒包公祠后，留下大量的诗词和题记，均以颂扬包拯的高贵品德为主要内容。在正殿的拱屋檐上，悬挂着三块黑底金字匾额，中间一块"色正芒寒"为清光绪年间朝廷大臣李鸿章所题；左边一块"庐阳正气"为光绪年间书法家左锡旋所题；右边一块"节亮风清"为乾隆年间庐州知府肖登山所题。两侧墙壁上，挂着长约 3 米的木刻长联三副，分别为合肥知县陈斌、庐州知府左辅及陈州百姓题赠。第一副是："照耀千秋，念当年铁面冰心，建谠言不希后福；闻风百世，至今日妇人孺子，颂清官只有先生。"第二副是："一水绕荒祠，此地真无关节到；停车训遗像，几人得立姓名尊。"第三副是："理冤狱，关节不通，自是阎罗气象；赈灾黎，慈悲无量，依然菩萨心肠。"这些对联不仅字体饱满有力，器宇轩昂，而且内涵丰富，有情有景，情景交融，从中可知包拯之人品，功德之高尚。

在"铁面冰心"的匾额下面陈列着三座铜铡，这就是当年包拯执法时使用的龙头铡、虎头铡和狗头铡，这些刑具用于处决身份不同的罪犯：龙头铡，专斩犯法的皇亲国戚；虎头铡，专斩贪官污吏；狗头铡，专斩劣绅恶霸。

走出正殿，我们来到西厢房，这里保存着包公墓出土的文物。大堂右壁石碑刻有《包拯家训》："后世子孙仕宦有犯赃滥者，不得放归本家。亡殁之后，不得葬于大茔之中。不从吾志，非吾子孙。仰工刊石竖于堂屋东壁，以昭后世。"这是包拯晚年为其后代立下的家规，可见包拯对后世子孙要求多么严格。我认识几个包拯的后人，果然一个个都是清明廉洁，刚正不阿。

东厢房内一石碑刻有五言律诗一首，这是迄今发现的包拯遗留下来的唯一的文学作品。诗文如下：

清心为治本，直道是身谋。
秀干终成栋，精钢不作钩。
仓充鼠雀喜，草尽兔狐愁。
史册存遗训，无贻来者羞。

这首诗充分体现了包拯的政治抱负和远大志向，要做一个对国家有用的人才，做一个能替劳苦百姓办好事的真正的官吏。据包拯的门生张田记述，这是包拯做官时为自己立下的处世为人的座右铭，是指导他一生为官的准则。

祠东有一座六角飞檐、青瓦红柱的凉亭，亭内有古井一口，水质清甜。亭顶有龙的浮雕，影子映入井内，龙影随井水的晃动而挥舞，故称"龙井"。亭壁嵌有石碑一方，名曰《香花墩井亭记》，为清光绪二十八年（1902 年）举人李国衡撰写。碑文记载着一个典故：昔日有一太守游览包公祠，喝此井水后，头痛不止，原来他是个赃官，所以得到如此报应。又说，贪官污吏若能痛改前非，改恶从善，饮则病除。故此井又名"廉泉"。尽管这只是一个传说，它却反映了人们对包拯这样的清官的爱戴和对赃官的憎恨。

包公祠西南侧有流芳亭。据史书记载，包拯幼时，家住老城内，常到这里读书、玩耍，并传有佳话。后包拯仕途为官，人们为纪念这段流芳千古的历史，特在此营造"流芳亭"。

"深柳依然读书处，香花不改旧时墩。"我们登上清幽典雅的流芳亭，环顾四周，但见蒲荷数里，鱼凫上下，长桥径渡，竹树荫翳。包河碧波荡漾，日夜吟诵着包拯的廉洁美德。

传说包拯晚年，宋仁宗赵祯念他劳苦功高，把巢湖赏赐与他，他坚辞不受。后来，宋仁宗又赐庐州这段护城河。皇上是金口玉言，再不领封便有欺君之罪，包拯万般无奈，只好接受下来。但他规定，家人在河里种藕养鱼，只能接济穷人，不许营利买卖。后人将这段十五公顷的水面称为包河。由于河里的鱼背部颜色较黑，故叫"铁面鱼"；水中的莲藕孔大节疏，质嫩无丝，庐州便留下一句歇后语："包河藕——无丝（私）。"与铁面鱼合二为一就是"铁面无私"，生动地诠释了包拯的性格和品质。

包家后代恪守包拯这一遗训，每到八月中秋这一天，全族都要会聚一堂，都要品尝包河藕加冰糖，以示"此藕无丝，冰心可鉴"。久而久之，流传乡里，遂成美德风俗。至今，中秋节晚上，合肥东乡老人仍要携子抱孙，手举供品对天发誓："吃一口无丝藕，想想做人！"

下"地狱"一游

我们游览了被誉为"东方夏威夷"的冲绳岛，今天上午乘飞机来到日本九州的政治经济文化中心福冈，然后乘汽车沿着深山老林中的公路向东南行驶 150 公里，便到了世界著名的泉都别府。

别府市在九州岛东北部别府湾畔的鹤见峰下，隶属大分县。别府本应写作"别符"，意为"特别文书"，旧指朝廷赐予功臣田地时颁发的文书。由此可见，别府自古以来就是一个好地方，不然皇上怎么会把它赏赐给有功人员呢！

别府是日本最舒适的旅游区，主要有"别府八景"和"八大地狱"两大景观。我们到别府后决定下"地狱"一游，看一看灶地狱、海地狱、鬼石坊主地狱、山地狱、鬼山地狱、白池地狱、血池地狱、龙卷地狱究竟是个啥样子。

"地狱"一名，始于日本平安时代，意即热泉。别府泉源多达 4300 处，是日本泉群最多的城市。因泉水从 200 米深的地层冒出，水温超过摄氏 100 度，喷出的袅袅白烟环绕泉边，冉冉上扬，犹如阴曹地府景观，故日本人将热泉称之为"地狱"。

我们购得"地狱入场券"，然后乘坐观光巴士义无反顾地直奔"地狱"。乍听"地狱"，以为那是一个阴森恐怖的荒山野岭。其实不然，这里的"地狱"胜似天堂。汽车一驶入"地狱"游览区，只见青山、绿树、红花、白雾，构成了一幅绚丽多彩的风景画。

透过弥漫的烟雾，我们看到不远处丛林中竖立一块木牌，上书"海地狱"三个狂草大字，旁边有一泓清泉，水色湛蓝，如同海水一般，这就是"八大地狱"的第一站"海地狱"。据说这里是1200年前一场火山爆发后形成的热泉。我们放眼四望，亭台楼阁间绯红点翠，曲径栏桥掩映于湖光山色之中，枫红草绿伴随着鸟语花香。泉池腾腾冒着白烟，被轻风吹动，缥缥缈缈。

我们怀着惊奇的心情走近时，发现有人正在泉中煮鸡蛋。据说把鸡蛋放进热泉里，5分钟捞起，食用恰到好处。泉边还有一些简易的炉灶，这些炉灶与众不同，底部没有炉箅子，因此不用煤火，取而代之的是一个气孔，利用地下喷发的热气熏蒸食品。在灶台上出售的鸡蛋、地瓜、玉米等食品，就是用这种炉灶蒸熟的。

山脚下是"血池地狱"，因泉池喷发的热泥火红如血而得名。这个奇特的热泥泉面积为400平方米，水温摄氏78度。我走近一瞧，真的像热血沸腾，血浆四溅。据检测，这些血红的热泥铁氧化合物含量高，用这些泥制成的膏药，对皮肤病疗效甚佳。

"鬼山地狱"并无魔鬼，只是在奇岩怪石中冒出缕缕轻烟，缭绕成云，久久不散。那种天然之美，难以名状，鬼斧神工大概就是这个意思吧！鬼山地狱又叫鳄鱼地狱，这里从大正时（1912—1926）就开始用温泉水养育鳄鱼，现有鳄鱼约100条，游客可以观赏到鳄鱼泡温泉时的舒服模样，还可以观看饲养员喂食鳄鱼的惊险场面。

我们抵达"龙卷地狱"时，池畔看台上已坐满了游客，但泉池却静无声息，原来这是一个时喷时停、含情带意的间歇泉。据介绍，"龙卷地狱"每小时喷发一次，每次约半小时，水温高达摄氏150度。此时忽见观众举座哗然，向泉池蜂拥而去——泉水就要喷发了。只见泉口水位缓缓抬升，随着一声巨响，高温气水流突然冲出泉口，即刻扩展为直径两米左右的气水柱，由低渐高，直上半空，高达20余米，同时呼呼作响，形同龙卷风，令在场的游人啧啧称奇。

　　"地狱"里的"人肉泡汤"，深受各方人士的喜爱，常有达官贵人、商贾名流来此"赴汤蹈火"。这里可资洗浴的温泉水质洁净，无色透明，含有多种对人体有益的微量元素，对关节炎、神经痛、慢性胃炎及各类皮肤病都有疗效。没病没痛入浴浸泡以后，也可以解除烦恼和疲劳。

　　我带着余兴未尽的遗憾恋恋不舍地离开了"八大地狱"，转身回望腾腾雾气中的那山、那林、那泉，那万紫千红的景象，骤而产生一种畅然，一种浪漫，一种与天地共和谐的释放感，令人心旷神怡。

采访赵南起同志

上午 11 时许接到陈秘书一个电话，说赵南起同志快到天津了，我赶紧放下手头的工作，驱车前往喜来登大酒店迎接。

赵南起，生于 1927 年，朝鲜族，吉林永吉人。1945 年入伍，1947 年加入中国共产党。1950 年参加抗美援朝战争，1959 年回国后历任吉林省延边军分区政治部副主任、主任、副政委、政委。1973 年起任吉林省通化军分区政委、省军区政治部主任、政委。1985 年后任解放军总后勤部副部长、部长。1992 年任解放军军事科学院院长。今年 3 月当选全国政协副主席。

我刚到喜来登大酒店门口，赵南起同志也到了。这次与他见面是意料之外，因此走进客房相互寒暄后，我便抓住休息这个空当——也是天赐良机——向他采访我急需了解的一些问题。我说我在写一部关于毛岸英的纪实文学，书名叫《毛岸英在朝鲜战场》。听说您认识毛岸英，我想向您请教一下毛岸英的情况。

赵南起一怔，随后坦然地说："好啊，在朝鲜战场上，我和毛岸英是有过一些接触。其实，你想了解毛岸英，应该去找军科的杨凤安，当年他是彭老总的秘书，对毛岸英的情况知道得更多一些。"

我说打电话联系过他了，他身体不太好，还住在医院里，聊了几句，就没敢再打扰他。

赵南起沉吟片刻，接着说，洪学智同志对毛岸英也很熟悉，你也可以找他了解一下。

我说通过"红机子"找过他了，考虑到首长工作忙，长话短说，只向他请教几个主要问题。

赵南起忽然想起："对了，你们局的裴善卓同志曾在志愿军司令部工作过，他也应该知道毛岸英的一些情况。"

我说也找过裴处长了，他说不认识毛岸英。还有局里的刘处长，他当年在志司机要处工作，也不认识毛岸英。可能那时毛岸英的身份对外保密，志司的很多人见其面不知其名，包括我部的苗所长，当年他也在志司工作，也说不认识毛岸英。

赵南起点点头，于是又问我找过毛岸英的夫人刘思齐吗？

我说通过中央文献研究室的朋友联系到她了，但刘思齐说她对毛岸英赴朝参战的情况知道的不多，也都是听别人说的。我准备把书稿送给她审阅，请她写个序言。

赵南起说那也好，看来你写这本书花的功夫不小啊！可是你怎么想起写毛岸英呢？

我说70年代我曾在朝鲜军事停战委员会中国人民志愿军代表团工作过。每当我给志愿军烈士扫墓时，就想写一写志愿军，写一写毛岸英。我对志愿军老前辈很有感情，在我的亲属中、乡亲中和我所在部队的首长中有很多志愿军老战士，我想用手中的笔弘扬他们为抗美援朝、保家卫国而舍生忘死的爱国主义精神和国际主义精神，告慰长眠于异国他乡的数以万计的中华儿女。

赵南起点点头说：原来是这样！应该写一写。我是1950年10月19日跟随彭老总奔赴朝鲜战场的，没想到在朝鲜和毛岸英住在一个屋子，都是做翻译工作。一开始光知道他姓毛，后来才听说他是毛主席的儿子毛岸英。他比我大5岁，但我和他一样都是县团级干部。

接着，赵南起给我讲述了作为志愿军的第一个志愿兵毛岸英是怎么报名参战的，怎么严格要求的，怎么勤奋工作的，怎么处理亲情的，怎么不怕牺牲的……

通过赵南起的介绍，我不仅采访到有关毛岸英鲜为人知的一些资料，更被毛岸英鲜活的事迹深深打动。毛岸英，这个28岁的铁血男儿，在祖国的安危系于毫发的关键时刻，以共和国最高领导人长子的身份，主动请缨，慷慨赴义，并且出师未捷便壮烈亦且默默地牺牲。"壮烈"——为国捐躯当然壮烈；而"默默"二字，就比"壮烈"更加令人钦敬、令人扼腕、令人感到心酸！

毛岸英从报名参军到壮烈牺牲，刚好50天（在朝鲜只有34天）。反观当年种种，尤其令人痛惜不已而又叹息不已的是：党和国家一号人物的儿子牺牲在一场正义战争的战场上，非但尸骨未能还乡，而且我们在长达几十年的时间里也未见任何公开的宣传。我们曾经有那么多的诗篇讴歌"最可爱的人"，曾经为多少活着的英雄和牺牲的烈士树碑立传，而在很长的一个时期，确切地说，也就是烈士的父亲毛泽东在世期间，我们却很少见到宣传毛岸英同志英勇事迹的报道。

多少年来，每念及此，我作为志愿军的晚辈，又是志愿军的一员，就油然而生一种强烈的冲动，尤其是这次采访赵南起同志之后，我更加坚定了决心——一定要为这位热血报国魂飘天外长期以来几乎默默无闻的英雄写一本书，披露他的事迹，歌颂他的美德，弘扬他的精神。

东方第一村——防川

上午，我们乘汽车出延吉市，经珲春，沿着风景如画的图们江畔向下游行驶，一路山高坡陡弯急，林密车少人稀，两个小时后，才能到达"东方第一村"——防川。

位于张鼓峰下的防川村，行政属延边朝鲜族自治州珲春市敬信镇，西北距珲春市 75 公里，是一个只有几十户人家的朝鲜族村落，面积为 20 平方公里。防川以"地处边防前线，濒临万源之川"而得名。这里三国毗邻，江海相连，是祖国版图"雄鸡"下瓣嘴的尖部，因有"鸡鸣闻三国，犬吠惊三疆，花开香四邻，笑语传三邦"之说。

由于出发前没来得及吃早点，我们在敬信镇的一个小山村吃饭。这是一个农家院，蔬菜是自己园子里种的，鸡蛋是自己家养的鸡下的，鱼是从村边小河里现捞的，玉米是从自家田里摘的。东家听到我们夸饭菜做得好吃，就说这地方太偏僻了，来这里吃饭的客人不多，倒是老虎光顾了几次。

听说有老虎进村，我吃惊地问东家，老虎来了你们怎么办？东家说躲避呗，做好防护。我说你们不能像武松那样打老虎吗？东家说打不得打不得，老虎吃人不犯法，人打老虎犯法！

吃完饭，我们继续上路。只看到在绿树碧水之间有一条形如弯弓的长堤，这就是"天下第一堤"——洋馆坪大堤。这条用青石填江筑成的大堤长 880 米、宽 8 米、高出水面 2.5 米。据朋友介绍，历史上的防川一直孤悬"海外"，有如我国一块飞地。防川与内地之间有两处"地狭"，最窄处洋馆坪段于 1957 年被图们江水完全冲断，我国曾长期借走俄境和朝境通道。1983 年洋馆坪路堤建成通车，防川才复有自己的国道。

汽车在千米长堤上飞驰，我们透过明亮的车窗，欣赏着三国的山川美景：左侧铁丝网外，是俄罗斯的山林；右侧图们江对岸，是朝鲜的农田。中国领地就是这夹在俄、朝两国中间 8 米之宽的大堤甬道。

据文献记载，珲春本只与朝鲜有界，并非与俄国为邻。清初设珲春协领时，其辖区南抵图们江，北达乌苏里江，西至哈尔巴岭，东到日本海。咸丰年间，沙俄趁英法联军发动第二次鸦片战争之机，强迫清政府签订不平等的《中俄北京条约》，割占了乌苏里江以东的广大地区。从此，珲春失去了所有的沿海地区，始邻俄罗斯，并有了共同的疆界。

1938 年夏天，这里发生了震惊中外的"张鼓峰事件"，日、苏两国军队围绕着张鼓峰、沙草峰两个高地，进行了一场历时 13 天的激烈战斗，双方伤亡数千，损失惨重。停战以后，日军把防川一带划为军事禁区，强行把洋馆坪、桧忠源、沙草坪、防川四个村的 140 多户居民迁走，使这里成为无人区，同时又在图们江上立桩截流，封锁航道。从此，中国利用图们江航道的出海活动被迫完全中断。

我们在防川景区下车，然后按游览路线拾级而上，来到一个名叫吴岗的高地。岗顶上有一座六棱柱状的水塔式瞭望台，附近新建一座供游人观光的具有民族风格的三层楼阁，因站在楼顶可以看到日本海，故取名"望海阁"。这里是远望近观"海外"景致的最佳场地，我们登楼俯瞰，三国边境的自然风光尽收眼底。向南望，在中国边境线前方，有一条横跨图们江的铁路大桥，把俄罗斯的包得哥尔那亚城与朝鲜的豆满江市连成一线，它是联结俄朝陆路贸易的唯一纽带。再向前看，是一片平坦辽阔的濒海平原，遍布着湖泊沼泽。平原尽头，日本海烟波浩渺，海天相接，如借助望远镜，还能看到大海里的行船。我们面对着相距只有 15 公里的日本海

"望洋兴叹"，心情像潮水一般忐忑起伏。转向东看，只见望海阁下横卧着一道铁丝网，这里距俄境只有咫尺之遥。俄国哨所就耸立在眼前，全副武装的哨兵还用生硬的汉语同我们打招呼。回头向西看，图们江水碧波荡漾，江畔朝方的厂房、民居、车马、行人清晰可见。再往远看，远方层峦叠嶂，林木葱茏，景色十分壮美。

据说在图们江上乘船观光，别有一番情趣。那里不仅能看到两岸的异国风情，领略波澜壮阔的江水，日出日落的奇观，还能在船上餐厅品尝刚刚打捞上来的当地名产大马哈鱼。如果顺江而下，不远处便是图们江入海口。在那里可以看到海浪冲击江涛而形成的排浪大潮，其景观气势磅礴，惊心动魄，令人叹为观止。江口岸滩，海豹成群结队；岛礁水上，鸥鸟群起群落，是难得的海浪连天的自然风光。

离开望海阁乘车继续前行，我们来到濒江而立的土字碑哨所。哨所占地不足十亩，三面紧邻俄、朝国界，中国珲春至防川的公路到此终止，滚滚而来的图们江水在此流入俄—朝河段。这里是中、俄、朝三国的鼎足之地，被称作"祖国的神经末梢"。因其具有特殊的地理位置，慕名而来的中外游客络绎不绝。

防川不仅风景秀丽，气候宜人，而且史迹众多。在土字碑哨所东南端的中俄边界线上，有一块立于光绪十二年（1886年）的花岗岩石碑，高1.44米，宽0.5米，厚0.22米，碑下入土深约0.7米。我们驻足瞻仰，只见碑额直刻"土字牌"三个楷书大字，背面（俄侧）刻有俄文"T"字。

土字碑虽历经百年风雨，但碑体完好无损，字迹清晰可辨。据史书记载，这座中俄界碑应立于距图们江口20华里的地方，由于清廷立碑代表的昏愦糊涂和不负责任，贪得无厌的俄方竟背信弃义地将界碑立在距图们江口46华里的沙草峰一带。沙俄的欲壑难填，仍得寸进尺，不断干着"马驮界碑""暗窃潜移"的勾当。后来，沙俄竟公然在黑顶子设卡屯营，侵占沙草峰以北广大濒江地区。

面对沙俄对我领土的不断蚕食，清廷于1885年派钦差大臣吴大澄与沙俄重勘边界，并签署了《中俄珲春东界约》，其中规定将黑顶子地方归还中国，土字碑立于沙草峰以南越岭而下的山麓尽处。1960 年，我国政府为保护这一具有历史意义的疆域标志不被江水冲毁，在土字碑附近修筑了一道高 6 至 8 米不等、长 1860 米的江岸护堤。

饱经沧桑的土字碑，可望而不可即的日本海，激发了国人的无限感慨，晚清政府腐败无能、丧权辱国的罪恶行径，令后人痛心疾首，悲愤万分。时任国务院总理的李鹏观看土字碑后，感慨万千，挥毫题诗一首：

图们江水向东流，

土字碑前路断头。

登上哨所望沧海，

往事不堪再回首！

我站在铁丝网前与土字碑合影留念，心里却在不停地反思。历史就是我们的昨天，只有了解昨天，才能理解我们的今天，更好地去迎接明天。

然而值得庆幸的是，防川目前已成为国内外客商了解并认识珲春和图们江下游开发远大前景的重要窗口之一。我们期待着以防川为中心的东北亚"金三角"早日发展成为国际性的经济贸易特区和旅游观光基地。

海参崴随想录

今天结束了海参崴之行，感慨良多。

海参崴，俄文名符拉迪沃斯托克。可时至今日，中国人仍情愿叫它海参崴，而能叫出既冗长又绕口洋名字的并不多，原因是这个位于俄中朝三国交界处的俄罗斯远东地区最大的城市原属中国，1860 年 11 月 14 日才割让给俄国，并被俄国人称作"东方统治者"。

因为清朝的孱弱昏聩，海参崴易主了，改名换姓了。俄国掠夺了中国的大好河山，百年的耻辱令中国人至今难以忘怀。那么，百年之后的海参崴又会是一个什么样子呢？我带着悲愤、疑惑和好奇的心情去探访了这个神秘的城市。

三天前，我们从珲春进入俄罗斯国境，然后舟车交替，用了大约半天时间就到了目的地海参崴。在途中，导游反复提醒我们，千万不要乱丢烟头和垃圾，否则会受到"老毛子"的严厉处罚。上次一个游客往车下丢烟头，就被俄方警察狠狠罚了 1000 卢布。

进入市区以后，我们发现三面环海、仿佛坐落于碧波万顷海面上的海参崴不同于俄罗斯的任何城市，既缺少莫斯科气宇轩昂的大气，也没有圣彼得堡雍容华贵的雅致，它以自己独特的历史原貌存在着，这或许就是海参崴的魅力所在吧！

我边游览市容，边迷茫不解。百年的海参崴变了，完全变了！除了几幢18世纪的古老建筑外，基本都西化了！比如那高耸入云的现代楼房，那威严肃穆的十字架教堂，那欧罗巴式的圆顶建筑，那书写着俄文的殿堂和商铺。街道市井是清一色的高鼻梁男士及金发女郎，至于世居此港的华人已无踪无影，这里变成了西方人的乐园。

第二天早餐后，一位二十出头青春靓丽的俄罗斯小姐来为我们导游。海参崴是出美女的地方，因为俄罗斯是一个多民族国家，各民族都可以相互通婚，所以造就了一大批混血的美女俊男。俄罗斯年轻女子普遍身高在1.7米以上，由于从小受过芭蕾舞训练，因此不仅身材苗条，体态匀称，而且打扮时髦，行为端庄，让初来乍到的中国游人无不惊叹。不过这些美女的魔鬼身材都有保质期，一旦过了30岁这个年龄段，就有可能由苗条淑女向臃肿的老太婆转变。据说，这是因为她们高热量的饮食习惯造成的。

在美丽的导游小姐带领下，我们来到海参崴市中心广场，参观远东苏维埃政权战士纪念碑。虽然名字叫纪念碑，但实际上是一组雕像群。为争取在远东建立苏维埃政权，布尔什维克战士与国内外反动势力进行了艰苦卓绝的斗争，终于在1922年取得了最终胜利。纪念碑始建于1961年，是整个俄罗斯远东地区最大的人物雕塑组像，也是远东最大的纪念碑。

这时，我发现有一对抱着鲜花的新婚夫妇在向纪念碑献花，新郎穿一身浅色的礼服，新娘披着白色的婚纱。据说，向烈士献花是崇尚英雄的俄罗斯人的习俗，也是婚礼中不可缺失的一个程序。为了沾沾俄罗斯人的喜气，我提出与新人一起合影，他们欣然同意。

下午，我们去游览海参崴的老车站。顺着铁道向前漫步，一座西伯利亚大铁路纪念碑映入眼帘：碑顶蹲着一只双头鹰，碑身镌刻着一个数字：9288，标志着这是俄罗斯西伯利亚大铁路的终点站，自此到莫斯科的里程。附近停放着一辆老式火车头，如今这个蒸汽机车和这个客运站一样，都光荣退役了。

与老车站遥相对应的小广场，有一尊列宁铜像，基座是用花岗岩砌成，铜像有3米高。列宁内穿马夹，外披风衣，昂首挺胸，右腿前迈，右手指向右前方。这不禁让我想起电影《列宁在1918》，站在工人中间演讲的列宁就是这样一副姿态和神情。据说全俄罗斯只有这里的列宁塑像还保留着。

这天下午，是自由活动时间，我看到海边停靠着一艘军舰，便举起相机准备拍照。突然一个俄国哨兵从我身后走来，用生硬的中国话说不许拍照，见我收回了相机又改口说"一个美元"。那哨兵接过我给他的一美元，便转身离开，意思是让我随便拍照。

在即将回国的前一天，我们去一个市场购物。可能是途中不像中国那样堵车，旅行轿车提前赶到了市场。这个市场和我国的淘宝城差不多，各种商品琳琅满目，应有尽有。我走进一家鞋店，指着一双皮鞋讨问价钱。女店员一边做卫生一边用手指指墙上的挂钟，意思是说还不到上班时间。看来俄罗斯人非常遵守时间，即便是自己的买卖也决不含糊。

在返回祖国的途中，我回望着眼前这块陌生的黑土地，回望着矗立于黑土地之上风格迥异的房舍，犹如父母看着一个被人拐走不再认识自己的孩子，一种难以名状的悲凄感如潮水一般涌上心头，是怀旧还是难忘？是耻辱还是刺激？无论如何，作为中华儿女永远都不会忘记这段历史，永远都不会忘记这块土地。

游江南贡院

我是江苏人，又在南京读过书，却是第一次游览江南贡院。这个"考场"是我国唯一的一座以反映中国科举制度为内容的专业性博物馆，虽然科举制度已废除了上百年，但它的对外开放，对于不熟悉那段历史的现代人来说仍然具有非常重要的现实意义。

江南贡院位于南京市东南隅，为古之"风水宝地"，其东接桃叶渡，南抵秦淮河，西邻状元境，北对建康路。贡院四周有两层围墙，上面布满了荆棘，故世人又称之为"棘围"。

我们在贡院门前广场下车，只见牌坊正中的匾额上书有"贡院"两个醒目的大字。大门分为三重，一曰头门；二曰仪门；三曰龙门，门上书有清康熙年间名士李渔的"十载辛勤变化鱼龙地；一生期许飞翔鸾凤天"等对联。

透过牌坊，能够看到巷子里有几座人物雕塑。其中最前面的是唐伯虎铜像，我们便与这位诗、书、画三绝不是状元胜似状元的风流人物合影留念。在唐伯虎铜像身后还有 5 座铜像，他们在贡院考试虽然成绩各异，但都著述等身。吴承恩 26 岁来此赶考，不幸名落孙山；郑板桥 39 岁来此赶考，终于金榜高中；吴敬梓、施耐庵、张謇等也都是与科考有关的名士。真是"天生我材必有用，不可以分论英雄"。

接着，我们游览了"明远楼"。"明远"是"慎终追远，明德归原"的意思。明远楼为三层，四方形，四面皆窗。大门上悬挂着"明远楼"三个鎏金大字匾额，外墙嵌《金陵贡院遗迹碑》，记述了贡院的兴衰史，碑文最后写道："今则娄百年文战之场，一时尽归商战，君子与此，可以观世变矣！"楼下南面曾有楹联，也是清初文学家李渔所撰并书："矩令若霜严，看多士俯伏低徊，群嚣尽息；襟期同月朗，喜此地江山人物，一览无余。"从联中不难看出明远楼设置的目的和作用。

贡院主展厅叫至公堂，也是当年最公正、最公开、最公平选定人才的地方。这里，以文字为主配以图片和实物资料，向观众系统地介绍了我国科举制度的形成发展与历史沿革。

走进至公堂，只见正厅上方的匾额上写道"为国求贤"四字，两侧的楹联是："圣朝无政不宜公，况此举乎更属抡才大典；天子命名原有意，登斯堂也当兴顾义深思。"厅内有一块御碑，是1699年康熙皇帝为全国贡院所题，名曰"御制宸翰碑"。碑文是康熙的一首诗："人才当义取，王道岂分更。放利来多怨，徇私有恶声。文宗濂洛理，士仰楷模情。若问生前事，尚怜死后名。"

据至公堂西面墙壁上的文字介绍，外帘负责试卷处理，糊名誊录。有受卷、弥封、誊录、对读、试卷分配几个过程。东面墙壁上的文字介绍，内帘负责评阅试卷。有阅卷、搜落卷、录取、放榜过程。后面墙壁上是一幅清朝秦淮河及江南贡院图。

据历史记载，江南贡院曾多次发生徇私舞弊案件。清康熙年间，江南乡试的主考官受贿出卖举人功名，阅卷人通伙作弊，为此江南士子大哗，出于义愤，把考场匾额上的"貢院"二字涂改成了"賣完"；还有的考生将财神泥像抬到夫子庙里以泄不满情绪。此事传到康熙耳朵里，龙颜大怒，立即派大臣火速赶赴江南，定要查个水落石出。然而此案牵涉到封疆大吏和两江总督，故一拖再拖，两批钦差大臣都未能完成使命。最后还是康熙亲审科场案，才判决两江总督革职听差，科场舞弊人员一律处斩。

导游告诉我们，江南贡院始建于南宋（1169年），原是县、府学考试场所，也是夫子庙地区三大古建筑群之一。当时叫作建康贡院，是县府学考试场所。占地规模不大，应考人数也不多。

朱元璋定都南京后，乡试、会试都集中在南京举行，因此县学、府学必须另建考棚。当时东边营的下江考棚原为江宁县学考场，鸡鸣山下南京市政府大院原是上元县县学考场。1421年明成祖迁都北京后，南京仍为陪都，而江南又是人文荟萃之地，考试仍在此按期举行。

明清两代对贡院均有扩建，到清光绪年间，贡院占地已达数万平方米，其规模之庞大为当时全国23个行省的贡院之最。至同治年间，已建供考试用的"号舍"20644间，还不包括司考、办公、住宿用房在内。

清末废科举兴学校，贡院也随之失去作用。1919年开始拆除贡院，除留下贡院内的明远楼、衡鉴堂和一部分号舍作为历史遗物外，余下部分全部拆除，辟为市场。

作为传记文学作家，这使我想到了中国历史上与科举有关的两个著名老太太：一个是周朝女皇帝武则天，她为推进科举制的发展做出了不可磨灭的贡献；另一个就是清朝西太后慈禧，她拍板定案废除了沿袭千年的科举制。

如今参加过科举应试的人差不多都已作古，科举制度也早已废除，但科举的一些习惯在我国高考中仍然可以看到，例如分省取录、将考卷写有考生身份信息的卷头装订起来以杜绝判卷人员和考生串通作弊、称高考最高分者为状元等等，这些都是科举残留的痕迹。

龙井问茶

杭州，不愧为"人间天堂"，山美水美人也美。好山必有好水，好水必有好茶，名山名茶，相得益彰。听说龙井村离我所住的军队疗养院不远，我和妻子便要了一辆计程车，准备去那里品茶问道。

龙井古称龙泓，现为一个行政村。它东临西子湖，西依五云山，南靠钱塘江，北抵北高峰，四周群山叠翠，云雾缭绕，有如一颗镶嵌在西子湖畔的翡翠宝石。因村里有一个圆形泉池，阔约三米，水质纯洁，大旱不涸，古人以为此泉与海相通，水中有龙，故称龙井。

计程车司机是当地人，轻车熟路，很快把我们送到了"茶乡第一村"龙井。我们先游览御茶园、胡公庙、老龙井等景点，然后进入村委会开办的茶庄。只见茶庄里有几个装满各种等级茶叶的大缸，旁边有一些茶座，供消费者品尝选购。

身着旗袍的茶艺小姐是一位青春靓丽的无锡人，等我们坐定后，她便用吴侬软语开始介绍"龙井"的来历。她说，这里是先有泉有龙，随后有龙有井，继而有井有村，龙井村名由此演变而来。这里的土特产西湖龙井茶冠列中国十大名茶之首，始产于唐朝，明代益盛。清朝乾隆皇帝六下江南，四上龙井，题写六首龙井茶"御诗"，亲封十八棵"御茶树"，将龙井茶推上了至尊地位。

这时，茶艺小姐拿来一个盘子，让我们到大缸里选取茶叶。妻子取回一些中等偏上价位的茶叶，茶艺小姐一边泡制一边说，好马配好鞍，好茶配好水。龙井茶与虎跑泉素称"杭州双绝"，沏茶要用虎跑泉的水才好，虎跑泉水冲泡的龙井茶清香四溢，沁人心脾，被世人誉为"龙虎斗"。

听茶艺小姐如此说，我忽然想起前两天游览虎跑公园时导游讲过的一个故事：相传唐朝有个高僧性空，游至大慈山觉得有点像达摩祖师的灵山，便萌生在此建寺的想法。虽然这里风景灵秀又临近西湖，但此处却没有水源。本来想放弃，夜间梦里有个神人告诉他，会派两只白虎把南岳衡山的童子泉迁到此处。第二天高僧醒来推门一瞧，果真有两只白虎刨地做穴，随之清泉涌出，"虎刨泉"因而得名，后来为了顺口就叫作"虎跑泉"。

茶艺小姐练就一手绝活，只见她动作麻利地涮杯、洗茶、冲水、盖盏、滗茶……不一会儿龙井茶就冲泡好了。我端起茶碗，只见汤色清冽，叶底嫩绿，芽芽直立，栩栩如生。品一口，齿间留芳，回味无穷。这里的龙井茶之所以味道特别，我想可能与当地的茶新与水好有关系。集名山、名寺、名湖、名泉和名茶于一体，一杯龙井茶能喝出世所罕见的独特而骄人的龙井茶文化。

明代文学家徐渭曰：品茶宜精舍，宜云林，宜永昼清谈，宜寒宵兀坐，宜松月下，宜花鸟间，宜清流白云，宜绿藓苍苔，宜素手汲泉，宜红妆扫雪，宜船头吹火，宜竹里飘烟。此时室外鸟语花香，风景如画，室内古韵优雅，琴瑟和鸣，我顿感心旷神怡，不由得想起了晚唐著名诗人李商隐的七言绝句：

小鼎煎茶面曲池，
白须道士竹间棋。
何人书破蒲葵扇，
记著南塘移树时。

我妻子一边品茶一边赞道：好茶，好茶！从来没喝过这么好的茶！

如此好喝的西湖龙井，究竟有何奥秘？茶艺小姐帮助我们解开了这个谜：大家都知道，地球上有一条黄金纬度带——北纬30度，这里潜藏着许多奥秘。我国十大名茶中，有九种茶都来自这条黄金纬度带。西湖龙井处于北纬30度04分至北纬30度20分，恰在这条黄金纬度带的绝佳位置上。

当然，土壤也是西湖龙井茶叶品质上乘的关键。陆羽《茶经》所云："上者生烂石，中者生砾壤，下者生黄土。""烂石"是指一种砂质土，而西湖龙井茶树就生长在这种白砂土上，其土壤肥沃，含有丰富的磷、钙、镁等矿物质元素，有机质含量高，且结构疏松，透气性好，有利于茶树的生长稳定。

茶的炒制工艺也极为讲究，有抖、挺、扣、抓、压、磨、搭、捺、拓、甩等十大手法。特级龙井茶需要在铁锅里用手翻炒，茶锅保持在250摄氏度，一次只能炒250克茶青，需耗时30分钟。操作时变化多端，令人叫绝。

那么，这里的茶叶是怎么分级的呢？茶艺小姐指着一个个大缸说，龙井茶按产期先后及芽叶嫩老，分为八级，即"莲心、雀舌、极品、明前、雨前、头春、二春、长大"。一斤特级龙井，约有茶芽八万个之多。清明节前采制的龙井茶简称明前龙井，向有"雨前是上品，明前是珍品""早采一天是宝，晚采一天是草"的说法。明前茶美称女儿红，"院外风荷西子笑，明前龙井女儿红"，这优美的句子如诗如画，堪称西湖龙井茶的绝妙写真。

中国是茶的故乡，也是茶文化的发源地。中国人很早就知道喝茶的好处很多，唐朝宦官刘贞亮列为"十德"：以茶尝滋味，以茶养身体，以茶表敬意，以茶散闷气，以茶养生气，以茶除疠气，以茶驱腥气，以茶立礼仪，以茶可雅志，以茶可行道。

其实，茶的中和之道，自然之性，清雅之美，明伦之礼，充分地体现了中国天人合一的思想，既涵盖了儒家的治世机缘，佛家的淡泊节操，道家的浪漫理想，也诠释了中国人清和、俭约、廉洁、求真、审美的高雅精神。茶不仅抚慰了人们孤寂的心灵，更多的还承载着人类深厚的人文情怀。

茶是雅物，又是俗物。"柴米油盐酱醋茶"，茶虽位居末尾，却是必不可少的家中"常客"。正如民国散文学家梁实秋所言，凡是有中国人的地方就有茶，人无贵贱，谁都有分，上焉者细啜名种，下焉者牛饮茶汤，甚至路边埂畔还有人奉茶。

嗜茶者多喜绿茶，而绿茶中最令人津津乐道的当属西湖龙井，就连《红楼梦》中的潇湘妃子林黛玉，都将其作为"私己茶"，赠与自己的心上人贾宝玉。

客来敬茶是我国传统的礼节，以茶作礼品也是我国的习俗。于是我也慷慨一把，不惜"重金"买上二斤明前茶，以犒劳老伴、款待客人和馈赠亲友。

明代著名书画家陈继儒品茶有感：一人得其神，二人得其趣，三人得其味，七八人是名施茶，饮茶者愈众，则离品茶真趣越远。

"一杯清茶品日月，半壶老酒醉人生。"不胜酒力的我对绿茶情有独钟，常常一个人边品茶边写书，词茶相融，茶助词生。茶没少喝，书也没少写。喝着写着，便有了一点感悟：在第一泡时略感苦涩，第二泡时方有甘香，第三泡便清淡了。再好的茶，哪怕是西湖龙井，三泡过后也就失去味道了。这泡茶的过程令我想起苦短的人生：青涩的少年，香醇的青年，此后愈来愈淡，那便是逐渐失去人生之味的老年。

不过，真正会生活的人，会觉得这茶越喝越有味道。

2000 年 7 月 10 日

中朝边境一步跨

丹东是我国最大的边境城市，她以风景秀丽、气候宜人、物产丰富、史迹众多而著称。这是一个天气晴好的夏日，我借出差之机，再次来到这座过去曾多次访问过的城市。

上午，我们参观了坐落于英华山上的抗美援朝纪念馆和被美军炸毁的鸭绿江断桥。回到宾馆后，一位热情好客的女服务员告诉我们，在市区东北大约26公里的鸭绿江上有一个别具特色的景点——一步跨。

鸭绿江古称浿水、马訾水，唐朝始称鸭绿江。据唐朝著名史学家杜佑撰写的《通典》记载：由于鸭绿海淀区发源处水的颜色像公鸭头上羽毛绿色，所以叫鸭绿江。这是中国和朝鲜之间的一条界江，发源于长白山主峰南麓海拔2300米处的长白山天池，然后流向西南，流经中国吉林、辽宁两省，在辽宁省丹东市东港附近入黄海北部的西朝鲜湾，全长795公里。

"雄赳赳，气昂昂，跨过鸭绿江。"我想起了《中国人民志愿军战歌》，那是半个世纪前，中国人民志愿军跨过鸭绿江，去支援朝鲜人民抗击侵略者的事情。可如今……

"一步跨，顾名思义，就是说那一段江面不宽，一步可以跨过边境线。"听罢服务员绘声绘色地介绍，我禁不起"一步跨"的诱惑，决定下午驱车前往一游，要亲眼看看那里的"楚河汉界"与别处究竟有何不同。

我们在"藏龙卧虎"之地虎山长城根下车，然后沿着一条崎岖土径顺坡而下。绿树夹道成荫，鲜花缀山如锦，自然景色十分迷人。这里没有工厂，远离尘嚣，林壑幽静，空气清新，未经污染的植物像被清水洗过似的，翠绿如玉。

虎山，以势如猛虎而得名。只见它虎视眈眈，日夜守卫在祖国的边防前线。虎山长城是鲜为人知的中国最东端长城，也是中国最古老的长城之一。我们边走边向右侧山顶眺望，果然名不虚传，长城像一条腾云驾雾的巨龙，高高悬卧于虎山之上，巍峨雄伟，十分壮观。我理解，"虎踞龙盘"大概就是这个意思吧！

我们沿着绿树掩映的小径向前走了大约二三百米，看到一块花岗岩石碑竖于江边，上书"一步跨"三个红色大字。站在岸上再往下看，只见这一段百米来长的河谷窄如瓶颈，谷底的水宽不足 1 米，水深 10 厘米左右，水色清澈透明，水流从鹅卵石上缓缓而过，发出潺潺的响声。我想，这可能就是我们要游览的目的地"一步跨"了。

据了解，我们面前的这条小河是鸭绿江的支流，对面的岛子叫于赤岛，为鸭绿江的江心岛，面积约 10 平方公里，岛上住有朝鲜居民。我们隔江而望，看到朝鲜农民三五成群，正在庄稼地里辛勤地耕作着。再往前看，不远处有一片白墙青瓦风格迥异的民居，那是朝鲜的一个小村落。

作为国境线，这里看不到戒备森严的铁丝网，看不到持枪以待的边防战士，就像内地省与省、县与县的边界那样，没有任何特别标志。

我们向水边走去，导游先生立刻发出警告：不得越过水面，水面就是中朝的自然国界，越过水面就是非法越境，如果谁敢一步跨过，那必将受到国际法的严厉惩处。

"安宁哈塞哟（你好）！"我循声望去，原来中方一侧有一位农民正在跟对方的朝鲜人打招呼。这两位当地的中年人相对向河畔走去，当走到水边，相距近在咫尺时，他们犹如被一道屏障隔开，都驻足不前了。中方的农民掏出一包香烟，从中抽出一支递给对方，再抽出一支衔在自己嘴边；朝方的农民"啪"的一声打着打火机，先把对方的烟点着，然后再点着自己的烟。接着，他们就蹲在河边，在烟雾缭绕中面对面兴致勃勃地聊了起来。

这真是一个奇妙有趣的场面，他们如同久别重逢的亲朋好友，一见面就无拘无束地侃侃而谈。他们一会儿说汉话，一会儿讲朝语；一会儿言辞激烈，一会儿又开怀大笑。后来，还是朝方的农民看了一下手表，才起身告辞，中方的农民也站了起来，目送着这位可望而不可即的邻居。

中朝两国人民有着传统友谊，虽然一江之隔，两岸群众不能相互走动，但他们一直和平共处，友好相待。他们都懂对方的语言，有的甚至知道对方的姓名、年龄和家庭情况，因此他们见面时总是像街坊邻里一样互相打打招呼，拉拉家常，分担对方的忧愁，共享双方的喜乐。

我小心翼翼地站在水边，望着宽不盈尺的一股清流，不敢越"雷池"半步，但朝鲜领土上的山花野草伸手可及，朝鲜农民的欢声笑语清晰可闻。立足国内，放眼境外，此情此景，令我感慨万端：国界，真是一个不可思议的怪物，它是国家的"院墙"，却又不允许国人随便出入，即便国家对外开放，仍有一些人不能走出国门。

走马看西欧

十四天的西欧旅游结束了，当我搭上伦敦至香港的夜航时，反侧难眠，六国的风景名胜一直在我的脑海里转悠。

我们游览西欧的第一站是意大利的第二大城米兰，古罗马时叫作米迪欧兰尼恩。这是一个历史相当悠久的城市，以建筑、时装、艺术、绘画、歌剧、足球、旅游而闻名于世。我们住在米兰大教堂附近，游览大教堂很方便。这个在世界五大教堂中排名第二的高大建筑，不仅是米兰的象征，也是米兰的中心，拿破仑曾于 1805 年在这座大教堂举行过加冕仪式。

说起教堂，还是梵蒂冈圣彼得大教堂雄伟壮观。位于意大利首都罗马西北角高地上的梵蒂冈是世界最小的国家，面积只有 0.44 平方公里，却有一座世界第一的大教堂。它最初建在耶稣十二门徒首领圣彼得的坟墓上，因此以圣彼得的名字命名。我置身其中，深为教堂的规模之大而惊叹。它能容纳 6 万人，教堂呈十字形，长 212 米，宽 137 米，主体高 46 米，穹顶高 138 米，仅内部的大殿面积就有 1.5 万平方米，总建筑面积 2.3 万平方米。这个名为"先知之城"里的国民都信奉天主教，浓厚的教堂气息每年都吸引着上百万客人前来参拜、访问和游览。

又是一个风和日煦的好天气，我们来到威尼斯城。威尼斯别名"亚得里亚海的女王""水都""桥之城""光之城"，堪称世界最浪漫的城市之一。威尼斯市区涵盖意大利东北部亚得里亚海沿岸的威尼斯潟湖的 118 个岛屿和邻近一个半岛，这个咸水潟湖分布在波河与皮亚韦河之间的海岸线上。

威尼斯的风情总离不开"水"，蜿蜒的水巷，流动的清波，宛若脉脉含情的少女眼底倾泻着温柔。其建筑、绘画、雕塑、歌剧等在世界有着极其重要的地位和影响。因水而生、因水而立、因水而兴、因水而名的威尼斯，享有"水城""水上都市""百岛城"等美誉。

水生长万物，水孕育文明，水滋养文化，水曾经是威尼斯的保护神，然而现在却成了威尼斯的头号敌人。1986 年，威尼斯发生了大洪灾，城内水位高达 1.6 米，几乎所有街道都被水淹没了，成为名副其实的"水城"。从此以后，深受水害的意大利政府不得不将防洪列为国家的头等大事。

按照旅游路线，我们先后游览了威尼斯的政治和宗教中心圣马可广场、威尼斯建筑艺术的经典之作圣马可大教堂、被誉为"黄金宫"的法兰盖提美术馆、欧洲中世纪哥特建筑总督府及其一桥之隔的监狱，该桥因死囚在桥上叹息而得名叹息桥。我们还坐了独具特色的威尼斯尖舟"贡多拉"，游览了几条如同我国周庄的水巷。尽管威尼斯岛多、河多、道多，人会迷路，但又有什么关系呢？这儿的美足以掩盖一切！

游完了别具风情的意大利，我们乘夜航直飞荷兰。这个世界有名的低地之国原本叫尼德兰王国，因其荷兰省最为出名，故尼德兰多被世界称为荷兰。这个国家位于欧洲西偏北部，是著名的亚欧大陆桥欧洲始发站。

荷兰的首都阿姆斯特丹有"人居水上、水入城中、人水相依、景自天成"之说。我们在这个城市游览了运河岸边的阿姆斯特丹王宫、世界最大郁金香产地库肯霍夫公园和世界第一个工业区风车村等景点。我们买了一双被誉为"荷兰四宝"之一的木鞋，然后乘坐汽车前往比利时。

布鲁塞尔是比利时王国的首都，也是一座著名的国际性城市，欧洲经济共同体、北大西洋公约组织总部、世界劳动联合会等数百个国际机构设立于此。加上为数众多的外国使馆、银行和商号等，以及经常在这里举行国际会议，致使外籍人员剧增，已占全市人口的四分之一以上，故有欧洲首都之称。

我们进入比利时国境时，天公不作美，突然下起了毛毛雨，雨水沾湿了我的头发，沾湿了我的衣衫，也沾湿了我的心情。由于在布鲁塞尔停留的时间很短，我们不得不冒雨游览。在观看了被誉为"布鲁塞尔第一公民"小于廉铜像之后，又马不停蹄地前往布鲁塞尔大广场。

位于布鲁塞尔市中心的大广场建于12世纪，是布鲁塞尔的灵魂和精华所在。这个所谓的大广场呈长方形，长只有110米，宽不足70米，地面全部用花岗岩铺砌而成，简约的风格和鲜艳的画面展现了这座城市的文化特质。广场四周希腊式、哥特式、文艺复兴式等建筑形似燃烧的火焰，有久负盛名的古代十七世纪各行会办公室、公爵官邸、路易十四的行宫等。由于这里的建筑风格各异，使人有一种恍若置身于中世纪之感。

据说市政厅对面的国王大厦，里面从来没有住过国王。这栋名不副实的哥特式王宫为布拉邦特公爵查理五世于1515年修建，现已变为布鲁塞尔市立博物馆。法国著名作家维克多·雨果曾居住在市政厅对面餐厅二楼有红色玻璃的房间，他赞美这里是"世界上最美丽的广场"。

在大广场的一侧与著名的市政厅相邻，有一座五层建筑物，门上饰有一只振翅欲飞的白天鹅。这就是著名的天鹅咖啡馆，它曾是马克思和恩格斯当年居住和工作过的地方。

1845年2月，马克思由巴黎迁居布鲁塞尔曾在这里居住。同年4月，恩格斯也来到这里。从此，天鹅咖啡馆成为他们共同创建共产主义通讯委员会和德意志工人协会的重要活动场所。在此期间，马克思和恩格斯共同写出了共产主义者的纲领性文件《共产党宣言》。

遗憾的是，这一天天鹅咖啡馆因故关闭，我们无缘入内参观，只能站在广场上望楼兴叹。

离开比利时后，当天晚上就到了西欧面积最大的国家法兰西，住在"浪漫之都"巴黎。

第二天早晨，我独自一人在薄雾中沿着塞纳河畔散步。正如人们所说：巴黎若不动人，世间再无浪漫。这里空气清新，花香四溢，流水潺潺。漫步其中，恍然之间你会以为自己置身于油画之中。然而这毕竟不是真实的油画，所以在你忘情陶醉之际一定要小心翼翼，随时注意脚下，不然当你踩上一堆狗屎的时候，你就知道什么叫"大煞风景"了。法国人酷爱宠物，他们会带着自己的爱犬出入各种地方，所以充斥在大街小巷的狗屎就成了这座美丽城市的美中不足之处。

中午，我们登上久闻其名的埃菲尔铁塔，俯瞰巴黎全景。这座矗立在巴黎战神广场上的建成于 1889 年高达 300 米的法国最高建筑物，也是巴黎的城市地标之一。我登临其上，由于风吹塔晃，发现太阳在头顶大幅度地左右摇摆，好像要把我的身子甩出塔外，顿时心惊胆战。走下铁塔，在设计者埃菲尔半身铜像旁留影后，便去附近一家温州人开办的中国餐馆吃午饭。

走进餐厅，迎面看到的是一幅毛主席画像，顿时有一种亲切感。据说这里的浙江菜比较地道，鸡鱼肉蛋，应季时蔬，都能吃出个别样的味道。于是刚一落座，大家便风卷残云，不一会儿就把桌上的饭菜吃了个精光。只剩一盘牛肉没有人动，因为当时正值"疯牛病"渲染最烈之时，大家被这三个字搞得人心惶惶，唯独我这个平时不爱吃牛肉的"冒险者"竟壮起胆子夹了一小块，算是品尝了闻名已久的法国大餐。酒足饭饱之后，我们打着饱嗝儿惬意地游逛老佛爷百货商场。

在农业学大寨时曾经当过"铁姑娘"、巾帼不让须眉的中国籍女导游不时提醒我们看好自己的钱包，她说这里虽然是发达国家，但是扒手依然很多，甚至手段高明，他能悄悄地把你包上的拉链拉开，偷走里面的东西，却不为你知。我们这些随身携带现金的中国游客，往往正是扒手心急眼红的猎取目标呢！

下午，我们游览了位居世界四大历史博物馆之首的卢浮宫，欣赏了"镇馆三宝"断头的胜利女神雕像、断臂的维纳斯雕像和失而复得的蒙娜丽莎画像，然后参观法国及欧洲文学文化地标建筑巴黎圣母院和被誉为"世界美丽的大街"香榭丽舍大街，并在凯旋门前留影。原来这座大门是为了迎接凯旋征战军队而建，气势雄伟，是目前世界上最大的一座圆拱门。

游览了巴黎之后，我们乘坐火车用半个多小时穿过长约 53 公里的多弗尔海底隧道，来到这次旅行的最后一站英国，住进伦敦市郊一个被浓雾笼罩着的酒店。

我对伦敦的印象不是太好，到处灰蒙蒙的，总感觉不如前面游览的几个城市漂亮舒心。可能是雾中看花的原因，又是走马观花，没有看清这个城市的真面目。

我们游览了横跨泰晤士河的伦敦桥、英国王宫白金汉宫、坐落于格林尼治公园小山上的皇家天文台等景点。格林尼治小镇的啤酒别有一番风味，它是用时光酿造而成的，饮用后既能感受到当下的生活情趣，又能对未来充满憧憬。

晚饭后，我们在华灯掩映的大街上徜徉。一路逶迤，越往前走越难行，不是因为路，而是因为雾。走着走着，我发现这条路似曾相识，忽然想起这个街道两侧的房子极像天津五大道的洋房，于是就大声呼喊：我们到马场道①啦！

天津的几位游客表示赞同，都说：可不是嘛，我们到马场道啦……

---

① 天津市马场道一带至今保英租界时代的大量建筑。

记日本自助游

天津与名古屋通航后，大大方便了去日本旅行的天津人。我们三人不失时机，准备乘坐天津的新航班去这个一衣带水的邻国一游。

出国最大的障碍是语言，可是我们三人都不懂日语。好在日本也使用汉字，机场、车站、码头上的路标都是用汉字书写的，可以按图索骥；与日本人交流嘴巴说不通，可以采取当年袁世凯在朝鲜的做法：笔谈。

我们在日本爱知县首府名古屋下飞机后，带着茫然的心理来到边防检查站。日本警官用威严的目光审视着我，警犬在我的行李上来回嗅探，场面甚是骇人。

日本警官咿里哇啦地向我问话，估计是说来日本干什么？住多长时间？带没带贵重物品？有没有违禁品？

我一句也听不懂，于是就不停地摆手，故意用生硬的英语回答："No，No，No……"

看来，日本警官拿我这个"哑巴老外"也没有办法，只好挥手放行。

出了机场，我们来到出租车站。接待我们的是一名日本老司机，大约50来岁。我们在纸上与他笔谈：去名古屋最有名的几个景点，照相留影，然后去火车站。最后写上日本人常说的一句客套话："请多多关照！"

日本司机很快明白了我们的意图，说一声"OK"便请我们上车。

日本人的敬业精神是世界第一流的，不但态度好，而且也诚实。他没有带我们绕圈子，而是选择了最便捷的一条路用最快的速度把我们送到第一个景点名古屋城。司机泊好车后，带我们来到一个视野开阔的地方，主动提出要帮我们拍照。他像一个电影导演似的指挥着我们如何站立、睁大眼睛、面向何方。结果，拍出来的照片确实非同一般。

接着，日本司机带我们看第二个景点，第三个景点……在不到半天时间内，我们就足下生风般地游遍了日本这个历史韵味浓重的古都。

在和日本司机告别后，我们在名古屋车站购买去京都的新干线车票。来到自动售票机前，根据显示屏上的汉字提示，我们按了一下"京都"两个字，再按时间、车次、车票张数，然后在指定位置投进日币，三张车票就从"出票口"吐出来了。我们按照车票上标示的站台号、车厢号、座位号，按顺序上车。

新干线，我在邓小平访日的电视新闻上看到过，没想到今天也坐上了。坐在我旁边的是一位须发皆白的日本老人，他见我是中国人，便主动搭讪。他的中国话说得相当好，只是带一点东北味儿。我问他是在哪儿学的，他说二战时期在中国打过仗，被八路军俘虏过。还说当时因搞不清八路军与共产党之间的关系，就对审讯他的八路军军官说，共产党大大的好，八路军坏了坏了的。审讯官问他为什么？他说在与"八路"拼刺刀时，另一个"八路"竟从他背后偷偷打了一枪，不规矩。说完，这个日本老人就情不自禁地笑了起来。

京都府位于日本本州岛中部，城市建筑酷似我国的西安。京都又称洛阳，分为洛中、洛东、洛南、洛西、洛北几个区，市内名胜古迹很多，主要景点有幕府将军的行辕二条城、被誉为"金阁寺"的鹿苑寺、日本平安时代的政治行政中心京都御所、京都最古老的寺院清水寺、京都西郊的岚山等。

值得一提的是，我们游览了风景秀丽的京都第一名胜岚山。其实游览岚山并不是想看那里的樱花、枫叶和渡月桥，而是想瞻仰慕名已久的周恩来诗碑。我们沿着大堰川前行百多米，向右爬上一段陡坡，就看到了一块高大的石碑。碑石取材于京都鞍马山的鞍马石，碑身矗立在大小石块堆砌的圆台上，其上用中文刻着周恩来的《雨中岚山》一诗。这是 1919 年 4 月 5 日，留学日本的周恩来游览岚山时写下的一首诗：

雨中二次游岚山

两岸苍松

夹着几株樱

到尽处

突见一山高

流出泉水绿如许

绕石照人

潇潇雨 雾蒙浓

一线阳光穿云出

愈见娇妍

人间的万象真理

愈求愈模糊

模糊中偶然见着一点光明

真愈觉娇妍

游完了京都，品尝了清酒和生鱼片，该休息了，却找不到住处。我们在大街上徜徉，一边观赏市容，一边寻找宾馆。我虽然不懂日语，却在出发前临阵磨刀地强记了 48 个日文片假名。此时前方不远处楼上的招牌引起了我的注意，上面写着"ホテル"，是英语"hotel"的读音，即"宾馆"的意思。我兴奋地指着前方说：那儿可能是一座宾馆！

有一次，我们乘坐日航，空姐推着小车送饮料，我的一个伙伴用中国式的"日语"问："你的热 tea 的有？"空姐笑了笑，送给他一杯热茶。

就这样，我们三人在没有翻译、没有导游的情况下，全凭一张地图三个嘴巴，一会儿天上，一会儿地上，竟从日本西南的九州游到了日本东北的北海道，有东京、神户、札幌、大阪、福冈等十来个城市。虽然是走马观花，但也不失为到此一游。不过，每到一地都拍了不少照片，回家后可以一张一张地慢慢欣赏。

回到天津出航站楼时，一个伙伴突然说忘记了朋友托他购买小电器的事。另一个伙伴脑子来得快，笑着说亡羊补牢，未为晚矣，让他速去塘沽洋货市场买一件，就说是从日本带来的……

大家哈哈一笑，忘记了连日来马不停蹄的疲劳。我们登上接机的汽车，汽车把归心似箭的我们箭一般地射向天津市区。星星在眨眼，路灯在闪耀，好像是在欢迎，又像是在讪笑这三个"大活宝"。

在韩国逛天津

从韩国东部海岸的历史名城江陵下飞机改乘汽车后，在开往雪岳山的高速公路上，我顺手打开韩国地图，无意中发现在束草市附近有一个地方叫天津里（镇），于是就兴致勃勃地同略懂汉语的韩国司机商量，能否绕道往"天津"一游。司机师傅是一位六十多岁的阿爸依（老大爷），热情好客，当他听到中国天津的客人要拜访韩国的天津时，便欣然同意。

天津里位于江原道束草市以北约二十公里的太平洋沿岸。韩国的天津与中国的天津有很多相似之处：都濒临大海，都拥有一个港口，都辟有海滨浴场。所不同的是，韩国的天津比中国的天津小得多，是一个只有几十户人家的小渔港。但韩国天津的海滨浴场比中国天津的海滨浴场要大得多，漂亮得多。

走出汽车，我们立刻被带有海鲜味道的清新空气紧紧包围着，映入眼帘的是蓝天白云下的滔滔海浪，绿树红花间的座座楼房。虽然这里已看不到"L"形和"U"形的朝鲜传统民居，也很少看到长袍短褂、丝带飘飞的朝鲜民族服饰，但通过当地独特的文字、辛辣的食品和秀丽的景色，仍能领略到浓郁的异国风情。

天津里是一个休闲度假的好去处，这里不仅干净，而且安静。路边的野草像超市里的蔬菜一样光洁油亮，地面上看不到垃圾纸屑，就连化妆室

（厕所）也被收拾得一尘不染。这里远离尘嚣，环境安适，除了悦耳的阵阵涛声外，再也听不到令人心烦的其他噪音。不仅听不到机器的轰鸣声，也听不到人群的嘈杂声，人们交谈的声音好像比别的地方低了几个分贝。有的人在说话时不光轻言细语，还以手遮唇，表示礼貌。

韩国的天津人和中国的天津人一样热情淳朴，他们对来自远方的客人更是笑脸相迎，服务周到，主动给客人打招呼，主动为客人带路，主动帮客人排忧解难。我通过司机好奇地向坐在树下乘凉的几个厄莫尼（老大娘）打听这个地方为什么叫"天津"，是不是天皇在此出过海？她们均摇头摆手，面带歉意，表示答不上来。

在天津里以西有一个地方名叫"水上"，不过那是一个村子——水上村，至于那个村子是不是坐落于水面之上，因我们没有时间身临其境，所以不得而知。如果那个村子设有公园，我想应该叫"水上公园"了。韩国的地名与中国重名的很多，仅江源道一个地区就有云南、玉溪、酒泉、南阳、襄阳、南坪、铜山、东海、新浦、武陵、五台山、白云山、太白山、莲花峰等十几个与中国相同的地名。

由于时间有限，我们在天津里只能马不停蹄地走马观花。我们怀着依依惜别的心情离开了天津里，望着渐渐远去的美丽富饶小城，作为韩国的客人——中国的天津人，我在心中默默地向韩国的天津祝福：祝愿天津里兴旺发达！祝愿天津人万事如意！天津里，安呢饿喝依（再见）！

逛洋货市场

天津洋货市场贩卖假冒名牌商品的事被中央电视台曝光以后，引起了我和妻子的好奇心。洋货市场就在我们附近，却没有光顾过。利用节日放假之机，我们准备去那里"考察"一下。

塘沽离天津市区不远，中间连着一条高速公路，我们坐的又是现代化的交通工具，说到就到。

洋货市场是塘沽一个专门进行外国商品交易的场地，始建于 1991 年，面积 1.6 万平方米，固定摊位 2000 余个。由于市场贸易自由度高，购货方式灵活多样，商品价位低廉又不乏"珍、奇、特"，充分体现了"洋货、洋味、洋品牌"的特色，因此成了覆盖"三北"、辐射全国的北方最大洋货集散地，成为天津的"沙头角"。

由于市场规模大，洋货数量多，因此不乏假冒伪劣商品混杂其中，就像中央电视台《焦点访谈》对塘沽"洋货市场"猖狂贩卖假冒世界名表等商品调查的情况那样，其假洋货买卖实际上已经陷入了一个怪圈。目前天津有关执法部门非常重视，正在加大力度整顿市场经济秩序，严厉打击这种售假的势头，以保证洋货市场健康有序地发展。

我们走进洋货市场一瞧，果然名不虚传，那里不仅店铺多，洋货多，游客也多。有买服装的，有买手表的，有买电器的，有买海鲜的……市场里的商品十分丰富，应有尽有。

我爱逛书摊，妻子爱看服装，为了争夺自己的时间，我们时不时地争吵几句。满脸不悦的妻子催促我赶快去看服装，而我却站在一个书摊前流连忘返。就在这时，妻子往前一探身，顿时转怒为喜，两眼也放出了光芒，原来她在书摊上发现了我近期在广东人民出版社出版的一本书。

我把我编写的《毛泽东遇险实录》从书堆里抽出来，原来是本盗版书，于是不动声色地问书摊的主人："这本书多少钱？"

"13块。"摊主是一个中年男子，一边吃盒饭一边答话。

"还能便宜吗？"

"这本书卖得最好，就剩这一本了，你想要10块钱拿走。"

"这是一本盗版书呀？"

"不是盗版10块钱能卖给你？正版30块呢！"摊主毫不掩饰地说。

这是一个专门销售旧书的小摊位，其中有不少盗版书，都是些粗制滥造的"畅销书"，以武侠小说最多。我手里的这本《毛泽东遇险实录》，一眼就看出了它是盗版：封面的颜色浅，扉页上的红字变成了黑字，书中插图模糊不清，纸张粗糙低劣，错字很多。

"这本书是从哪儿进的？"

"石家庄的一个书商推销的。"摊主心不在焉地说。

"那么说是在河北省盗印的了？"

"不是。据那个书商说是河南人盗的版。"

我给他10块钱准备把书拿走留作纪念，摊主突然用狐疑的眼光盯着我："你也是做图书生意的？不然不会这样刨根问底？"

"这本书是我写的，出版还不到半年……"

"哦，您写的？"摊主大吃一惊，双手抱拳道，"大哥，您可不要去投诉我，您大人有大量，行行好，我们一家老少就靠这个书摊吃饭呢，求求您啦！"

我妻子说："就是我们不投诉你，卖盗版书也不是长久之计呀！"

摊主看我没有迁怒于他的意思，不知是出于真心还是在说奉承话：

"没想到今天能见到您这位大作家，真是万分荣幸。可惜这个书卖完了，不然我请您在书上签个名，把它收藏起来该多好啊！"

"在盗版书上签名？"我苦笑，无奈地摇摇头，转身离开了那个小书摊，向出售服装的商铺走去。

东兴纪游

今天，我们来到了中国长寿之乡、边海之城东兴市。它位于我国海岸线最西南端，与越南山水相连，海陆相通，是一座欣欣向荣的滨海口岸城市，也是我国唯一海洋少数民族京族的聚集地。

七年前，东兴经国务院批准设立县级市，此后它便从一个边陲小镇锐变成广西的一颗耀眼明珠！一进入东兴市区，给我印象最深的是沿途都插着国旗，不知是为了彰显国家主权，还是怕游人走错了国门。另一个深刻印象就是街道两侧都是欧式楼房，听说这种从越南引进的象征着"对外开放"的法兰西式建筑风格是近些年才逐渐形成的，它标志着东兴人民生活的变化。

我们下榻的酒店门前是一条宽约 15 米的北仑河，它是中国与越南边境东段的界河，在东兴市和越南芒街之间流入北部湾，全长 109 公里，其中下游 60 公里构成中越之间的边界线。这里是我国海岸线的起点，也是大陆海岸线和陆地边界线的交汇处。

我们没有时间去游逛当地比较有名的批发城，只好就近沿着北仑河畔游览。只见绿伞一般的紫荆、榕树和棕榈树下，有长长的一排清一色的越南人摆的摊点。他们头戴尖尖的斗笠，坐在矮矮的凳子上，背靠着岸边的石栏，面前有个小小的袋子，里面放着几条纸烟，几瓶香水，几张邮票，几件手工小玩意儿，再挂上几串沉香。而卖水果的小贩，则会在颇具特色的篮子里放上一些水果，红红的、绿绿的、黄黄的，有些水果我还是第一次看到，甚是诱人。

当地朋友告诉我，这里出售的越南香水非常有名，和法国香水有一比，而且物美价廉。这里出售的香水与牛角梳、白虎油并称为"越南三宝"。19世纪中法战争后，越南沦为法国殖民地，开始了长达90多年的统治。法国人从这个热带国家掠夺了大量的香料，法国香水因而成名。同时法国人也把香水的制造工艺和技术带到了越南，得益于热带丛林中丰富的香料和法国的制造工艺，历经上百年的积淀，于是造就了独特的越南香水。

我们边走边看，不知不觉来到中越友谊大桥。这座跨国大桥据说是1900年由法国人所建，全长111米。曾经被炸，后又被修复，几经历史风雨之后，最终还是矗立在北仑河上。现在的大桥归两国共管，一半属于中国，一半属于越南。尽管这座桥只是简单地搭在两岸，然而却是连接中越大地的纽带，见证着两国友谊变迁的历史。桥的一端是中国的东兴口岸，另一端则是越南的芒街口岸，相对而望，也只是几十米之隔。桥上有一条斑马线，当你跨过那条斑马线便算出国了，如果是站在斑马线中间，那么你便是一半在中国一半在越南，还有止步回头的机会。

有几个年轻人向我们走来，究竟是越南人还是东兴人，我们分辨不出来。只见他们一边招手一边打招呼："鸭爸们""叉死们""杀死们"……见我们听不懂，又改用带有当地口音的普通话。原来他们要帮助我们办理出境手续，还说非常简便，只要100元人民币。后经详细了解，游人进入越境后只能在芒街的15公里范围内活动，超出了这个范围就会被当地公安罚款，罚金是1000元人民币。

此时，我仰望着象征国家主权的国门沉思：中越友谊大桥，以"友谊"为名义，只不知中越交火的年代，这个大桥担当的是何种角色？人们作何感想？在世界各地的人类生活中，友谊作为一种高尚和宝贵的情操弥足珍贵。我相信，只要各个国家严守信任、尊重、互惠的原则，一定能使旧的友谊蓬勃发展，新的友谊不断建立。

泰国人妖

在曼谷下飞机后，我们的汽车沿着被誉为"河流之母"的湄南河向前行驶，只见两岸都是充满泰国风情的水上人家。据了解，泰国的土地完全私有化后，在水面上搭建高脚屋的大多是没有立锥之地的穷苦人。不承想，这竟构成了被誉为"天使之都"的一道城市风景线，令外来游人目不暇接。

泰国是个佛教圣地，令人不解的是其开放程度与佛教教义竟大相径庭。不过对于旅行者来说，这里确实是个能让人吃好、住好、玩好的地方。泰国不但风景美，人也美，满街的美女都穿得很性感，以致当看到一个美女时竟让人怀疑她是不是人妖，因为泰姐太漂亮了。

到泰国旅游，一般都会安排看人妖表演。人妖是从小注射雌激素而发育得到明显女性第二性征的男性。泰国的人妖之多令人触目惊心，按照泰国 6400 万人口计算，人妖存在的人数在 64 万人左右，约占总人口 1%。

一般来说，人妖的生命和艺术生涯都是非常短暂的。人妖的平均寿命只有 35 至 40 岁，他们的生理周期大致有三个阶段：一是 18 岁以前的成长期，这个阶段是人妖向女性化方向成长的重要阶段，同时，他们要接受相关的艺术培训；二是 18 至 25 岁鼎盛期，这是人妖的事业巅峰期，这个年龄段的人妖会获得很多的登台表演机会，他们赚取的薪水也是最多的；三是 26 岁以后的衰老期，这个阶段的人妖，就如同 55 岁以上的正常人一样，开始衰老。

据说，有欧洲男人看中了人妖，要带回去为其做变性手术，但都以剧团老板开出高达千万的赎身价予以拒绝。至于这些人妖演员，优秀的每月月薪有一万泰铢，差的则只有一千元左右。而他们每天平均演出三场或以上，演出收入归剧团老板，这些人妖实际上是剧团老板发财致富的工具。

曼谷比较有名的人妖秀主要有三处：克里普索人妖秀、金东尼人妖秀和曼波人妖秀。我观看人妖表演是在金东尼秀场，这也是我目前为止唯一的一次观看人妖表演。与其说是"观看"，不如说是"考察"。当音乐响起大幕拉开后，光彩照人的人妖在舞台上尽情地展示着美丽的容颜和优雅的身段，既有迷人的泰国舞蹈，奔放的"巴西桑巴"，也有中国的名曲歌唱，还能演出滑稽戏、哑剧等，把女性的美淋漓尽致地展现出来。

演出中间，人妖还会走下舞台，来到观众中间撒娇卖萌，尽情挑逗，弄得观众情绪更加高昂，有的观众趁机拉拉手，摸摸腰，人妖一笑置之皆大欢喜。整个表演场面宏大，演员表情真切，服饰坦露华丽，可谓丰富多彩，极具娱乐性。据说这里每天吸引着从世界各地慕名而来的无数游客，以一睹人妖的绝色"芳容"为快。

人妖的表演主要分演唱和歌舞两种，其演唱无疑是在对口型。且不论在演唱世界名曲时人妖的英语、法语、德语、日语等口型对得如何，但当"她们"演唱中国的《茉莉花》时，竟让中国人不由自主地瞪大了眼睛，即便用挑剔的眼光去审视，仍觉得人妖演唱的口型对得严丝合缝非常准确，如果不是身临其境，还以为是中国歌唱家在演出呢！

除了一些明显可以看出的人妖外，每次群体亮相时，总有几个漂亮得让人叹为观止。"她们"的外部形象已全无男人的一丝一毫特征，观众所见到的则是容颜的艳丽、体态的婀娜和舞姿的妖媚。若让"她们"去参加选美大赛，一定能夺得几个大奖。

除此之外，足以让人惊叹不已的还有音响的绝对一流，台上大型布景的迅速更换，每一轮独唱结束后便一定是众多人妖的大型歌舞。而每当

"她们"群体出场亮相时，座无虚席的台下必定是惊叹之声四起，因为人妖实在太漂亮了！

两个小时的表演很快就结束了，观众蜂拥出场，准备和早已盛装等候在外的人妖合影。照一次相要 100 元人民币，客人观看的多而合影的少。这些人妖很落寞地站在夜灯下，不停地向客人"哈罗""哈罗"地招手。有位人妖拉着我的手要与我合影，我摇头婉拒。并不是我小气抠门，一是身上没带钱包，二是心里别扭，总觉得在他们微笑的背后肯定隐藏着一些辛酸和凄苦！

据了解，这些人妖一般都来自生计艰难的贫苦家庭，可以说几乎没有富家子弟愿意做人妖的。由于泰国人重女轻男，很多家庭一生下男孩就扔掉，一生下女孩就宝贝得不得了，指望女孩长大后去为全家人挣钱。所以，在这种环境中生长的男人都崇拜女性，有一种"恨不生为女儿身"的极端思想……这就是泰国人妖之多的原因。

在返回宾馆的路上，一个疑团塞进了我的心胸：泰国在一个劲地推行"人妖文化"和"人妖经济"，可叹乎？可悲乎？这种不惜牺牲一代人的代价搭建起来的繁荣是否值得提倡，是否需要从人道的更深层面进行一次反思？这种不男不女的人妖活在社会里，是否有失人格与尊严？从泰国歌曲《人妖的忠诚》中，我听到了人妖在呼唤：

我虽然是人妖，却爱谁都不曾欺骗。

虽然改变了身体，心却没有改变。

爱我好吗？我答应，我也愿意，

变身成为女人，只为等待我爱的他将我带走。

真心对待，做一个普通的女人，

只求能找到属于自己的天空……

★ ★ ★

游狮城话鞭刑

　　五月的东南亚，已经是赤日炎炎、暑气蒸腾了，我们这些出国观光的"老外"一个个被汗水浸泡得游兴大减。游览了"千佛之邦"泰国以后，听说要乘夜航去新加坡，游客纷纷表示不满。新加坡是个只有 647 平方公里的弹丸之地，相当于北京的一个行政区。由于国土狭小，容纳人口有限，游客只能在境内逗留二十四小时，所以旅游公司不得不作出如此安排。

　　下了飞机，换乘旅行轿车。我周围坐着来自华南农村的几位老人。听说他们家乡是个十分富裕的地方，改革开放以后，那里的经济直线上升。农民有了钱，除了吃饭穿衣建房子就是出外旅游，他们往往是"不出村就不出村，一出村就出国"。这几位身着高档服装佩戴名牌手表的老农都是瘾君子，一个个烟不离手，痰不离口，说起话来滔滔不绝，而且嗓门极大。

　　汽车在风景如画的马路上飞驰，犹如行进花园的甬道上。新加坡有"狮城"之称，据说 13 世纪时，苏门答腊岛上的一位王子来到这里，把一头野兽误认为狮子，遂用梵语狮城的谐音"新加坡"称呼它，这就是新加坡国名的由来。新加坡是一个多元种族、多元文化、多元宗教的国家，人口约 310 万，华人占 77% 左右，华语为官方语言之一。

导游刘先生一边指点窗外的秀色美景一边介绍新加坡的概况，最后讲到新加坡是一个法治国家，执法严厉，谁要是触犯了这里的法律，必将受到鞭刑的处罚：一鞭下去，哀号震宇；二鞭下去，皮开肉绽；三鞭下去，血肉横飞……

新加坡的鞭刑制度源自英国殖民统治的法律。1948 年，英国在国内废除了鞭刑，而新加坡的居民则认为这一制度对犯人能起到有效的威慑作用而保留至今。据说新加坡在实施鞭刑时罪犯身上一丝不挂，以弯腰的姿势被捆绑在 A 字状鞭刑架上。刑鞭的长度为 1.2 米，粗 1.3 厘米，为藤条所制，事先浸泡在水中，非常有韧性。被执行鞭刑的少则 1 鞭，多则 24 鞭，均一次完成。若犯人中途昏厥，则停止用刑。鞭刑的对象为 50 岁以下的男性罪犯，对女犯稍显偏袒，只判监禁不处鞭刑。

刘导操着带有粤味的国语给我们讲了一个故事：十年前，15 岁的美国学生迈克·菲在新加坡因破坏交通标识和在 20 多辆轿车上喷漆涂鸦，被判处 4 个月监禁，罚款 3500 美元，并鞭打 6 下。该案在美国掀起了轩然大波，为了保护美国公民的"屁股"，克林顿总统亲自出面求情，但新方并未答应，鞭刑照常进行，只是将原来的 6 鞭降至 4 鞭。

漫步新加坡的大街小巷，随处可见用汉字书写的广告牌，无论是人头攒动的商业中心，还是僻静冷清的社区小巷，没有人随地吐痰，没有人乱扔废物，就连街头的摊贩也都自觉地把周围收拾得干干净净，地面上看不到垃圾。公共场所无人违反禁止吸烟的禁令，所有街道更无人不顾交通规则随意穿行。这些情况看似平常，它却体现了一个国家的国民素质和一个民族的文化修养。

我们游览了坐落于新加坡河畔的鱼尾狮公园、充满浓烈辣椒气味的"小印度"、供奉"一生补处菩萨"的佛牙寺等景点。在新加坡走马观花的一天，我被那里优美的自然环境、整洁的城市建筑和安定的社会秩序所吸引。我突然发现一个奇迹，旅游团的有些人不再像过去那样随意横穿马路了，而是从有人行横道标志的地方自觉遵守"红灯停绿灯行"。那几个吞云吐雾、随地吐痰的老烟民都像戒了烟，连说话的声音也降低了几个分贝。于是我就问："你们怎么不抽烟了？"他们笑着说："这里的鞭子太可怕了！"

由于执法严格，处罚严厉，新加坡一直是世界上犯罪率最低的国家，甚至比丹麦、瑞士等社会关系和谐的国家还要低，当地99%的人也都感觉到生活在这里很安全。新加坡的经验说明：严刑峻法在一定条件下可以给社会带来安定和文明。

驴友被骗记

在昆明疗养结束之后，我和老伴随团去游览西双版纳。由于在一起疗养了半个月，朝夕相处，又都是来自军营，有诸多的共同语言，因此大家都熟悉了，而且很亲切，不是亲人胜似亲人。

昨天，我们乘坐飞机来到西双版纳傣族自治州首府景洪市，一出机场便好像到了国外，异样的树木，异样的建筑，异样的服饰……正是由于这里有别于内地，所以才引起人们极大的兴趣。我们准备在这个绿的世界、花的世界、美的世界度过一个美好的时刻。

位于云南省南端的西双版纳，傣语为"勐巴拉那西"，意为"理想而神奇的乐土"。这里以美丽的热带雨林自然景观和少数民族风情而闻名于世，是镶嵌在祖国南疆的一颗璀璨明珠。在这片富饶的土地上，有占全国 25% 的动物和 17% 的植物，是名副其实的"动物王国"和"植物王国"，为中国的热点旅游地之一。

在我们进入景洪市区前，为了方便活动，导游教我们几句简单的傣族常用语，如：大伯——波龙，大妈——米涛，大哥——比仔，大姐——比颖，小伙子——猫多哩，小姑娘——哨多哩，你好——叔早利，谢谢——银利，再见——乖罕，等等。

接着，导游向我们介绍了傣族的习俗。她说，傣家人习惯住在楼上，而楼上的卧室只有一块隔板与客厅分开，卧室中没有隔板分成小间，只是用蚊帐分开。卧室是对外人保密的，一旦主人发现了外人窥视他们的卧室，如果是男人就要做主人的上门女婿，而女人要为主人做三年苦工。因此提醒大家注意，到傣家参观千万不要因神秘感而偷看主人的卧室，否则后果自负。

今天上午，我们游览了位于景洪市城南流沙河畔的民族风情园，这个占地 66.7 万平方米的景区分为南园和北园，它将西双版纳珍贵的热带植物和浓郁的民族风情融为一体，可以说是西双版纳景观的一个缩影。园内还开辟了露天舞场和泼水池，有专场表演并与游人共舞同欢。

在傣族同胞的盛情邀请下，我们参加了泼洒圣水的娱乐活动。据说傣族的习俗是"水花放，全家旺""泼湿一身，幸福终身"。于是我们就大胆地追逐嬉戏，不管老人还是小孩，不管男人还是女人，逢人便泼，甚至夫妻对泼，自己也被浇得像个落汤鸡。

在游览了原始森林公园、孔雀湖、野象谷等景点后，我们将去参观一座寺院。途中，导游向我们介绍：西双版纳小乘教规定，男人一生中要过一段脱离家庭的宗教生活，否则遇到难事无法解脱痛苦，而且也没有社会地位。和尚在寺院修身时，不准与女人谈笑，不准外人抚摸和尚的头，若被外人特别是女性摸过头，会被视为仇人，而和尚已经修身的时间全部作废，必须从头开始。所以，大家到了寺院参观要千万记住这个习俗。

下车后，我们走进一座宏伟的庙宇，只见里面有一排四个柜台，好像航空站的值机柜台，每个柜台前排成一路纵队，等候大师算命。待挨到我时，高潮已经过去，站在我后面的人寥寥无几。大师询问我的基本情况，我顺口乱说一通以应付。然后就由一个小姐带我去见"道行"更高的大师，据说他能让人升官发财和避祸免灾。

我初经此事，万没想到在"寺庙"这样一个脱离世俗的净地却离不开世俗，也沾染上了铜臭气。我向那位热情的小姐摆了摆手，说声"银利"（谢谢），就原路回到了停车场。我是无神论者，但我并不反对有些人拜佛信神。我认为拜佛信神不在于寻求功利，而在于约束自己的思想，规范自己的行为。

佛教的《涅槃经》有这样一讲："业有三报，一现报，现作善恶之报，现受苦乐之报；二生报，或前生作业今生报，或今生作业来生报；三速报，眼前作业，目下受报。"我认为，只要信教的人严守教义做好事而不做坏事，不但心里坦然，还能调节身体，更不会引火烧身。由于心眼好，招人喜欢，说不定还能遇到贵人呢！

不一会，同车的驴友都心满意足地回来了。我问坐在我旁边较为熟悉的一个驴友的占卜情况，他说大师给他写了一个纸条，但三天之内不能看，如果提前看就不灵验了。

那位驴友的太太问我占卜得怎样？我说我没去，不愿意听他胡说八道。算命卜卦只能作为茶余饭后的消遣，绝不可信以为真。

周围的几个老太婆对自己的老公不惜"巨资"去干荒唐事本来心里就不平衡，听我如此说，顿时火冒三丈，纷纷找导游去理论，说导游这样做是违法的，她们要去投诉。

导游知道这一车游客有不少是军人，如若把事情闹大了后果不堪设想。于是就说，你们报一下钱数，我找庙里的负责人协商一下，能退款就退给你们。

结果，这一位3000元，那一位2000元，最后一合计，竟然有3万元之多。

在返回酒店途中，那位驴友既尴尬又感激地拍着我的肩膀说：谢谢老弟，你为大家做了一件好事，大家得请你喝酒。我说不用谢，要喝酒等以后有机会再喝。其实丢掉一些钱财无所谓，关键是作为我们这些有"身份"的老兵丢不起这个人呀……

再访航天城

今天，我带领全局干部参观了北京航天城。当走进江泽民同志题写的"中国北京航天城"的大门后，发现这个世界三大航天员中心之一的中国航天员训练基地占地面积很大，城内绿化很好，指挥中心、测控所、航医所、航天员训练中心等重要部门都掩映在绿树花圃之中，城内的运动场、幼儿园、宾馆等配套服务设施一应俱全。

北京航天飞行控制中心主要担负着我国载人航天的飞行控制和卫星的指挥保障等任务，是我国载人航天飞行指挥调度、飞行控制、数据处理和信息交换中心。在执行载人航天工程任务中，这里完成了数十次卫星及其他试验指挥保障任务，并圆满完成了 5 次"神舟"号飞船飞行控制任务，在"高精度定轨技术"等 8 个方面均达到世界先进水平。

提到航天，我突然想到世界上第一个利用火箭飞天的我国明朝士大夫万户。600 年前，这个木匠出身的冒险家把 47 个自制的火箭绑在椅子上，自己坐上去双手举着大风筝，试图利用火箭的推力飞上天空，然后利用风筝平稳着陆。不幸火箭爆炸，万户也为此献出了生命。万户为整个人类向未知世界探索的进程中做出了重要贡献，为此国际天文学联合会将月球上的一座环形山以这位古代的中国人命名。

两年前，我曾带领全局干部参观过这座航天城，还会见了准备升空的杨利伟中校并进行了访谈。当时杨利伟正在篮球场做体能训练，寒暄过后，我问他是封闭式训练吗？多长时间能和家人团聚？杨利伟擦了一把汗说平时集中训练，周末可以回家。我说你们宇航员真是无私奉献，把自己和家庭都献给国家了。听说你是从飞行员中选拔来的？他说是的，是从1000多名30岁左右的飞行员中选拔的，因为飞行员有飞行基础，他在原空军部队安全飞行了1300多个小时。我又说你们这些人的身体都非常强壮，但我感觉好像个头都不是太高。他笑着说我的感觉是对的，作为宇航员的身体不宜太高太重，主要是受航天器空间和飞行速度的限制。宇宙飞船的空间有限，不利于身材高的人在里面作业，宇航员的身高要求在1.65米到1.72米之间，杨利伟的身高是1.66米。人的体重对航天器飞行有直接影响，航天器的重量每减少1公斤，就可使运载火箭减轻500公斤，也就是500公斤的燃料只能推送1公斤的物质到太空。

这次参观，我们由孔庆江同志接待。在他的引领下，我们来到航天模拟试验中心。这里竖立着高达9米的航天模拟飞行器，与飞船按1:1的比例建成，旁边还有回收舱和轨道舱的模拟器。据了解，航天员飞行前都要在这里进行模拟飞行试验。这里的管理也很严格，普通工作人员不允许进入模拟舱，参观人员甚至连停放模拟飞行器的大厅也不能进入，只能登上二层走廊，隔着玻璃观看。

孔庆江同志说，航天员的训练十分艰苦。比如离心机训练，航天员要在时速100公里的高速旋转中练习腹肌和鼓腹呼吸等抗负荷动作，而且还要随时回答提问，判读信号，保持敏捷的判断反应能力。为适应太空环境，航天员的倒立训练一练就是20天，体验头朝下血液倒流的状态，而且吃喝拉撒都必须保持此种姿态。此外，为确保健康安全，航天员在训练期间不仅严禁吸烟喝酒，而且一日三餐都由营养师制定专门食谱。

在航天城会展中心，我们看到了神舟五号载人航天飞船经历外太空之旅回到地球的返回舱实物。大家通过专家生动精彩的讲解，全面认识了神舟五号各部件的结构功能和运用的高科技装备，结合现场展示的宇航员座椅和宇航服，深入了解了宇航员在发射升空、绕地飞行和返回地面过程中的各种空间工作和生活场景，深切感受到我国载人航天技术取得的非凡成就。大家纷纷抓住这一机会，站在五星红旗下与载人航天器合影留念。

展厅里的另一件特殊展品，引起了我的浓厚兴趣和回忆，它就是"东方红一号"卫星的备用星。"东方红一号"是我国发射的第一颗人造卫星。1970年4月24日，记得那天晚上，连队组织我们爬上山头。尽管风高月黑，天气寒冷，当看到我们自己的卫星从头顶飞过时，心里却是热乎乎的。

当年为了以防万一，"东方红一号"卫星制作了两枚，一次发射成功后，备用星就保留了下来。时至今日，它仍然能够唱响《东方红》那段熟悉的旋律。紧接着，专家依次介绍了风云卫星、尖兵卫星、资源卫星、北斗卫星及一些小卫星的用途和功能，使大家认识到正是这些高科技航天器使我们的生活变得更加便捷和丰富。

通过这次参观，使我们再一次感受到了中国航天人勇敢肩负起攀登航天科技高峰的神圣使命，努力实现中国人的航天梦。大家纷纷表示对"特别能吃苦、特别能战斗、特别能攻关、特别能奉献"的载人航天精神有了更切身的体会和更深刻的感悟。今后我们一定要把学习载人航天精神与做好本职工作结合起来，齐心协力，团结一致，携手并进，为实现我军现代化建设贡献力量。

八一感怀

军旅如苦禅，舍得尽欢颜！作为一个老兵，在迎接自己的节日之时，难免感慨万千。反观一生：有苦有乐，以苦为荣，乐在其中；有舍有得，舍弃了物质，赢得了精神。因此，心安心慰，此生足矣！

舍得，最早出自明代袁黄的《了凡四训》。舍，古人写作"猞"，即用手拿东西给人；得即得到。当"舍得"二字组成一个联合词语时，词意暗示人们：舍，在得之前，先舍才能得。从那时起，它就成为一种精神、一种智慧、一种境界。

有人说，在军人的词典里没有"舍得"这个词。然而，事实上不言"舍得"的军人在祖国和人民需要之时更懂得舍得的意义。

回想当年朱德、贺龙、叶挺为了理想毅然舍弃高官厚禄，投身革命，打响了南昌起义第一枪；董存瑞、黄继光、王杰在危急关头舍弃了生命，用自己的身体掩护了战友，为前进开辟了道路；邓稼先、钱学森、朱光亚舍弃了国外的优越条件，毅然投身于祖国的国防科研事业，用自己的毕生心血撑起了民族不屈的脊梁。在安居乐业的和平年代，守卫边疆海岛的战士们割舍了人间亲情，用自己的青春和热血为祖国的繁荣昌盛保驾护航。今天，已步入老年、即将走出军营的我终于明白了为什么"不言舍得"和"懂得舍得"这对看似相互矛盾的词语能够在军人身上如此完美地融合为一体。

军人也是血肉之躯，也有七情六欲，他们也渴望自由、珍惜生命、热爱青春年华、希望阖家团圆。然而，他们更懂得遵守纪律，更懂得服从大局，更懂得牺牲的价值。为了国家安全，他们不怕舍弃生命；为了人民幸福，他们不惜舍弃青春；为了取得胜利，他们不计个人得失；为了军人气节，他们不食嗟来之物。

他们眼观世界风云，坚守祖国边防。当今世界并不太平，霸权主义仍旧横行，恐怖分子依然嚣张，"山姆大叔"亡我之心不死，东洋军国主义阴魂不散。在南海，区区几个小国竟然肆无忌惮地瓜分着海底资源……

每一个军人都渴望和平，每一个军人都不愿牺牲。假如有一天战争噩梦从地球上永远消失，到那时属于军人的一切他们都会舍弃。然而只要这一天还没有来临，军人就不应该放下手中的武器。

追求理想至死不渝，迎接挑战毫不畏惧，战胜敌人义无反顾，选择舍弃无怨无悔，这就是中国军人发自肺腑的心声。从军无悔，报国无怨，奉献青春图的就是保卫祖国繁荣富强，亿万人民幸福安康！也正因为如此，他们才被称为"最可爱的人"。

印度大诗人泰戈尔说过："花的事业是甜蜜的，果的事业是珍贵的，让我们干叶的事业吧，因为叶总是谦逊地垂着她的绿荫的。"值此庆祝中国人民解放军建军79周年之际，让我们为守护安宁发挥军人的余热，继续充当一片绿叶吧！

父爱如山

今天是儿子结婚的日子，我在天津水晶宫饭店办了几桌酒席款待前来贺喜的亲朋好友。我所在机关的干部一个都没有邀请，主要考虑到我是单位领导，又是纪检书记，不能给人留下利用婚礼敛钱的感觉。我对他们说，喜酒可以来喝，礼金一概不收。

晚上，酒阑人散。我刚坐下休息，老伴就告诉我父亲哭了。大喜的日子，怎么哭了呢？她心怀忐忑，唯恐她这个儿媳妇做得不好，在哪儿得罪了老人。

父亲生于 1929 年 11 月 5 日，身兼老战士、老工人、老公安、老党员四种身份。他从小在邳州老家种过地，还外出讨过饭。1948 年在解放军华东警备旅二团服役，1950 年转业到徐州北站，1954 年调到青岛车站工作并加入中国共产党，1957 年回徐州车站做调度，1962 年到徐州铁路公安分处工作，1966 年在西安铁道部公安干部学校进修，1967 年任连云港车站公安派出所指导员，后又任徐州铁路分局大湖采石场保卫股长。1980 年离休。

父亲与铁路有缘，吃了一辈子铁路饭。他生在铁路边长在铁路边，在铁路边上学，在铁路边当兵，后来又一直在铁路上工作。他对铁路的各个业务环节都很熟悉，并能在列车行进中扒车和跳车，动作麻利得如同铁道游击队里的刘洪。他在徐州站南货场调车时，由于扳道工扳错了道岔，眼

189

看着与迎面开来的列车越来越近，说时迟那时快，他纵身跳到铁轨中间，两车在他身体上方相撞了，他却奇迹般躲过了一场灾难。后来他被调到铁路公安工作，又经常去处理被火车碰伤轧死等十分棘手的人命案子。

父亲是一个信仰坚定的人。他坚信毛泽东思想，热爱中国共产党，热爱社会主义祖国，同情和关心老百姓，敢于同坏人坏事作斗争。他求真务实，坚持原则，对一些事物的看法有独到见解，以致使有些人难以接受。比如对"文革"的看法，尽管他在那场运动中受到过冲击，曾被造反派戴上纸糊的高帽子批斗游街，但他不计前嫌，高风亮节，说干部受受教育有好处，可以清除官僚主义。父亲的这种胸襟，这种气量、这种义行令我钦佩。

父亲过于耿直，不会"变通"，因此得罪了不少人，包括个别领导，这可能也是影响他进步的一个原因。我见过父亲的几个要好朋友，真是"道相同，相辅而行"，那些叔叔伯伯都和他一样性格豪放，光明磊落，一个个都是敢爱敢恨、敢说敢为的好老头。

父亲是一个廉洁自律的人。自他的家人从城市下放到农村后，加上人口比较多，生活一直很贫困。他一生艰苦朴素，布衣蔬食，虽然能喝酒，但从来不多喝。"富贵不能淫，贫贱不能移，威武不能屈"是他坚守的信条，虽然不富贵，却做到了贫贱不能移。他手里有一些小权力，却公私分明，不贪占公家一分钱便宜。他经常帮助群众纾难解困，包括"文革"中批斗过他的人，而不要任何报酬。离休回乡后，车站让他看管铁路两侧的树林。他当然不会砍用公家一棵树，却得罪了一些前来偷伐树木的亲戚邻居。由于他的认真负责，在村里竟成了一个不受"欢迎"的人。于是，他不得不辞掉这个看似简单其实并不简单的差事，打道回府去城里安度晚年。

父亲是一个性格刚烈的人。我一生中很少看到他流泪，除了祖父母去世时哭过和这一次哭过外，再就是十几年前他掉过一次泪。那是我们一家探亲回来，父亲把我们送到徐州车站。我透过车窗看到他站在月台上的一棵树下抹眼泪，于是我含着泪花对老伴说，看来父亲真的老了，他可能感到来日不多，和我们见面的机会越来越少，就产生了孤独感。可怜天下父母心，这往往是我们做儿女的最容易忽略的一种情感。

老伴带着疑惑不解的神情又问我，那么这一次喜事刚办完，父亲为什么又哭了？知父莫若子，我语气平和地安慰道，父亲在忆苦思甜，你不必担心。我5岁丧母，17岁离家，独自一人闯天下。离开他三四十年了，儿子没有辜负他的期望，不但事业有成，而且还有了一个幸福的家庭，现在儿子的儿子也成家了，马上就能看到第四代了，他能不高兴吗？这是喜泪啊！

实事求是地说，少小离家的我对父亲的情况了解得并不多。由于父亲是一个谦虚低调的人，也很少跟我们谈及他个人的光荣历史，他一生中究竟打过多少仗，破过多少案，做过多少好事，得过多少奖，立过多少功，我们无从知道。不过我只知道他是一个勤奋的人，一个耿直的人，一个热爱党的事业的人。在建设祖国的峥嵘岁月里，父亲那一代人身上所具有的优良品格永远是我们后辈取之不竭的精神动力。

告别毛岸青同志

上午，我怀着十分沉重的心情，在北京八宝山殡仪馆参加了毛岸青同志的告别仪式。

毛岸青是毛泽东与杨开慧的次子，1923 年 11 月 23 日生于湖南长沙。1930 年杨开慧被反动军阀残酷杀害后，毛岸青和哥哥毛岸英被党组织秘密转移至上海，在那里度过了五年街头流浪生活，靠卖报纸、推黄包车度日。在这期间，毛岸青的身体受到了严重伤害。1936 年，兄弟俩被党组织送到苏联学习，1947 年回国。1949 年开始，毛岸青在中共中央宣传部马列著作编译室担任俄文翻译，参与翻译了包括《列宁全集》在内的十多部马列经典著作和政治理论书籍，并发表了十多篇文章。

3 月 21 日，我去拜访刘思齐老人时听说毛岸青病重，躺在医院的病床上，全身插满了输液管，已不能跟任何人说话了，邵华也只能用眼神和他交流。没想到两天后就逝世了，享年 84 岁。

尽管风大天寒，八宝山殡仪馆大门口还是聚集了不少前来悼念的群众，我到的时候门前早已水泄不通。在礼堂的入口处，挂着一条横幅，上书"沉痛悼念毛岸青同志"，甬道的两旁摆满了各方赠送的花圈。

据说，从上午九点开始，大礼堂告别厅外面就排起了长龙，哀悼毛岸青的人缓缓而入。人群里有一些是曾工作在毛泽东身边的老人，其中一位叫陈长江，他长年待在毛泽东身边担任警卫工作。毛泽东要求他的孩子，包括毛岸青在内，都要喊他身边的工作人员为叔叔，陈长江说岸青也喊过他叔叔。

这些送别的人中，更多的人或出于对毛泽东的热爱和对默默无闻的毛岸青的崇敬而来。我因创作《毛岸英在朝鲜战场》等书，也了解到不少毛岸青的情况。这次来向毛岸青告别，是毛家特意向我发出了讣告。

层层叠叠的花圈、挽联，从门口一直延伸到礼堂里。我随哀悼的队伍进入礼堂，只见"沉痛悼念毛岸青同志"的黑底白字横幅悬挂在正厅上方，横幅下面是毛岸青身着军装的半身遗像，许多亲属敬献的花圈摆放在毛岸青遗像前。

我看到邵华将军尽管心情悲切，但身体还算健朗，只有右手好像有点不太听使唤。我还看到了李敏、李讷、毛新宇及其抱在夫人刘滨怀中的3岁儿子毛东东，并分别与他们握手致哀，我还握了握毛东东的小手以示爱意。

斯人已逝，音容犹存。毛岸青身着已被洗得发白的旧军装，头上戴着缀有红五星的军帽，身上覆盖着一面鲜红的党旗，安卧在鲜花丛中。在浑厚、低沉、凄婉的哀乐声中，我向毛岸青遗体三鞠躬。作为撰写过毛泽东及其家人传记的军旅作家，向毛岸青同志作了最后的告别。

过火焰山

《西游记》中的花果山、通天河、火焰山等都确有实地，花果山就在我的老家连云港，我曾去寻访过孙猴子的踪迹。这次来新疆旅游，火焰山是我的首选，尽管是在炎热的夏季，我却不改初衷，不为所惧。也正是因为那里唯其高温暑热才独具风情，才更有特殊的迷人之处。

在乌鲁木齐博格达宾馆吃完早点后，我和老伴乘汽车沿着新修的高速公路向东南行驶。看着这条当年通往西域的驼铃古道，我不禁想起我们的祖先在这样一个天高地远、荒无人烟的戈壁滩上开辟丝绸之路，那要有多么坚强的意志啊！

戈壁，蒙古语的意思是"土地干燥和砂砾的广阔沙漠"。一路上，我领教了什么叫光戈壁，什么叫毛戈壁。原来，光戈壁就是寸草不长的戈壁，而毛戈壁偶尔有零星的小草。司机告诉我们，等看到路两旁有了树木，达坂城也就到了。

其实，闻名全国的达坂城不是城，只是维吾尔的一个小村落。那里不但有树木，而且树木硕大，都朝一个方向倾斜，且倾斜度很大。据说这是风的作用，可见这里的树都敏感于风，钟情于风，敬畏于风。由于这里的风大，附近便建起了很多发电风车，如林海一般莽莽苍苍，十分壮观，成了一个新的景区，游客纷纷下车拍照。

为我们开车的司机是一个有八年军龄的老战士，车开得既快又稳。他说王洛宾是一个大"骗子"，他的那首《达坂城的姑娘》不知骗来了多少内地人！不过，他是个善良的"骗子"，他的歌毕竟影响了一代人。说完哈哈一笑，随后便哼起了那首富有西部风情的流行歌曲："达坂城的石头硬又平啊，西瓜是大又甜啊，那里来的姑娘辫子长呀，两个眼睛真漂亮……"

过了达坂城就是吐鲁番，这是一座历史名城，文物、古迹、珍品很多。这里有伊斯兰教古建筑"苏公塔"，有屡经剥割而风采犹存的"千佛洞"，有埋藏大量珍贵文物的"阿斯塔那"古墓群，有结构独特的清代建筑"额敏塔"，还有历经两千多年风雨侵蚀而仍保存完好的"交河故城"等。

一出吐鲁番市区，一座弃者红色的大山映入眼帘。在炽热阳光的辉映下，整个山看起来像烈火在熊熊燃烧，每一寸土地都冒着热气腾腾的火焰，我们的汽车恍若掉进了火海。司机介绍说：这就是火焰山了，当地人叫"克孜勒塔格"，是"红山"的意思。它位于吐鲁番盆地中部，古丝绸之路北道，东西长100多公里，最宽处10公里，主峰海拔831.7米。

我来到火焰山下，正值烈日当空、热浪升腾的时刻，高高耸立的金箍棒式温度计显示50摄氏度。下车以后，我像穿上了棉裤，又像进入了桑拿浴房，迎面袭来炽热的气流升腾翻滚，犹如火舌燎天，难怪当年唐僧师徒被困在火焰山下。

从景区大门进去后，司机像一个导游边走边说："这就是唐代高僧玄奘上西天取经路过的火焰山，也是吴承恩《西游记》里描写的火焰山。"并指着唐僧路过的"拴马桩"、唐僧上马的"踏脚石"给我看，以表明他说的都是实情。

我曾到过"长江三大火炉"南京、武汉、重庆，但火焰山的酷热更令人望而生畏，外地游客谁也不会在此久驻，但又都不肯错过一个冲击生命极限的机会。在这高温炙热的"火炉"旁，你必须从头到脚将自己包裹得严严实实才不致被灼伤，人人濒临此境，只有迸发出强大的生命力量，才能给自己开辟出一条生存之路。

我指着高大威猛的火焰山说："那一列长长赭红的山梁多像倒伏的巨兽呀，被狂风暴雨冲刷过的身躯落下一道道触目惊心而又奇特美妙的沟痕多么像虎皮彪斑！"

　　司机点点头道，说到巨兽，这里的维吾尔族还真有一个这样的民间故事呢！他们说原来天山深处有一只恶龙，专吃童男童女。当地最高统治者沙托克布喀拉汗为除害安民，特派哈拉和卓去降伏恶龙。经过一番惊心动魄的激战，恶龙在吐鲁番东北的七角井被刺，便带伤西逃，鲜血染红了这座山……

　　尽管"火洲"吐鲁番热得不同寻常，但当地维吾尔族同胞世世代代生活在这里，他们比孙大圣还灵通，自有消暑安乐的妙法。这就是说，不要只想到这里空气烫脸，地面烙脚，热不可耐，还要记住一句俗话："没有过不去的火焰山！"

　　这里实在太热了，爱玩的我也不敢长时间地玩火，到此一游足矣！钻进凉爽舒适的汽车，我们离开了火焰山。可我的脑海一直在飘着火焰山的火焰，不时产生一种憬悟和感叹。正如一首诗中所云：

飞鸟行云不见踪，
腾腾烈焰欲撩空。
悟空借得芭蕉扇，
留取西天一片红。

阳关与阳关道

古人云：你走你的阳关道，我过我的独木桥。其实，阳关道确实存在。

沿着古丝绸之路，我和老伴来到了西北的历史文化名城敦煌。俗话说，到丝路必到敦煌，到敦煌必到阳关。于是，在游览了"中国三大石窟"之一的莫高窟、"中国四大鸣沙"之一的鸣沙山和"天下沙漠第一泉"月牙泉等名胜古迹之后，我们准备在阳关道上走一回，到慕名已久的阳关去访古探幽。

我们租用的汽车在天高地远、不见人烟的阳关大道上飞驰。在古代，这里是通往西域的唯一咽喉要道。这条路张骞走过，玄奘走过，班超和霍去病走过，李白和王昌龄也走过。有人用"天苍苍，野茫茫，风吹草低见牛羊"来形容大西北，我望着车窗外面，不见山，不见水，不见树，不见屋，更不见牛羊，满眼是无边无际的砂砾，到处是一簇簇骆驼草。面对这"平沙莽莽黄入天"的广漠荒原，我不禁想起了唐代诗人王维的"西出阳关无故人"之诗句。

阳关在敦煌市西南 75 公里的南湖乡，建于汉武帝元封四年（前 107 年），此关因位于玉门关之南，南为阳，故称阳关。一千多年前，它曾是湖水清澈、林草丰美、野马奔驰的地方。据史料记载，西汉时为阳关都尉

197

治所，魏晋时设置阳关县，唐代设寿昌县。这里地势险要，去西域路近易行，当年商旅络绎，驼铃叮当，"使者相望于道"。

"五原西去阳关废，日漫平沙不见人。"这样一座古来为商旅歇宿、豪杰聚义、兵家必争、威名远播的关隘要地，为什么突兀间荡然无存，消失于一片茫茫沙海之中了呢？

据近代《中央研究院语言研究所集刊》卷一图考《两关遗迹考》记载："古董滩是汉以来的阳关，适为山水经过之地，无人管理，再加风沙侵削，致城垣埋没。出红山口西南行，可达若羌。"许多现代学者沿袭此说，认定古阳关关城是被洪水冲毁的。

然而，司机师傅却给我们讲了这样一个传奇故事："大唐天子为了和西域于阗国保持友好和睦关系，将自己的女儿嫁给了于阗国王。送亲队伍带着嫁妆经长途跋涉来到了阳关，便在此地歇息休整，做好出关准备。不料，夜里狂风大作，黄沙四起，天昏地暗。这风一直刮了七天七夜，待风停沙住之后，城镇、村庄、田园、送亲的队伍和嫁妆全部被埋在沙丘下。从此，这里便荒芜了。"

司机用狡黠的目光看了我一眼，接着说："天长日久，大风刮起，流沙移动，沙丘下的东西就露出了地面。当地人曾捡到过金马驹和一把精致的将军剑，因此引来了很多外地人。所以说有些人来阳关不只是旅游，而是为了寻宝。不知你们来这里是旅游的，还是寻宝的？"

司机见我们笑而不语，又自圆其说道："给你们开个玩笑！"

汽车以时速80公里的速度在阳关大道上疾驰，车轮飞转，发出沙沙的声响。汽车驶进林带，就好像突然从月球闯进了绿色的海洋。司机告诉我们，这地方已是敦煌市的南湖乡了。我望着那水渠交错、万木争春的景象，仿佛到了江南水乡。

司机将汽车停在阳关博物馆外广场，我和老伴不坐观光车，不骑骆驼，也不骑马，夫妻双双往墩墩山烽燧遗址走去。"墩墩山"名曰山，其实就是用黄沙堆起的小土丘，那气势远远比不上渭河两岸的帝王陵冢。

所谓烽燧，就是古代边防报警的建筑。为了抵御匈奴的频频侵扰，大汉在长城上修建了"五里一燧、十里一墩、三十里一堡、百里一城寨"的军情信息网络,可谓"烽燧万里相望"。阳关附近现存的十几座烽燧墩台遗址,以古董滩北侧墩墩山顶的这一座红色砂质夯筑的烽燧地势最高、形制最大、保存也比较完整。

我们从路旁刻有"阳关烽燧"四个大字的巨石前绕过,踏着深陷两足的沙坡,往被铁丝网环绕的墩台跟前移动。台高 4.7 米、底宽 8 米的阳关墩台,犹如一座被历史风沙雕琢的纪念碑,用苍桑龙钟与宁折不屈记录着戍边的悍兵骁将、金戈铁马和刀光剑影,记录着汉唐边塞的文化精神。

离开墩墩山丘,向南行进,在一道东西向狭长光秃的"山梁"上,修筑了一座仿古廊亭。坐在廊下,向南眺望,可以看到远山巍峨绵延的皑皑雪峰。近处三面为沙丘、沙梁环抱而又起伏开阔的凹地,便是人称"古董滩"的汉、唐阳关遗址。墩墩山西去是我国第一大沙漠塔克拉玛干,足见西出阳关之路遥和荒凉。

自古以来,阳关在人们心中总是烽火连天、黄沙穿甲、秋风野马、大漠孤烟的感觉。然而,今天阳关附近已出现柳绿花红、林茂粮丰的景象。游人漫步其间,既可凭吊古阳关遗址,还可以远眺绿洲、沙漠、雪峰景致迥异的自然风光。正如郭小川诗云:"何必'劝君更尽一杯酒',这样的苦酒何须进,且把它还给古诗人!什么'西出阳关无故人'?这样的诗句不必吟,且请把它埋进荒沙百尺深!"

我们怀着依依不舍的心情,离开了古道犹存的阳关。"你走你的阳关道,我过我的独木桥。"阳关原本不过是一道关,却被后人赋予了许多哲思和感慨:天、地、人三者和谐互动,共生、共存、共荣是正道。若将天不当天,地不当地,人不当人,便是邪魔鬼道。君不见罗布泊楼兰国、河西走廊、阳关消遁的下场吗?

军装伴我行

今天是星期日，我怀着极为复杂的心情清理了我所有的军装。离开了军营，这些军装以后再也穿不着了，一部分保存下来留作纪念，富余的一部分准备送人。

回想起来，在我长达四十年的军旅生涯中，共经历过五次较大的军队换装。特别是改革开放以来，随着国家经济的逐步好转和军队正规化建设的不断深入，我军的军装发生了很大变化，而且是越变越美观，越变越实用，越变越符合实战要求。

记得我刚当兵的时候，不知是国家困难还是战备需要，我们那一年的新兵竟然发的是小帆布军装。那是我军服装史上空前绝后的一套军装，虽然也属六五式，却和老战友的军装大不一样，因此仅从着装上别人就能判断出我们是"新兵蛋子"。他们还调侃说我们穿的是"工作服"，是为战备施工而设计的一种军装。

不料，老兵的戏言很快变成了现实。在毛主席发出"深挖洞、广积粮、不称霸"的号召后，我所在的部队执行了战备施工任务——打山洞。由于整天和石头打交道，尽管我们的小帆布军装厚硬结实，不到半年还是磨出了几个窟窿。当年军装上带补丁是很平常的事，上级领导也习惯于从补丁的多少来评议战士的作风，军装上不带补丁的战士不能算是好战士。

有的老兵竟然没有一件不带补丁的军装，在他们复员时不得不向新兵求援，换一身较新的军装留作纪念。

1973 年，我们换上了心仪已久的七一式军装。夏装是的确良，冬装是的卡布。应用合成纤维纺织品制作军需服装，这在我军服装发展史上可以说是一次划时代的改革。穿着这种色彩鲜艳、光滑平整的军装，军人的形象比过去更威武了。因此军装一发到部队，不少军人就穿着去拍照留念。当时拥有私家相机的还不多，照相馆不仅发了一笔横财，还无偿地将军人的照片摆在橱窗里做广告。那时人们都没有法制意识，不懂什么是肖像权，有些军人还以自己的照片能被照相馆展出而感到荣耀呢！

在那个"全国人民学习解放军"的年代里，人们不论年龄和性别都以拥有一件军装为荣，于是草绿色军装就成了风靡全国的"时装"。军装在人们心目中不仅是一种职业服饰，更是一种地位、身份的象征。大街上人们见到军人会肃然起敬；一个家庭有了军人就是"光荣之家"，女青年找对象最愿意找军人。我就是在那个时候开始恋爱的，还穿着七一式军装和爱人到处留影，后来又一起拍了结婚照。

20 世纪 70 年代，我还穿过七一式出国服。所谓出国服，就是用毛料和凡尔丁布料制作的七一式军装。当时由于我在朝鲜军事停战委员会中国人民志愿军代表团工作，因此军装上除了佩戴红领章之外，还在胸前佩戴一方"中国人民志愿军"标识。在我的影集里就有不少身着七一式出国服的照片，最为珍贵的是我在毛岸英墓前拍摄的那一张。在离任回国后，我还穿着佩戴志愿军标识的出国服在朝鲜使馆接受了金日成同志颁发的军功章。如今，完成了历史使命的中国人民志愿军代表团已经撤离朝鲜开城，因此这套军装和标识就显得更有纪念意义了，所以我一直把它当作珍贵的文物保存着。

党的十一届三中全会的春风吹进了营院，军人的面貌也焕然一新。在 1984 年国庆节，邓小平同志坐在敞篷汽车上，神采奕奕地向身着新式军装的受阅部队挥手致意。他不仅检阅了我军建设的丰硕成果，更是吹响了向国防现代化进军的号角。也正是在他老人家的领导下，全国人民的生活才有了质的变化，我军的服饰也由原来的"三点红"改为大檐帽、八一五星帽徽和军种肩章、领章符号，军装的面料也由合成纤维改为三元混纺。也是从那时起，我们就再也不用穿带补丁的军装了。

1988年国庆节，我国恢复了军衔制，同时配发了相应的八七式军装。这次换装，标志着我军军装进入一个由低层次向高层次、从单一制服向系列发展的新时期。这套军装设置了军衔肩章、军种符号等服饰，显示了衔职的区别。军人身着佩戴金光闪闪军衔的八七式军装，更显得英姿勃发。那年春节，我穿着新军装回家探亲，路人向我投来不少羡慕的目光，有的人还指着我的军衔问长问短。每当此时，我的军人荣誉感就油然而生。

我老伴随军时，不慎把我们大奖状一般的带有毛主席语录等"革命年代"特征的结婚证遗失了，于是就把当年的照片寄回原籍补办。新结婚证很快就办好了，它像一个折叠式的文书，妻子打开一看，差一点没笑掉大牙，她说："咱这不成二婚了吗？"原来结婚证的补办日期竟是现在的时间，前后相差20年。我指着结婚证上的照片说："二婚倒不可怕，那是法律允许的，可怕的是被人怀疑为假证。你看，那时我穿的是七一式军装，而现在已换成八七式军装了。90年代的结婚证贴着70年代的军装照，岂不令人生疑！"

九九式军装则是21世纪新一代的军装，共分礼服、常服、作训服和工作服四大系列。它保留了八七式军装的优点，吸取了国际上先进军装的长处，在结构、用料、颜色、服饰及配套方面均有较大改善。1997年5月1日起首先在驻港部队试穿，2000年前后开始逐步装备全军。军委主席江泽民两次视察天津接见师以上领导干部时，我们都是穿着九九式军常服与他合影的。

2007年8月1日，在全军认真贯彻落实科学发展观、现代化建设取得巨大成效的时候，我们迎来了建军八十周年纪念日。就在这一天，我们穿上了零七式军装，又一次以崭新的军姿和良好的形象，向世人展示威武、庄重的仪表，以壮我钢铁之师的军威。

这是我军历史上规模最大的一次换装，据说它涉及礼服、常服、作训服和标志服饰4个系列共600多个品种，不仅提高了识别功能，体现了军人荣誉，而且也强化了军服美感。这次换装不仅是外观的变化，更蕴含着穿衣的科学，既有军人特点，又同社会相协调，也更符合国际军服的发展潮流，是"中国特色"和"国际元素"的最佳结合。

在即将退休之际，恰巧赶上了配发零七式军装，我为此而庆幸。政治部特意为我们组织了一次照相，当我第一次穿上量身定做的松枝绿军礼服，第一次佩戴级别资历章和臂章、胸标等标识时，心情无比激动，对军营的期盼、留恋和离愁一起涌上心头。军装是一个时代的印记，是社会发展的缩影，我将把这张照片和我所有的军装照放在一起，永久珍藏，因为它如实记录了我光荣而又曲折的戎马一生。

军装是军人的标志，更是军人的荣誉。对于从小就做"绿军装梦"的我来说，能如愿以偿地穿上军装，而且是穿了一辈子军装，实属幸运。不仅如此，在盛世之年又穿上了我军历史上样式质地最好、科技含量最高的新军装，更是幸运中之大幸。

我喜爱绿色的军装，喜爱我穿过的所有绿军装，尤其是六五式那种"一颗红星头上戴，革命红旗挂两边"的军装样式，它给我们这一代经历过那段岁月的人留下了太多的历史联想。今天，我虽然已退休，从一个身穿军装的军人变成了身穿便衣的平民，但我的生活，我的命运，将永远和焕发青春的军绿色融合在一起。

★ ★ ★

参加白金先生的晚宴

上午，接到白金先生一个电话，邀请我参加他举办的晚宴。却之不恭，我即从天津乘火车来京，准时赴约。在未入席之前，我和他先观看好友孙海波编导的故事片《生死时刻》。

我认识北京 798 天马美术馆馆长白金先生，是在一次筹拍电视剧的论证会上。作为一个以老为尊的长者，称这个小我二十岁的年轻人为"先生"似乎有点勉强。然而，有志不在年高，鉴于他的真知灼见，他的非凡成就，他的为人风范，又的的确确算得上是一位先生。

中国有"三人行必有我师"的说法，外国有"六度空间理论"。所谓"六度空间理论"，就是说你和地球上任何一个陌生人之间所间隔的人不会超过六个，也就是说最多通过六个人你就能够认识任何一个陌生人。我和白金的相识，既符合中国的"说法"，也符合外国的"理论"。

我是苏北人，他是东北人；我叫"立金"，他叫"白金"。我们结为忘年之交既有机缘，也有基础。我对他的欣赏，是因为我们都是"文化人"，名字里都有点含"金"量，又志趣相投，言谈合拍，因此就有了非同一般的亲近感，于是彼此交换名片，随即建立了紧密的"战略合作伙伴关系"。

在以后的交往中，我从白金精彩的人生中看到了他的诸多闪光和传奇，其中给我印象最深的就是酒量大、气量大、能量大。

白金是生意人，少不了请客吃饭。无酒不成席，酒是友好的黏合剂，是人与人交往中不可或缺的沟通方式。每逢酒场，他总是说："好男儿志在四方，大丈夫岂无酒量？"于是就一马当先地大喝特喝起来，喝得"众人皆醉我独醒"，喝得泪如雨下难忘今宵。我不知道这位扎根于酒仙桥的艺术家的酒量究竟有多大，却亲眼看到他喝过一斤白酒，几瓶红酒，半箱啤酒，酒后不醉。酒量之大，令人咋舌。虽说狂饮海喝并非可取之道，但从中不难看出他的热情与豪爽！

凡是认识白金的，都说他是一个大度的人。沙漠不拒绝每一粒沙子，故能成其无垠之美；高山不拒绝每一颗碎石，故能成其高耸之美；大海不拒绝每一朵浪花，故能成其广博之美。人生坎坷，一路上难免磕磕碰碰，诚若有大度，则必一马平川，翻群山如履平地矣！大凡成大事立大功者均能忍常人之所不能忍，容常人之所不能容，只有拥有宽广的胸襟方能成就伟业。毫无疑问，白金的胸怀宽广，是铸就他辉煌的熊熊烈焰，是导向他成功的步步阶梯。

初见白金时，他刚从家乡来北京创业，通过开公司、建工厂、办画店、搞影视，短短十来年，这个白手起家的北漂族凭着自己的智慧、勤奋和信誉，不但有了可观的实业，还赢得了大量资产，并收藏了很多艺术品。尤其令人钦佩的是，他结识了一大批"各怀绝技"的朋友，这对他来说简直是一笔宝贵的无形资源。没有两下子，这个有皇族血统的东北大汉岂能在藏龙卧虎之京城生根立足并开花结果！

孔子曰："后生可畏，焉知来者之不如今也？"我以长者的关爱之心期望白金先生在改革开放的大潮中后浪推前浪，把自己的事业越做越大，对社会的贡献越来越多。

见识庐山真面目

由于是初上庐山，出发之前，我对庐山的基本情况作了一番了解：先是拜读了李白的《望庐山瀑布》和毛主席《为李进同志题所摄庐山仙人洞照》，后又查阅了"庐山会议"资料，尤其是以前看过的电影《庐山恋》，那富有浪漫色彩的庐山画面还残存在我的脑海里。这次来庐山疗养，主要是想实地见识一下庐山真面目。

走进庐山疗养院，我和老伴被安排在仙岩饭店二楼向阳面的一个房间里。于是在这半个月内，我晚上就坐在安静的客房里编写纪实文学《周恩来遇险实录》，白天则和老伴出去欣赏庐山的秀色美景。

说来也凑巧，我们住进的这座由英国传教士都约翰于 1910 年开办的度假宾馆与我正在编写的周恩来故事也有关系。1927 年 7 月 21 日，鲍罗廷、瞿秋白、李立三、聂荣臻、邓中夏、林伯渠、叶挺、彭湃、郭亮 9 人在仙岩饭店的厨房召开会议，研究并决定了南昌起义的纲领、计划、领导机构以及起义时间等。五天后，周恩来、彭湃、陈赓等人上庐山也下榻于此。1937 年 6 月 4 日至 15 日和 1946 年 8 月 5 日，周恩来两度到庐山与蒋介石会商国共合作事宜，均下榻此处。

在进入疗养院的第二天，吃完早饭后散步，我在距仙岩饭店不远的地方发现有一块别致的大石头，上面刻着蒋介石题写的"美庐"两个大字，原来这就是著名的美庐别墅。旁边有一座小教堂，据说是宋美龄与蒋介石结婚时娘家送给她的"嫁妆"。听说美庐曾经是蒋介石和宋美龄住过的地方，于是赶紧进去参观。

进入美庐一楼会客厅，只见墙上悬挂着许多蒋介石和宋美龄的生活照，还摆放着一些宋美龄用过的实物，如钢琴、餐具、桌椅等。我一边看着照片，一边想象着他们当年在这里生活的情景。紧挨着会客厅的是宋美龄的卧室，里面有双人床等原样物品，显得典雅高贵，与宋美龄的风格相得益彰。登上二楼，便是蒋介石的办公室、会客厅、卧室，也显得非常气派。我们还参观了卫生间和浴室，其豪华程度不亚于五星级宾馆。

从美庐出来，蒋介石的形象好像从照片里跳了出来，进入了我的脑海，久久挥之不去。在抗日战争取得胜利之后，狂妄自大的"蒋委员长"在这个叫美庐的房子里，多次拒绝美国人马歇尔的调解，把自己逼上了一条绝路。结果他不得不从中国中心的一座大山上退下来，一直退到了版图南边的一个小岛上。

这一天，庐山被云遮雾锁，仍挡不住我们出游的兴致。我们一路行走，一路观赏，一路拍照，犹如穿着轻纱在云端翩翩起舞。在位于锦绣谷南端的"佛手岩"下隐藏着一个山洞，这就是颇为有名的"仙人洞"。它高、深都是 10 米，幽深处有清泉下滴，被称为"一滴泉"。我往洞中一看，只见里面供奉着八仙之一吕洞宾的石像，传说他就是在这个洞里修炼成仙的。其实，仙人洞名扬四海的真正原因，应该是毛主席所题写的"天生一个仙人洞，无限风光在险峰"诗句。因慕名而来，我和老伴便在横书"仙人洞"三个字的月亮门前留了一个影，沾沾这位道教丹鼎派祖师吕洞宾的仙气。

游览庐山，给我留下印象最深的莫过于三叠泉了。"不到三叠泉，枉为庐山客"。三叠泉位于五老峰下，飞瀑流经的峭壁有三级，溪水分为三叠飞泻而下，因而得名。三叠泉落差 155 米，每叠独具特色：一叠直泻而下，二叠弯曲入潭，三叠凌空飞下，一片轰鸣，给人带来无比的震撼。立于泉下盘石仰观，但见抛珠溅玉的三叠泉宛如白鹭千只，上下争飞，气象万千，令人叹为观止。

"日照香炉生紫烟，遥看瀑布挂前川。飞流直下三千尺，疑是银河落九天。"李白的这首诗写的虽然不是三叠泉，但是借用它来形容三叠泉也毫不逊色。现在，我已身临仰慕已久的三叠泉，亲眼目睹了三叠泉雄伟壮观的气势，亲耳听到了三叠泉雷鸣般的声响，亲身体验了站在三叠泉下的感受，应该算作"庐山客"了吧！

我们从仙岩饭店沿山路往下走，不远处就是庐山会议遗址。这个石木结构的中西合璧建筑落成于1937年，开始叫"庐山大礼堂"，新中国成立后改为庐山人民剧院。党中央曾在这里召开过三次重要会议，其中最著名的一次是1959年召开的中央八届八中全会，史称"庐山会议"。由于这次会议非同寻常，使这座昔日的"大礼堂""人民剧院"披上了别样的色彩，也更具重要的政治意义和历史意义，因而改称"庐山会议纪念馆"。老伴不太关心政事，我只好独自进去参观。虽然那里没有多少文物，只是悬挂着毛主席画像，摆放着当年开会时的排椅，却给我留下了无限的遐想。

疗养期满，在下山的路上，我回望被一丝丝云雾包围着的庐山，景物若隐若现，正如北宋文学家苏轼所说："横看成岭侧成峰，远近高低各不同。不识庐山真面目，只缘身在此山中。"尽管庐山是一部没人读透的鸿篇巨制，不过我认为：风景名山，古迹名山，文化名山，政治名山，这大概就是庐山的真面目！

参加战友会

八一建军节刚过，我们一九四师的老战友满怀节庆的喜悦在张家口聚会了。昨夜战友们还在梦中相逢，今天真的握手见面了。不管职务高低，不管年纪大小，不管是男是女，就像久别重逢的兄弟姐妹，一个个热泪盈眶，相见恨晚。大家都已是年过花甲的老人，真可谓："老夫喜作黄昏颂，满目青山夕照明。"

我的老部队一九四师隶属于北京军区六十五军，师部驻在河北省柴沟堡。这个师的前身是 1944 年 11 月组建的晋察冀军区冀热辽军区第十五军分区。1948 年 1 月，以十五分区机关及所属警备第一、五团和冀东独立团为基础，组建冀察热辽军区独立第五师。8 月改称华北军区第二兵团独立第一旅，11 月调入新组建的华北军区第二兵团第八纵队，改为第二十三旅。1949 年 2 月，改称中国人民解放军第六十五军一九四师。

改编后的一九四师团以上指挥员多为老红军，营连以下干部都经过抗战洗礼，基层士兵多出身于冀东的翻身农民，所以部队精干纯洁，战斗力强，敢于刺刀见红。该师在配合东北战场的"牵牛战役"等战斗中表现优秀，逐渐锻炼成英勇善战的一支劲旅。后又参加平津、太原、解放大西北等战役，屡建奇功。

1951 年 2 月，一九四师随六十五军入朝参战，三打红山包高地的五八二团还被巴金先生写进了小说《团圆》，后改编成电影《英雄儿女》，特等功臣赵先友就是英雄王成的原型之一。除赵先友烈士外，还有张团长的原型五八二团团长兼政委张振川和王芳的原型师文工队队员张莹珊。

当年，我们怀着个人的梦想，怀着保卫祖国的豪情壮志穿上绿军装，告别了父母，告别了家乡，来到塞北坝上，即我们人生的第二故乡。军营教会了我们勇敢忠诚，奉献牺牲；军营教会了我们遵命守纪，拒耻争荣；军营教会了我们雷厉风行，敢打必胜。青春的渐逝伴随着精神的升华，体魄的磨炼铸就了意志的坚定，批评的纠结和表扬的喜悦，把我们修炼成宠辱不惊的成熟和冷静。虽远离了父母的舐犊之爱，却收获了五湖四海的兄弟之情。

在这次战友聚会上，我找到了四十年前同坐一车入伍的老乡李开彦。他是五八〇团的一名干将，凭着苦干实干一步一步升到六十五军的后勤部长。这次老战友聚会，他是组织者之一。我找到的另一位战友李兴旺，当年我们都在九连，他是一名儒将，靠着能文能武一级一级升到师政治部副主任，现已转业到地方。遗憾的是，我期盼的曾经关心过我、爱护过我、帮助过我的老首长一个也没见到。他们现在何方？他们身体可好？他们是我的兄长，是我的导师，是我的贵人，我的成长进步有他们的心血和情愫，我永远忘不了他们的大恩大德。

往事依稀，如梦如痴。当年同住一个屋，同吃一锅饭，同唱一首歌，同坐一辆车，不知不觉已过去了四十年。四十年的风霜雨雪，四十年的花开花落，世事巨变，历经沧桑，当时的帅小伙已变成花甲夕阳红，有的两鬓斑白，有的发福体胖，有的弯腰驼背。大家都岁老年迈了，已成为名副其实的老兵！但一个个却精神焕发，革命军人气质依然如故。

组委会为迎接各位老战友的到来，在原军部招待所安排了食宿，带我们故地重游并留下了美好瞬间，还为我们制作了战友通讯录，以便常联系多沟通。我来到当年摸爬滚打的老营地，往事历历在目：那块坪地是我们练习刺杀的地方，那个山坡是我们练习投弹的地方，那条山沟是我们练习射击的地方……

当年部队执行战备任务都住在老乡家里，今天这里已改天换地人去物非，再也找不到那个农家院了。我脑海里又浮现出女主人慈祥可亲的身影：她经常烤山药蛋给我吃，我说革命战士不拿群众一针一线，她佯装生气地说那以后你不要帮我挑水了，也不要帮我劈柴了，更不要喊我大妈了！在部队换防离开村子时，她偷偷往我挎包里塞进两个熟鸡蛋，直到行军途中我才发现。星星还是那颗星星，月亮还是那轮月亮，山也还是那座山，梁也还是那道梁。可如今……此时我盯着这个曾经住过一年多的老地方，心情无比激动，泪水夺眶而出。我举起右手向这块不成形的空地敬了一个军礼，轻轻喊了一声"妈妈，再见"。

三天的会期很快过去了，我们满载而归，收获战友情谊满满，收获美好回忆多多。踏遍青山人未老，战友携手再续缘！让我们把这三天的相聚珍藏于心，定格在人生的记忆里。为了让我们的回忆永不褪色，为了今天的相聚和以后的再次相聚，我们要感谢组委会的精心安排，感谢组委会的连日操劳，感谢他们为一九四师的老兵做了一件功德无量的大好事！

谁不说俺家乡好

这次回乡探亲，我在已不是车站的"车站村"待了两天，上午来八集镇上看看。虽然是故地重游，却找不到我小时候的感觉了。小镇被大时代拥抱，全都变了样，是那种彻头彻尾的蝶变。刮目相看，一切都变得很陌生，也很新鲜。

八集是邳州市四大古镇之一，始建于宋末元初，最早叫丁家集，街北建有丁家庙，也称积善寺。明末清初，曹姓家族从山东曹县迁入。清乾隆五十四年（1789 年），曹殿楹考中武举，授武略骑尉。曹家渐富，买下了丁家集和单集两处集市。曹氏族规以"孝悌忠信礼义廉耻"八义来管理集市，于是得名八义集，也称曹八集，简称八集。

我来到八集街北头，再一次瞻仰了儿时记忆中的曹府张氏贞节牌坊。这是苏北地区留存较好的一座牌坊，始建于光绪十一年（1885 年），坐北朝南，东西长 6 米，座宽 1 米，高 7.1 米。整个牌坊的主要立柱横梁均由整块条形大理石扣成，重要部位由铁梁串联。

牌坊正面的石壁雕饰着神话人物、奇花异草、珍禽瑞兽，个个端庄雅正，栩栩如生。牌坊正门与东西则门，各有一对石狮镇守。顶部中间有一个雕刻精美的石狮，面东而立。东西飞檐上方各有四只石凤，个个楚楚动人。每个飞檐下方都挂着一只铜铃，风吹铃响，叮咚悦耳。

张氏牌坊不仅从建筑学的角度给后人一种借鉴，而它的文化底蕴也相当丰富。牌坊正中的楣额书有"圣旨"二字，下面的字牌上书写"旌表故廪生曹辰之妻张氏坊"，落款为两排小楷竖字"光绪岁次乙酉二月榖旦建"。牌坊上所有楹联都是由徐州学正曹煜撰写，门柱的楹联写道"一死振纲常，真奇节乃真苦节；千秋明义烈，大完人是大传人"。门外的楹联是"慷慨成仁，千古纲常照阃范；从容就义，九重纶綍焕天章"。楹联所彰显的精髓，不仅令人震撼动容，其悲壮之义举，更会给后人留下诸多的怀念、启迪和思考。

据《曹氏族谱》记载，张氏 21 岁嫁曹辰，上敬公婆，下和妯娌，知情达理，邻里称颂。清咸丰初年（1851 年），黄河发大水，漕运吴棠领旨遂组织徐州各县民工堵口、修坝。曹殿楹之孙曹辰受命负责后勤供应，因操劳过度，身体日渐羸弱，不久命悬一线。张氏赶到徐州后，割臂救夫，却回天无力。不久，张氏也含悲服鸩身亡，年仅 32 岁。慈禧太后闻得此事，深为所感，遂说与光绪皇帝，加之吴棠亲写奏章，经光绪皇上御批建立牌坊，旌表曹辰之妻张氏。

我在老家的时候，八集"五里长街"都还是古香古色的明清建筑，有的房子还带着廊檐，能遮阳避雨；公社大院门口有两个石狮子，威风凛凛；集市用青石板铺路，光滑锃亮；四周的城墙在淮海战役中被毁坏，城外圩河上的吊桥虽已被石桥取代，但仍叫吊桥。遗憾的是现在都面目全非了，尽管街道变宽了，变直了，改建的店铺很新潮，采光也很好，但没有了昔日的沧桑感。那可是历史文物啊，街北头的粮库原来是香火旺盛的古庙，都是很好的旅游资源，毁掉它实在太可惜了。匪夷所思的是，这些古建筑被毁不是发生在"文革"的"破四旧"，而是在改革开放初期。

八集十天四集，阴历每月每旬的一六三八为逢集日。因地处邳铜两县交界处，又靠近铁路和运河，人涌如潮，买卖兴隆，各种信息也非常灵通。我在大街上边走边观赏，真是旧貌换新颜，一切都变了，变得美好了，变得富有了。半个世纪前，虽然这里还都是砖木结构的古建筑，但破旧不堪，赶集的人穿的也都是破衣烂衫。由于贫穷，每年冬闲季节都有不少人出外乞讨，后来又把乞讨当作一种副业，而且相沿成习，乐此不疲。俗话说，穷则思变。结果有的人不是"变则通"，而是"变则偷"。他们开始在这条街上偷，后来又到外地去偷，不但偷技高明，而且偷名远播，据说上海街头就曾出现过"小心八集小偷"的告示。改革开放以后，人民的生活有了翻天覆地的变化，邳州由过去的"要饭县"一跃进入了全国的"百强县"，乡亲们不但丰衣足食，而且还住上了小二楼，开起了小汽车，如今再也看不到外出乞讨和行窃的现象了。

中午，我走进四季香饭店，二弟早已安排好一桌酒菜，都是家乡风味，以辣为主，当然少不了羊肉汤和豆腐乳。这是八集的两大风味小吃，一个是"香飘万里"，一个是"臭名远扬"。

八集羊肉汤以色泽乳白、汤质鲜美、味道醇香、营养丰富而闻名全国。这里的羊肉汤是冲出来的：一口大大的锅，上面围着半米高的一圈铁皮，把整副羊架和羊杂放进去，用木柴火烧，顶出血沫，尔后将佐料下锅，同时外加大葱、生姜，以小火慢炖，让骨头的味道完全融到汤里。汤煮好了，切几片薄薄的羊肉，把滚烫的汤往海碗里一冲，放上辣羊油，加上一点香菜和佐料，一碗香喷喷、辣乎乎的羊肉汤就做好了。

据说，八集羊肉汤在淮海战役中曾独占鳌头，和各家各户烙的煎饼一道，源源不断地被送往前线，两者一泡就成了快速制作的佳肴美味，为我军将士克敌制胜赢得了宝贵时间。新中国成立后，粟裕、陈士榘、张震等几位将军路经徐州时，曾对八集羊肉汤大加赞赏，点名要求再次品尝。

我的身体对羊肉过敏，也享受不了羊膻味。但看着全家人大口地吃肉，大碗地喝汤，心里也很是惬意。我要了一张煎饼，卷上一点豆腐乳和一根大葱，吃起来也很过瘾，再喝上一口辣汤，那更是美不可言了。

八集豆腐乳也是地方一个特产，它具有颜色青灰、肉质松软、香味别致、增进食欲的特点，因而颇受用户的欢迎。在"四福兴""方万利""闫德泰"等老字号商家店铺中，"刘祥胜"的豆腐乳可算是首屈一指，有"闻着臭、吃着香，品了一缸又一缸"之美誉。

刘祥胜是睢宁县古邳人，1740 年前后洪水泛滥，颗粒无收，刘祥胜父子逃荒来到了八集，靠生产祖传的豆腐乳谋生。刘家生产的豆腐乳以色、香、味俱全而驰名千里，然而它的制作方法却简便易行。大体上是先将打好的鲜豆腐块竖放在地窖里，保持相宜的温度，使其发酵长出2~3厘米长的菌须，然后放入缸里腌七八个月，方可启封出售。

老食客们常常是先用筷子轻轻地一点，然后再剥去那层柔韧的网膜，食用后再抿上一口小酒，顺手摸起一棵大葱蘸上去，美酒的浓香与大葱豆腐乳在瞬间催发出食客强烈的食欲来，变奏出一口别致的清香美味，那感觉真叫一个"得味"。

酒桌上还有当地的一个特产——苔干，用它制作的小菜，食之有声，清脆爽口。传说当年巡游此地的乾隆帝曾问太监这是什么菜，太监也说不上来，不过他头脑活络，马上答道是"岁岁（脆脆）平安"，于是苔干被列入"贡菜"。新中国成立后，苔干作为苏北的一道名菜又被周恩来总理纳入国宴。

家乡人喝酒很豪爽，都用大杯，而且是先干为敬，沿袭了汉代两千多年的习俗。我不胜酒力，也干了一杯，一是祝愿家人健康长寿，二是祝愿家乡美丽富强，三是祝愿国家繁荣昌盛！

"中央八项规定"深得民心

前天，当选中共中央总书记不久的习近平同志主持召开十八届中共中央政治局会议，审议通过了《关于改进工作作风、密切联系群众的八项规定》。这个规定从调查研究、会议活动、文件简报、出访活动、警卫工作、新闻报道、文稿发表、勤俭节约八个方面设立起长期有效的铁规矩、一以贯之的硬杠杠。600 余字，虽内容不多，但指向清晰，项项可行。

言出必信，行胜于言。习近平总书记话语坚定地说："规定就是规定，不加'试行'两字，就是要表明一个坚决的态度，表明这个规定是刚性的。"

中央政治局通过的"中央八项规定"，言之有物，细致具体，针对性强，表明了中央改进作风、联系群众的决心，深得民心。我作为一名中共党员，坚决拥护和贯彻执行"中央八项规定"，并完全赞成习近平总书记提出的"作风建设要从领导干部抓起，领导干部首先要从中央做起"的指示精神。

毋庸置疑，在一个时期内，党内存在着严重脱离群众的官僚主义作风，行政机构叠床架屋，党内信息欺上瞒下，文山会海人浮于事，空话套话庸俗成风，公款吃喝日甚一日，极大地败坏了党的形象。

清人张聪贤曰："吏不畏吾严而畏吾廉，民不服吾能而服吾公。公则民不敢慢，廉则吏不敢欺。公生明，廉生威。"

"公生明，廉生威"，这六个字用在我们党的领袖毛泽东身上是再合适不过的了。据说爱国民主人士梁漱溟在接受记者采访时，曾被问道中国共产党的领导人谁最伟大？他不假思索地说：毛泽东。梁漱溟的回答令记者大吃一惊，因为他曾被打成右派，受到过冲击。于是记者又问：为什么说毛泽东最伟大？梁漱溟一字一顿地说：毛泽东无私！

人皆有私，贪为人性。但是共产党员身为"公家人"，必须正确处理好公与私的关系。心底无私天地宽，无私才能无畏，无私才敢担当。党的干部必须坚持党的原则第一、党的事业第一、人民利益第一。做到大公无私、公私分明、先公后私、公而忘私。只有一心为公、事事出于公心，才能面对大是大非敢于亮剑，面对矛盾敢于迎难而上，面对危机敢于挺身而出，面对失误敢于承担责任，面对歪风邪气敢于坚决斗争。

12月26日是毛泽东的生日。当年有许多国家的领导人和海外侨胞都提前给毛泽东送来寿礼，国内各民主党派、各人民团体和许多知名人士也悄悄地给毛泽东送来礼物。

一般送给毛泽东的礼品，毛泽东看到的只是礼单，实物则由中央办公厅负责礼宾的部门统一接收保管。因为毛泽东认为这些礼物不是送给他个人的，而是送给中国人民的。毛泽东每年都收到朝鲜民主主义人民共和国主席金日成送来的苹果，由于这个礼物是不宜保存的鲜果，便全部转赠给了警卫部队，连他的孩子都不许吃一个。他常说："我要是生活上不检点，随随便便吃了拿了，那些部长们、省长们、市长们、县长们都可以吃了拿了，那这个国家还怎么治理呢？"

廉洁自律的根本正是勤政为民，而勤政为民更是为官之要，从政之本。古人云："其身正，不令而行；其身不正，虽令不从。"所以，作为领导干部首先要先做好廉洁自律，只有管住自己，才能带出好班子，带出好队伍，带出好风气。

新的政治局提出的具有非常现实意义的八项规定是非常明智的，也是非常及时的。毛泽东曾说"战略上藐视敌人，战术上重视敌人"，"中央八项规定"恰好体现了毛泽东的这个战略战术思想，战略上反腐总体目标不动摇，战术上于细微处规范党风，易操作、好考核、见效快，四两拨千斤，一扫旧尘埃。

然而，浮靡党风非一日之积，若要彻底根治必须全党动员扫荡旧尘埃。机遇和挑战共存，痛苦和希望同生。但只要"中央八项规定"落实到位，我们的党风、政风、民风肯定会有一个大的好转。

"爆竹声中一岁除，春风送暖入屠苏。千门万户曈曈日，总把新桃换旧符。"元旦即将到来，新的一年新的气象。我坚信，在以习近平同志为核心的党中央领导下，我们的政府，我们的社会，我们的各行各业一定会出现一个新的风清气正的可喜局面！

参观小站练兵园

今天下午，利用天津市河西军休所关工委在滨海新区开会的闲暇，我参观了小站练兵园。

小站位于津南区东南，地处海防要塞，是天津的南大门、京津屏障，地理位置十分重要，为历代兵家必争之地。

小站原名新农镇，1870 年天津教案爆发后，直隶总督李鸿章调手下周盛传部"盛字军"屯防于直隶青县的马厂练兵，同时负责修建新城炮台。为了方便交通，"盛字军"在马厂至新城间修筑一条马新大道，沿途分驿站，十里一小站，四十里一大站，于是这个小镇就有了它的别致名字 —— "小站"。

小站练兵园，是天津市"近代中国看天津"项目之一。2006 年 9 月动工兴建，2008 年 11 月完成。占地面积 20 万平方米，除了城墙、讲武堂、军事博物馆、新军督练处外，还建有袁世凯行辕、行营、买卖街等。该练兵园是以小站练兵史实为基础，以北洋历史、天津近代文化、小站稻文化为脉络，以历史展示和情绪体验为互动性的核心功能，兼具教育、休闲、购物、会议功能的故事主题型历史文化旅游区。

走进青灰色的小站练兵园，仿佛走进历史画卷一般，立刻被那庄严凝重的气氛所笼罩。与城门正对的是高大、威严、气派的讲武堂，建筑面积约 2000 平方米，城墙面积 7900 平方米。

我们首先登上南北城墙感受一下周边的环境，往南看是九大军事事务处，全是四合院的形式。而南城门外有一块 130 亩的稻田，如果乘飞机从空中俯视，可以看到这里的水沟是一条龙形水系。也就是说这个练兵园是处于神龙戏水之上，因此有上风上水的说法。

别具一格的小站练兵历史展览馆建于围绕练兵园城墙的墙内，馆内的声光电展览设施可谓全市一流。展馆里陈列着各种冷兵器、热兵器、军队服装以及军需物资，从清朝"八旗"的官服到"新军"的军装，从大刀、弓箭到手枪、大炮，从汽车、望远镜到电话、发报机等，更有不少照片是国内首次展出。

小站是近代中国军队建设拐弯的地方，在这里经历了新旧两军的巨大变化，以新军的服装、军衔以及冷热兵器的对比来突出新军的强大。小站练兵园作为"近代中国看天津、百年天津看小站"的历史文化品牌，将和基辅号航母、天津平津战役纪念馆共同构成中国天津旅游特色专线，将带动周边的旅游文化发展。

小站练兵场不仅仅是袁世凯发迹的地方，经过这个历史跳板，从这里走出了北洋政府的 4 位总统、1 位临时执政、9 位政府总理及 30 多位督军等一大批在中国 20 世纪早期政治和军事舞台上占有显赫地位的人物。小站练兵场更是中国近代军事体制变革的起点，也使中国陆军真正开始向近代意义上转变。

参观了练兵园，我对袁世凯有了一个全新的认识。至于如何评价袁世凯这个人物，小站练兵的历史意义何在，可姑且不论，但让我最感兴趣的是，作为一百多年前的一个练兵场，它所创建的编制体制、典章制度、训练方式、战术指导和军装军衔等等，至今仍影响着现代军队的建设，有些东西甚至沿用至今：

在这里，实现了由旧军制向新军制的转变，完成了由冷兵器向热兵器的过渡；

在这里，第一次设置步、骑、炮、工、辎重等陆军主要兵种，形成军、师（镇）、旅（协）、团（标）、营、连、排、班（棚）的建制，并设立随军医院、专业通信和观测分队；

在这里，中国军队第一次实行军衔制度；

在这里，诞生了中国的第一支军乐队；

在这里，中国第一次制定并实行士兵招募制；

在这里，中国第一次制定并实行拥军优属制度；

在这里，中国第一次实行了警察制度，警察也由此进入了中国人的城市生活；

就连当代军队中最常见的立正稍息，也与小站练兵如出一辙。

沧桑巨变，往事如烟，曾经辉煌过的天津小站逐渐滑出了大众的视线，淡出了人们的记忆。练兵园的开放抹去了小站沧桑面孔上的一层厚厚浮尘，打开了沉寂近百年的尘封记忆。作为一名职业军人，我认为这里确实是一个不能忘却的地方，是一个值得去追忆、去研究、去观赏的史迹地，当然也为我正在创作的《袁世凯》一书提供了更为翔实的资料。

老兵见老兵

花莲，是台湾东海岸重镇，面向浩瀚无际的太平洋，背靠高耸入云的中央山脉。由于没有过度开发，深具自然原始之美，宛若被山风海雨滋润出来的世外桃源。这里是台湾同胞最喜爱的海滨度假地，也是各国导演经常光顾的外景拍摄地。风吹涛鸣，如吟似歌，仿佛在向世间述说这里的山之峻，水之秀，人之美。

天津市河西军休所老干部观光团先后在台北、桃园、台中、台南、高雄等城市走马观花后，昨天下午来到花莲。当我们的旅行轿进入花莲市区后，不时看到路边的石凳上或轮椅上坐着形只影单的台湾老兵。他们默默地目送着来自大陆的一车车游客，就像目送自己的亲人一般。一峡之隔的故乡对他们来说太遥远了，只能望断天涯，但是他们依然心不死愿不休。

这不由使我想起去年"深圳市龙越慈善基金会"发出的一条要为台湾花莲县新城乡 265 名单身亡故老兵在大陆寻找亲人的微博。当年，蒋介石带来的 50 万残兵败将，由于遭到台湾同胞的忌恨，当地女人大多不愿嫁给他们，有的老兵一辈子也未能娶妻成家而孑然一身，更不能叶落归根。

老兵见老兵，两眼泪蒙蒙。当然，此老兵与彼老兵并非一个概念，论年纪，他们都是我的长辈。虽说被赶到了孤岛，他们也有值得被称颂和敬重的地方，那就是他们在抗战中曾为民族解放事业做出过贡献，后来又为台湾的经济建设立下了汗马功劳。作为流落海岛的他们，与常人一样也有孝敬父母的拳拳之心。

我们没有马上入住宾馆，即冒着绵绵细雨北行 25 公里，去游览与台湾老兵有直接关系的太鲁阁公园。进入太鲁阁峡口，迎面可见一座红柱琉璃瓦高大牌楼，门楣上写着"东西横贯公路"六个大字。这里是中横公路的东端起点，穿过牌楼，沿路而行，游人立刻会被沿途壮美的景色所吸引。

"太鲁阁"，是当地的一个民族语言，意为"伟大的山脉"。太鲁阁峡谷是中国最美的十大峡谷之一，横跨花莲、南投、台中三县，全长 300 多公里，溪流蜿蜒，飞瀑直下，山高路险，景色绮丽。其中 200 多公里，是台湾老兵在崇山峻岭中一锤一斧开凿出来的。这是台湾唯一一条贯穿东西的交通大道，名曰中横公路，实为老兵公路。由此看来，"反动派"不全是老弱病残。

雨中太鲁阁，心酸老兵泪。在太鲁阁峡谷入口不远处有一座名叫长春祠的建筑，里面供奉着中横公路施工过程中因公殉职的 212 位老兵的灵位。从远处看，山崖下流出来的溪水到祠前分成两条，犹如沧桑老人的两行泪水，被称为"老兵泪"。

我们在锥麓大断崖前停车，抬头仰望，只见悬崖标高 1660 米，光秃的岩壁，错综狰狞，气势磅礴，令人惊心动魄。天空被山势所阻，非引颈翘首不见青天，原来这就是著名的"虎口线天"。

壁立千仞，水深千尺，中横公路在此临崖穿凿，别有洞天。只见隧道连绵，公路回转，曲洞镶嵌在巨岩之中，如肠之回，似河之曲。"九曲洞"的名称来源于弯道、曲洞太多，实际上的曲洞远远多于九个。

花莲县古称"奇莱"，面积 4628 平方公里，是台湾第一大县。千万年前地壳板块活跃的造山运动和大小溪流经久不息地搬运、雕琢，孕育了当地种类繁多、大小不一、色彩斑斓的美石。丰富的石材和石雕艺术的发展为花莲赢得了"美石之乡"和"石艺之乡"的盛誉。

今天上午，我们去参观了一个原来以安置台湾老兵为主的大理石厂。该厂的员工多为修建过苏花公路和中横公路回不了家的老兵，他们在这里工作了几十年，一直到老得干不动为止。但是这个厂子还属于这些老兵的，厂子责无旁贷地要给他们养老送终……

走进大理石厂的大玉宝石博物馆，看见迎面摆放着许多巨大的石刻展品，有弥勒佛、九龙献瑞、玫瑰天书等等。特别是有的石头经过切割打磨俨然就是一幅天然形成的山水画，最吸引眼球的是七彩玉花瓶，不仅色彩斑斓，把灯光探入瓶中，花瓶通体透亮，发出七彩光芒，令人赞叹不已。

这次台湾之旅，感觉最吸引人的不是那里的青山，也不是那里的绿水，而是那里的老兵！最让人感动的也是那里的老兵！如果不是身临其境，你无论如何也不会有那种切入心腹的体会。我被台湾老兵的那份真诚，那份对家乡的向往和对亲人思念的情怀深深感染着。正如一位台湾老兵诗云：

> 少年抓丁守台湾，
> 卸甲修路到花莲。
> 耄耋之年唯一愿，
> 叶落陪伴爹娘边。

采访大石桥

在金风送爽、稻谷飘香的深秋季节，应辽宁大石桥市"当代白石书画馆"馆长李书楷邀请，我和北京 798 天马美术馆馆长白金和中国诚通控股集团有限公司原总裁罗树清两位好友来到了慕名已久的大石桥。

虽然是初访大石桥，但我对这个地方并不陌生，从史书中早就知道这里是一个古战场。传说 1300 年前唐太宗远征高丽时，曾在这里驻跸。有一次他路过淤泥河，战马惊驰，遂陷入泥中。后来就在河上架起一座石桥，于是便有了"大石桥"的地名。乾隆三年（1738 年）在此重修一座拱式三洞平板石桥，现已淤没，遗址在桥镇南大街烧锅胡同口附近。

时光如淤泥河上的流水，瞬间就是几百年。如今的大石桥已发展成一座人多、车多、店铺多的繁华城市，而且在当地颇负盛名。

我这次来大石桥不完全是旅游，而是负有特殊使命：给中国著名绘画大师齐白石的弟子垫石写传。因此，有必要考察一下垫石家乡的环境，这也是传记中不可或缺的背景资料。

垫石原名崔广五，1911 年生于大石桥西两军屯。原是长春市工艺美术厂画师，老而无后的他想叶落归根，现寄居其姻亲大石桥市周家镇三道岭村。在听了百岁老人讲完他的传奇故事后，其妻侄兼弟子铁石带我去游览三道岭水库。

这个以防洪灌溉为主的中型水库位于大清河北支流上，建于 1974 年。水库正常库容为 1590 万立方米，集雨面积为 133 平方公里，海拔为 88.7 米。水库不但风景优美，而且盛产鲢鱼。令人惊奇的是这个水库的形状就像一条头朝南尾向北的大鲇鱼，这一奇观是常在水库边写生的铁石先生从航拍地图上偶然发现的。他还按图绘鱼一条，并赋诗一首：

> 一尾鲇鱼十里长，
> 弥陀寺外闪金光。
> 只身横跨海桥界，
> 斜倚双龙呈吉祥。

诗中所说的弥陀寺在水库东岸。该寺始建于唐贞观年间，后毁于兵火，2007 年在原址上重建，占地 38000 平方米，建筑面积 15000 平方米，各殿佛像法相庄严，四大名玉殿堂金碧辉煌。远远望去，青瓦黄壁的弥陀寺巍峨屹立于碧水环绕的山峰之上，犹如佛海托起的一朵圣洁莲花。一尊耀目的佛身端庄地静坐于蓝天白云之间，俯看尘世，福佑苍生。

垫石的口述中涉及了迷镇山，于是我们又去迷镇山探访。这个"迷情万种"之山位于营口大石桥金桥开发区，紧邻营大公路，山色秀丽，植被茂盛，古迹众多，交通便捷，自然条件良好。因山上有供奉云霄、碧霄、琼霄三位娘娘的庙堂，故当地人又称迷镇山为娘娘庙山。

迷镇山高 163.8 米，原名"晾甲山"。传说唐王东征时在此晾晒盔甲，因而得名。曾有诗赞曰："英主当年定太平，征辽曾此驻龙旌。咸阳宫阙几朝代，土俗仍存晾甲名。"因历史上将此山视为群山之首，故清朝之后称为迷镇山。

迷镇山上共有古建筑三组，即娘娘庙、大戏楼和海云寺，终日香烟缭绕，磬声悠扬。娘娘庙坐落在迷镇山主峰，坐北朝南，依山为基，就岩起宇，有前、中、后三殿，巍然耸立，大有凌空接天之感。娘娘庙年代久远，曾三次毁于兵火，三次重建。由于娘娘庙集人间的幸福、健康、子孙昌盛三大愿望于一体，因而成为关外佛教圣地，驰名东三省。每年阴历四月十八庙会期间，四方僧侣，八面游人，蜂拥而至，盛况空前。

位于大石桥市西南 8 公里的金牛山遗址是 1984 年发现的，被列为中国二十世纪百项考古发现和当年世界十大考古发现之一。在李书楷馆长的陪同下，我们欣然前往。

据金牛山古人类遗址陈列馆馆长高飞介绍，这是一座由震旦纪的白云质大理岩、石灰岩和云母片岩夹菱镁矿等多种岩石组成的孤立山丘，为中国东北地区最早旧石器时代古人类遗址。金牛山海拔 69.3 米，面积为 0.308 平方公里，于平地突兀而起，雄视一方。

金牛山人居住的洞穴遗址，位于山的东南部，已发现的剑齿虎、肿骨鹿、大河狸等中更新世动物群化石分析表明，该洞穴主要堆积时代距现在 30～40 万年间。该遗址出土的古人类遗骨化石较北京周口店猿人化石更加完整。从头骨壁的厚度小于北京猿人而大于现代人这一点判断，金牛山人是猿人与智人的过渡类型。

据说最初研究者曾推断金牛山人为男性，因为其头骨大而粗壮。后来经过进一步的研究发现，其骨骼表面比较光平，头骨顶结节较发育，乳房部分突出，这些特点都暗示着女性的特征。判断男女性别最大的根据是骨盆，女性骨盆因适应分娩的需要，与男性的骨盆存在明显的区别。金牛山人虽未发现完整的骨盆，但发现了完整的左侧髋骨，其形态和测量结果都显示出女性的特征。因此，最终敲定金牛山人为女性。

大石桥不仅风景秀丽，古迹众多，而且资源也相当丰富。当地盛产菱镁，其储量高达 25 万亿吨。矿床之大，储量之多，一向为中外地学界所公认，素有"中国镁都"之称，是世界四大镁矿之一。

天下的大石桥千千万，我认为这座"有名无实"的大石桥堪称第一。通过对大石桥的初步采访，我对当地的自然环境、名胜古迹和风土人情有了一个基本了解，可谓收获多多，不是旅游胜似旅游。更重要的是，通过所见所闻，这将大大有利于我对《垫石传》的构思和编著。

观朴墨心画有感

上午，在天津朴墨心画院院长朱红、总监陈玉林的陪同下，我和来自北京的黄宁女士和柳林先生等一起参观了位于天津河北区海河岸边君临天下大厦内的朴墨心画院。

朴墨心画是一种创新，是当代艺术的新文化现象。心画艺术作为历史发展的文化现象，经历了相对漫长而曲折的过程，它是古藏艺术的自然延源。心画的创作很少直接对物写生，不追求对客观物象的逼真描摹，往往是在"观之入目，了然于心"的基础上，凭借生活长期积累的鲜活印象再现进行的再创作。

在朱院长的引领下，我们参观了朴墨心画展厅。看到一幅幅精美的作品，听到对一幅幅作品的讲评，我们肃然起敬。展厅里的作品全部以朴墨心画院女画师的心中美景作为描绘对象，以多元的风格和多元的话语共同诠释新时代的大爱、大孝情怀和对祖国及父母的深切祝福。笔下的图景安静祥和而又生机勃勃，给人以恬静和舒适。

据介绍，朴墨心画乃思载万物之心境的艺术。画由心造，诗由心起，以"心画"展心灵之境界，恰是艺术自由可贵之处。略无章法，而章法自在其中；虚实相生，于有限中见无限，又于无限中见有限。回顾往复的意趣，是中国美学思想之精髓。"心画"每一幅画面都展现着历史的发展、宇宙的变迁，迫使观者在解读画面的同时，对人生、对世界、对无穷宇宙进行深刻的反思和认识。

朴墨人带着一颗朴素的"老吾老以及人之老，幼吾幼以及人之幼"的大爱情怀，以笔展爱、以笔抒情。作品中或枯寒萧索，或热烈朴拙，或简洁趋繁，或空灵飘逸。朴墨人用地道的中国画元素，融西方绘画、东方剪纸、版画、水彩于一体，书写出远古高深的唯美意境，因此他们在绘画领域取得了很高的艺术成就，重新奠定了华夏文明的深邃与唯美，再现了伏羲时代的绚丽与祥和。

我们参观时，看到一位女画师正在创作。一绢素稿，一汪清墨，妙手执笔，泼墨挥毫，天地万物皆尽呈现，青山绿水，奇珍异宝，人之百态，一切真实之物皆由画笔录之。这里没有矫揉造作，没有烦恼相扰，没有忧心杂虑，没有世俗名利，只有一支笔、一张纸、一汪墨，笔沾墨汁自然行于纸上，不求结果，不观其形，不思其念，行自然之笔，出自我之韵。

朴墨心画的一幅幅作品，朴墨人的心手双畅，令我产生了无数遐想、憧憬和激情。兴奋之余，赋诗一首，以记所观所感：

无法有法彰神缘，
非画是画绝空前。
小窗小纸包万象，
大艺大德奉宇寰。

结识红学家崔耀华先生

今天，应好友范国祥先生邀请，我和中国电影文学学会副会长黄亚洲、中国画院副院长朱麟麒等先生参加了在北京大兴国家新媒体产业基地星光影视园举办的名家文艺创作座谈会。在会上，我有幸结识了崔耀华先生。在众多佼佼者中，他的学者风范，他的科研成果，他的等身著作，尤其令我感动不已。一个研究导弹的专家，居然研究起红楼梦来了，虽然二者风马牛不相及，但他在两个领域都有所建树，特别是在红学研究上更是独树一帜，这不能不令我钦佩。

崔耀华，1934 年生于《红旗谱》的故乡河北省蠡县。抗日战争时期，他的家庭及其乡亲曾与日寇展开过殊死战斗。1960 年毕业于北京理工大学自动武器和武器自动控制系，被安排到西北工业大学任教，后调国防科委二、三研究院（现航天部）从事我国第一代地对空和舰对舰导弹研究设计工作。1978 年调入中国科学院从事高能加速器、电子对撞机、分离扇加速器、风云一号气象卫星等国家重大工程研究工作。现为中国科学院高级工程师、中科院文联理事会理事、文学创作与科普协会副秘书长、中国红学会会员等。

我与这位八十高龄的长者相聚时间不长，但彼此都留下了很好的印象。在本职工作之余，他先后研究并出版了《红楼探幽》《情解红楼》

《否定群雄解红楼——周李蔡胡二百年一梦》《红楼梦续——后四十回新编》等红学专著。

两百多年来，对红学的研究基本分为三大派：一是索隐派，二是爱情悲剧说，三是自传说。崔耀华认为，"红学"中的三大派之所以不能正确地解读《红楼梦》，并留下诸多的不解之谜，其根本原因是对《红楼梦》是一部什么书的问题没有得到正确解决。

崔耀华自信地说，《红楼梦》不是一般的白话小说、爱情小说、人情小说、世情小说，不是自传，更不能用"索隐派"猜谜的方法去解读《红楼梦》。他认为《红楼梦》是经、是道、是哲、是理，是一部"经书"和"子书"。他把《红楼梦》定义为《石头经》，称它是一部第三代老庄著作。

二十多年来，崔耀华的这种论点得到了学术界的认同，"国际艺术影视及作品评价中心"称他是"红楼梦经书说的创始人"；全国数十家报纸、杂志给予了高度评价，也是新中国成立以来唯一一次在中央电视台"新闻联播"中给予报道的红学研究者。

此外，崔耀华还续写过红楼梦。他在书中大胆地脱离高鹗后四十回中的窠臼，独辟蹊径地在大观园旁另建一个新园。并从贾家远亲中引出两个从西洋回府的新人，让东西方文化强烈碰撞，更把当时的社会万象融进作品，从而为凤姐、探春等人辟出施展抱负的天地，而对宝玉、黛玉、宝钗的爱情则另有一番演绎。

毛主席说：红楼梦要看五遍才有发言权。我只看了两遍《红楼梦》，因此不敢对崔老先生的红学研究妄加评议。不过，他的追求，他的毅力，他的胆识，他的成就，不仅令我震惊，更令我敬慕。作为一个忘年之友，我要以崔耀华先生为榜样，向他学习，向他看齐。同时，祝愿他健康长寿，再攀高峰！

北欧见闻录

我们夫妇俩与亲家高克俭夫妇、老乡李加明夫妇跟随旅游团于八天前的一个晚上从北京出发，经过 8 个多小时的飞行，第二天早晨到达莫斯科机场。但旅游团没有出机场，在没有开水喝的候机室苦等了两个多小时，然后换乘去圣彼得堡的飞机。

圣彼得堡是俄罗斯的中央直辖市、列宁格勒州的首府，也是仅次于莫斯科的第二大城市。我们在此仅停留两天，虽然时间很短，但正如俄罗斯谚语所说："阅读七遍描述圣彼得堡的文字不如亲眼看一下这座城市。"我们在这个天蓝地绿、风景如画的城市参观了曾为"十月革命司令部"的斯莫尔尼宫、沙皇亚历山大三世为纪念遇刺父皇而修建的滴血教堂和被誉为"冬宫"的艾尔米塔什博物馆等名胜地，然后乘坐汽车前往圣诞老人的故乡芬兰。

一路上发现迎面开来的汽车都亮着大灯，犹如向我们发出不屑的一双双白眼。大白天为什么不关灯呢？我带着这个问题请教导游，原来不是司机的疏忽，而是当地明文规定，行车时必须开灯，否则以违章行车论处。因为这里靠近北极，冬天黑的时间长。再说，开着灯行车能引起对方注意，避免发生车祸。据欧盟有关机构调查，白天开灯行驶，事故率能降低百分之二十。

我们怀着浓厚的兴致，在芬兰首都赫尔辛基游玩了一天。这是一座古典美与现代文明融为一体的都市，又是一座城市建筑与自然风光巧妙结合在一起的花园城。市内建筑多用浅色花岗岩建成，故有"北方洁白城市"之称。在这座美丽洁净的滨海城市，我们走马观花地先后游览了标志新古典主义建筑的议会广场、被誉为"岩石教堂"的坦佩利奥基奥教堂、为纪念芬兰大音乐家而建的西贝柳斯公园和彰显芬兰具有体育运动精神的奥林匹克公园。

从芬兰去瑞典，要跨越浩瀚无垠的波罗的海，因此为我们提供了一次乘坐豪华游轮的机会。游轮号称移动的星级酒店，船上备有影院、舞厅、游泳池等多种文体设施和餐厅、免税店。游轮共有十一层，顶层是指挥中心，九层和十层是露天甲板。起航后，我们站在甲板上迎着海风，看着在夕阳余晖中渐行渐远的芬兰湾要塞炮台和沿途一些星星般的小岛，心情十分惬意。

斯德哥尔摩是瑞典的政治中心，也是把炸药之魔带到人间又成为和平使者的诺贝尔的出生地。这个城市和北欧的其他城市一样，干净整洁，景色秀丽，但美中不足的就是厕所太少，而且也小。由于当地人口较少，他们对突如其来的中国旅游大军准备不足，原来的厕所一般只有两个马桶，这就给内急的中国游客带来很大麻烦，厕所门口总是排着一条长龙。我就看见有个老哥一边喊着"掏来刺"（toilet），一边像坦克一样不顾一切地撞进厕所。

在周末开放日，我们参观了斯德哥尔摩市政大厅，也就是著名的诺贝尔奖颁发大厅。这个用800万块红砖砌成的雄伟建筑，除用来接待诺奖得主和举办盛大宴会外，其他工作日不接待游客访问。现在这里依然是斯德哥尔摩的市政府办公地，下议院在楼上，而上议院在楼下。由于瑞典人靠海吃饭，靠海生存，因此在建筑造型上总能找到船的影子。

我们在瑞典境内游览时，由于旅程较长，加之走错了路，以致很晚还没有到达住宿地。这时司机突然停车，到路边打了一个很长的电话。又饥又疲的游客不知出了什么问题，便七嘴八舌地表示不满。经司机鞠躬致歉做了解释，始知当地交通法规定，如司机超出了工作时间，若要继续行车，必须向公司申明理由，并确保行车安全，否则将要受到处罚，并被吊销驾驶执照。

挪威，英译是"通往北方之路"。位于斯堪的纳维亚半岛西部，与瑞典、芬兰、俄罗斯接壤，领土还包括斯瓦尔巴群岛和扬马延岛，总面积38.5万平方公里。其领土南北狭长，海岸线漫长曲折，沿海岛屿众多，被称为"万岛之国"。

在去挪威首都奥斯陆的途中，我们看到路两侧有很多风格别致的木屋。这种典型的北欧民居以木材为建筑材料，设计古拙大方，远远看去宛如儿童堆积的玩具小屋。有的为木石小屋，用岩石垒墙，配以木质门窗和绿草屋顶，门廊上一株活树做柱子，整个造型自然协调，清新别致，极具质朴的美感。导游说，由于挪威的森林资源极为丰富，在这里建造一座木屋比用砖石建造房子要经济得多。

挪威是创建现代福利国家的先驱之一，这里的公民即使不工作也能照样生存。俗话说，勤劳治百病，闲懒多生病。由于生活得无忧无虑，加之极夜时间太长，这里是全球患抑郁症的高发区。据说有些长期赋闲的人又主动要求工作了，他们并不是为了生计，而是为了解除寂寞。

晚饭后，我们在峡湾小镇的一个便利店购买小食品。在付款的时候，收银员找不开我的500欧元大钞，要我在旁边稍等片刻。排在我后面的挪威人结完账后，收银员向我挥了一下手，意思是说可以走了，原来那位洋先生帮我付款了。我表示不可以这样做，但那位洋先生坚持要助人为乐。盛情难却，我只好向那位不知姓名的雷锋式好人表示"Thank you very much"。

第二天，我们的汽车一路北上，然后进入隧道。令我惊奇是，隧道里的路四通八达，还有很多大转盘，岔路口均设有信号灯。开车从 A 口进去，能选择从 B、C、D、E、F 口出来。有的地方灯光明亮，霓虹闪烁，简直就是一座地下城。

出隧道后，我们乘坐游轮开始游览挪威四大峡湾之一的哈当厄尔峡湾。这座位于卑尔根市以南最富有田园风光的峡湾，以其诗情画意而著称。当时，峡湾两侧山上果树盛开着各种颜色的鲜花，远山蓝绿相间，雪峰洁白，与全长 170 公里的绿色峡湾交相辉映，景色十分秀美。

在两天之内体验了挪威的春夏秋冬四个季节后，我们准备南下，前往慕名已久的披着资本主义外衣的真正社会主义国家丹麦，去童话故乡寻访大文豪安徒生的踪迹。然后再去德国看一看二战以后分裂和冷战的重要标志性建筑"柏林墙"，最后返回莫斯科，重访这个曾经令中国人神而往之的国际大都市。

★ ★ ★

游克里姆林宫

上午，从柏林飞到莫斯科后，为了争取时间，我们没有马上入住酒店，而是直奔克里姆林宫。汽车沿着美丽的莫斯科河畔飞速行驶，远远看到 5 座尖顶上各装置一颗直径 6 米红水晶五星的塔楼，这便是慕名已久的俄罗斯联邦政府所在地克里姆林宫。

下车时，导游反复强调了"三大纪律八项注意"，然后我们从一个名叫库塔菲娅塔楼的门洞踩着当年列宁同志留下的脚印进入被誉为"世界第八奇景"的这座巨大建筑群。

走进大门，右侧是赫鲁晓夫时代建造的与整体建筑格局很不协调的大会堂。乍一看来，这个大会堂比北京的人民大会堂矮小得多，但导游介绍，为了不超过塔楼的高度，也为了防空避险，这座平顶长方体的现代建筑不但向地下深入三分之一，而且功能也相当齐全。这个大会堂有容纳数千人的会议厅、宴会厅和剧场，普京和他的夫人离婚前曾在这里看了最后一场芭蕾舞。

我们严格遵循所规定的游览通道一路向前，在左手约 100 米处，有一座橙黄色的三层楼房，这就是俄联邦的总统府，普京就在二层左侧的房间里办公。导游说，如果游客幸运，在这里还能看到出来散步的普京总统呢！在这次经济危机中，面对美国等西方国家的严厉制裁，英勇不屈的俄国人在铁腕元首普京的领导下凝聚力更强，普京的支持率达到了89%以上，被他的国人称之为"保护神"。

作为一名职业军人，我更感兴趣的还是那些古代兵器。在大会堂对面的军械库，里面收藏了镶满宝石的马鞍和马刀以及盾、剑、枪等各种兵器。在白色金顶的伊凡大帝钟楼前面，摆放着一尊长达5.34米、口径0.89米、重约40吨的"炮王"，这座古老的铜铸大炮从1540年开始铸造，一直到1586年完工，中间换了8个沙皇，至今尚未使用过，巨大的炮口内可同时爬进两三个人。

在克里姆林宫的红墙内，还有建造于500年前的3座东正教教堂以及特罗依茨克桥、捷列姆诺依宫、多棱宫等名胜。在克里姆林宫墙外著名的红场上，有一座不亚于核防设施的半地下建筑，这就是庄严肃穆的列宁墓。今年5月9日，习近平主席应邀参加了俄罗斯庆祝反法西斯战争胜利70周年暨苏联卫国战争胜利70周年阅兵式，检阅台就在列宁墓的上方。

我创作伟人传记查阅资料时，发现莫斯科有一个皇宫医院，不知是不是也在克里姆林宫院内。毛泽东在那里检查过身体，周恩来在那里治过伤，任弼时在那里看过病。听说那是一个医术高明、环境优美的医院，可惜没能找到。

坐落于博罗维茨基山岗上的克里姆林宫名曰"宫"，实为"堡"。它的名字在俄语中意为"内城"，在蒙语中是"堡垒"的意思。其建筑形式融合了拜占庭、俄罗斯、巴洛克、希腊和罗马等不同的建筑风格，不但气魄雄伟，而且十分壮观，它的艺术价值和政治影响非同一般，令来自五洲四海的游客流连忘返。

长相守　到白头

　　长白山，是我久已景仰的地方。上班的时候，几次出差从长白山下经过，却一直没有时间游览。在我退休以后，老伴提出要去白山黑水看一看，以实现"长相守，到白头"的愿望。作为相依为伴的老公，对妻子的要求只能依愿而行。

　　昨天，我们乘坐高铁来到吉林市，然后从那里换乘汽车一路往东。途中，风清气爽，景色迷人，导游是没有进过学校的吉林市第一任教育局局长的孙女李小姐，她不时给我们介绍一些东北的风情，讲一些幽默的故事，或者唱一段"二人转"，因此旅途并不觉得疲劳。司机师傅轻车熟路，把车开得既快又稳，我们于下午五点来到长白山下的敦化。

　　敦化是美丽的沿边城市，邻近朝鲜、俄罗斯。市区山环水绕，景色宜人，冬季银装素裹，夏季绿树成荫。举世闻名的长白山自然风光，得天独厚的满族民俗风情和积淀深厚的古渤海历史文化遗迹，无不使人领略到这里的独特风情。敦化的社会风气也很好，就像她取自于四书《中庸》"大德敦化"的地名一样，多次被评为全国先进文明城市。

　　我们在这个朝鲜族聚居的城市住下以后，便上街游览市容。走进一家装修讲究、干净整洁的饭馆，打开菜谱一看，菜的花色品种非常丰富，都是地道的朝鲜菜。我们点了烤明太鱼、凉拌狗肉、炸菜蔬等几个有特色的朝鲜菜，要了几瓶啤酒，便饥不择食地开吃起来。

第二天早晨六点我们就起床了，吃完早点开始向长白山景区开进。天公不作美，淅淅沥沥地下起了小雨，我们置身于名副其实的林海之中了。莫道人行早，更有早行人。当我们来到长白山北坡的大门，那里已经排满了上千人的队伍。山里的天气像孩子的脸说变就变，刚刚还在下雨，突然又冒出了太阳，接着小雨又滴滴答答地下了起来。大家无奈地跟着队伍一点点向前挪动，心里都在嘀咕上了山能不能看到天池。

长白山是一座休眠火山，因其独特的地理构造，形成了其绮丽迷人的景观。长白山的湖、谷、池、山、泉、林、峰，无一样不为世界所罕见，无一样不秀丽诱人，主要有长白山天池、长白山瀑布、长白山温泉群、长白山大峡谷、长白山谷底林海等景点。

长白山虽然景点很多，但来此游览的客人大多都是为了看一看长白山天池。如果不能一睹天池的真面目，那就失去了不远千里万里来此旅游的意义，甚至会遗憾终生。正如来东北视察的邓小平老人所说："人生不上长白山，实为一大憾事！"

在耐心的等待中，终于挨到我们进景区了。大家按顺序登上景区的大轿车来到天池下面，下车后还得买票排队上车。我们换乘小巴后，司机沿着窄窄的山道把小巴当过山车来驾驶，高速、急转、跳跃，不时惊得满车人尖叫。

俗话说，来得早不如来得巧。当我们气喘吁吁终于登上天池极顶的时候，天公好像被我们的诚心感动了，骤然雨住天晴，天池清晰可见，巨大的湖面犹如镶嵌在群峰之中的一块碧玉。

长白山天池呈椭圆形，南北长 4.85 公里，东西宽 3.35 公里，面积 9.82 平方公里，周长 13.1 公里。平均深度为 204 米，最深处 373 米，是中国最深的湖泊，总蓄水量约达 20 亿立方米。史料记载天池水"冬无冰，夏无萍"，夏无萍倒属实，冬无冰却不尽然，冬季冰层一般厚 1.2 米，且结冰期长达六七个月。

长白山天池是中国和朝鲜的界湖，湖的北部在吉林省境内，从中国可以登上南坡、北坡、西坡，东坡在朝鲜境内。站在天池岸边往东眺望，能够看到对面山头上的朝鲜士兵。40年前我在朝鲜军事停战委员会中国人民志愿军代表团工作时，曾在东坡观赏过长白山天池。

我们裹紧租赁的大衣沿着湖岸小道边走边看，一池静水展现在面前，犹如一个落落大方的淑女。视觉上的湖水颜色有些变化，有的地方偏绿，有的地方偏蓝，无缝衔接成一块巨幅缎面，柔滑舒展地铺在浮石山围成的盆地里，看不见云和山的倒影，只有深不见底的清澈和伸手触摸的冲动。

湖周峭壁百丈，环湖群峰相抱。走路不看景，看景不走路。保安不时提醒游人不要靠近山崖，否则被风吹下山崖，掉进天池就要喂"水怪"了。我们探身往下看，山面都是青灰色的，加上气候寒冷，如月球一般没有任何生命迹象。

天池极顶经常是云雾缭绕，并常有暴雨冰雹，因此并不是所有游人都能看到她的芳容。由于气候多变，常有蒸气弥漫，瞬间风雨雾霭，宛若缥缈仙境。晴朗时，峰影云朵倒映碧池之中，色彩缤纷，景色诱人。曾盛传湖中有怪兽，轰动一时，但至今仍为一个谜。

不久前，长白山天池出现过"佛光"奇观。佛光呈七彩斑斓，如日珥。在佛光的映衬下，天池奇幻般的美景令人顿觉超凡脱俗，让人禁不住沉浸在无限的遐想之中，仿佛进入了一个梦幻般的世界。随着太阳的升起，佛光渐渐退去，最后消失殆尽。

我和老伴如愿以偿地游览了长白山天池，尽管付出了一定代价，尽管没有看到佛光，也没有看到水怪，却已心足意满，带着"长相守，到白头"的心愿，依依不舍地下山了。回眸远眺这座白绿相间的"关东第一山"，心中顿生无限感慨。长白雄峰尽在梦中，天池秀水永留心间！

访巴马长寿村

虽然是初次光临广西革命老区，但我对这一带并不陌生。十年前，我创作长篇纪实文学《险难中的邓小平》时，通过翻阅资料，对巴马、东兰、百色等地的情况已有所了解。印象最深的是魁星楼，20 世纪 20 年代，邓小平、张云逸曾在楼上办公和住宿过，它像井冈山的八角楼、陕北的延安宝塔一样名垂革命史。

汽车进入东兰武篆镇，只见半山腰有一个巨大洞口，这就是我早已耳熟能详且未曾身临其境的列宁岩。

1922 年 3 月，广西农民运动先驱韦拔群在武篆巴学村北帝岩组织革命同盟，并发表《敬告同胞书》。1925 年 9 月，韦拔群、陈伯民等在洞内开办东兰第一届农民运动讲习所。1930 年 2 月，红七军军长张云逸来到武篆，鉴于韦拔群在北帝岩里宣传马列主义，他提议将北帝岩改名为"列宁岩"。

我们爬到半山腰，只见这个天然石洞的洞穴非常巨大。导游说洞口宽64 米，洞高43 米，纵深137 米。我们走进洞内，发现石洞宽敞明亮，干燥平坦，可容纳数千人。我举头一望，不禁发出一声惊叹：这里多像北京人民大会堂的大厅呀！

参观了革命事迹地，游览了名胜古迹，我们准备去著名的巴马长寿村甲篆乡平安村参观，以求长生不老之秘诀。走进村来，不时看到路两侧有老人在做工，或磨面，或挑担，或做鞋。我上前打听老人的年纪，原来都在九十岁以上。在这个村子里，七八十岁的人都算年轻的，照常外出打工、采购、做卫生。

广西壮族自治区河池市的巴马瑶族自治县是世界五大长寿之乡中百岁老人分布率最高的地区，因而被誉为"世界长寿之乡""中国人瑞圣地"。据第二次至第五次全国人口普查，巴马百岁以上寿星占人口的比例之高均居世界五个长寿区之首。

其中平安村巴盘屯被誉为"长寿圣殿"，该村515人中就有百岁老人7人，是联合国评定长寿乡标准的200倍。由于这里山清水秀，气候宜人，加之物华天宝，人杰地灵，近几年引来了不少外地人到此居住、疗养、旅游，冬去春来。他们进进出出，美其名曰"候鸟人"。

关于巴马人长寿的原因，导游向我们作了如下介绍：一、日照时间长，且80%以上是被誉为"生命之光"的远红外线。二、空气好，空气中负氧离子可达 $100000 \sim 300000$ 个/cm^3，而北京、上海、广州只有 $200 \sim 300$ 个/cm^3。三、泉水好，水 pH 值在7.5左右，呈弱碱性。四、土质好，土壤中含麦饭石、托玛琳、硒等矿物质和微量元素。五、地磁场强，地磁高达0.58高斯，而其他地区的地磁约在0.25高斯。

通过几天的游览和考察，我对巴马人的长寿有另外一种解释：

一是饮食清淡。正如被采访的一位老人所说，他早饭是玉米糊，午饭是烤玉米加玉米糊，晚饭还是玉米糊。如果我们也天天吃这样的饭，绝对不会得"三高"症。

二是山高路陡。这里的人每天不是上山就是下山，出门不想锻炼都不行。因此，他们的身体不但都很苗条，而且也很强健，绝不会得肥胖症。

三是工业很少。由于只有"八山一水一分田"，又属于欠发达地区，乡镇企业很少，没有工业废水，粮食没有污染，这些都有利于人体健康。

关于"长寿"的问题，有的团友还戏谑道："长寿长寿，就是长期受苦。"话虽粗俗，但不无道理。

游览即将结束了，导游带我们去农贸市场选购土特产。我们买了一些百合、八角、火麻等土产，其中当地的火麻营养和医药价值都很高。

据日本生物考察团研究表明，火麻仁富含不饱和脂肪酸、蛋白质、卵磷脂、油酸、亚麻酸、亚纳酸等，其脂肪酸中含亚油酸和亚麻酸共达76.4%，是目前常见食用植物油中不饱和脂肪含量的最高者之一。在功效上，火麻仁可将体内多余的脂肪、胆固醇等有害物质排出体外，既能排毒减肥，又可养阴滋补肝肾。长期食用，不仅对慢性神经炎、便秘、高血压和糖尿病等有显著疗效，还有养心益血、延年益寿之功。

凡是标明有益于健康的营养品，期望长命百岁的老年人都舍得投资，除了自己享用，还要送一些给亲戚朋友。因此，团友们都大包小包地买了不少。正是：买者得意，卖者高兴；满载而归，不虚此行。

有感《韩启元文集》

收到《韩启元文集》书稿，读后有感。

《韩启元文集》是一部歌颂家乡、记录史实、弘扬正能量的优秀读本。作者是海南省文昌市一位德高望重的老干部，虽然早已退休，但仍然老有所学，老有所为，笔耕不辍，不求回报。

人退休了，往往有一种功德圆满的感觉，考虑最多的是休闲安逸，颐养天年。然而，韩老却不是这样，他退而不休，一直在充分利用退休人员得天独厚的两大资源——时间和人脉——孜孜不倦地进行创作。无疑，创作是他的爱好，可他把这种爱好变成了一种精神，变成了一种责任，他的这种"至于道，据于德，依于仁，游于艺"的风范，令我肃然起敬。

韩老耗费十多年心血编著的这部《韩启元文集》，最近将由中国文史出版社出版发行。这部 40 多万字的作品，必将引起社会各界的广泛关注，成为历史文化与现代文明相辉映的海南文化书卷，全面而活泼地展示出海南历史的生动轨迹和海南灿烂的社会文明成果及社会精英典范。

这部鸿篇巨制，从资料的收集整理到构思成文，从图文编排到编辑成册，花费了大量的心血！编著这样一部厚重的大书，作为退休老干部的韩启元先生竟用了 20 多年的时间。这是一种什么力量在支撑着他？正如作者所言："我爱我的家乡，我只想通过我的努力，让更多的人了解海南，认识海南，热爱海南。"

写作是一份细心而艰苦的工作，如果没有坚强的毅力，不能忍受漫长的寂寞，是不可能体味到其中奥妙的，更不可能有令人满意的成就。韩先生做到了，而且是做事兢兢业业，做人本本分分，作文硕果累累。

人生都有一个终点，但通往终点的道路多种多样，有平顺的，有曲折的；有积极的，有消极的；有闪光的，有苍白的。我认为，韩先生的人生道路是积极的，是闪光的，是非常有意义的。

海南并非"海之南"，实为"国之南"。然而，在这个遥距祖国心脏的边远之地，却有着非同寻常的光荣历史。《韩启元文集》以纪实的笔法，以高昂的热情，颂扬了英雄的海南人民，讴歌了海南的英勇史迹。

一方水土养一方人，每个地域的人都有自己的独有特征和精神风貌。海南是一块地灵人杰的风水宝地，那里既有悦耳的涛声，扑面的椰风，秀丽的山色，香甜的瓜果，而且还涌现出一大批热血男儿和巾帼英雄，不光有"独脚将军"陈策、"革命隐君子"宋嘉树、解放军大将张云逸等名人，还有响彻四海的"红色娘子军"。

读了中国纪实文学研究会编辑的《韩启元文集》，使我对现代革命史中的海南人有了感性的了解，文集让我惊讶地发现，我们曾经非常熟悉的海南好些地方，当年曾经发生过激烈的战斗，有过可歌可泣的故事，多少英勇的海南人曾为海南的一片片热土抛洒过汗水和热血。

今年是抗日战争胜利70周年，在隆重的纪念活动达到高潮之际，我有幸拜读了《韩启元文集》，并被书中描写的抗日史实所吸引，所感动，所振奋。

1939年2月10日，日军登陆海南。在接下来不到三个月时间里，他们以疯狂的镇压、掠夺和屠杀，占领了海南岛东部、北部、南部、西部各地的重要港湾和城镇，令远离祖国大陆的海南人民陷入了空前的浩劫。

入侵海南的日军，做梦都没有想到看上去温顺善良的海南人会奋起反击，海南各族儿女迅速组织起来，誓死与日本军队作坚决斗争。"宁当殉国鬼，不做亡国奴"，这是文集中"赤子丹心"主人公范泽川，也是海南儿女的坚定信念。

不在抗争中崛起，就在屈辱中死亡。沉睡的雄狮发出了悲壮的怒吼，中华民族到了最危险的时候，起来！起来！再不能彷徨，再不能观望。

书中生动地记述了范泽川等海南文昌许多革命传奇人物以及海外琼侨大力支援琼崖人民的抗日斗争，组织"琼侨服务团"返琼与广大乡亲共同抗战的故事，其英勇事迹可歌可泣，为我国华侨史上增添了光辉的一页。

琼崖的燎原之火，燃起千千万万同胞救亡图存的斗志，民族兴亡之际，死亦为鬼雄。炮声震动着每一方誓死捍卫的土地，硝烟烽火笼罩在每一寸血肉之躯筑就的山河。

经过残酷的浴血奋战，中国共产党带领中国人民终于把日本侵略者赶出了中国，1945 年 8 月 15 日，日本被迫宣布无条件投降。

这段历史，中国人民怎能忘记?! 世界人民怎能忘记?!

可现在，以安倍晋三为首的一小撮日本帝国主义者，他们不但没有好好地反省、悔过、认罪，没有真诚地向中国人民道歉，反而极力否认这段历史，说战争是由中国全面挑起的，还想篡改教科书，把中国的钓鱼岛列入他们国家的版图。

这显然是要复活军国主义，对于这样的行为，中国人民怎么会答应? 无论何时，中国人民都会牢牢记住这段屈辱历史，时刻警醒自己身上肩负着的历史重任。

美国现代文学批评家海登·怀特抛出这样一句话："历史的文本性，文本的历史性。"他通过赋予历史一种想象的诗性结构，从而把历史事实和对历史事实的语言表述混为一谈。一些作家在此影响下，任意虚构历史，甚至故意与原来的革命历史题材小说"反着说"。

抛弃原来把握历史总体及本质规律的集体宏大叙事，而偏要表现偶然的碎片化的个体欲望想象的私人化叙事，说到底是一种历史责任感和社会承担意识的缺失。

我们说，文学作为传播人文精神的重要载体之一，以审美的方式丰富人们的精神文化生活，以陶冶情感的方式潜移默化地培育人们的"人文"

意识，批判现存社会文明规范及人自身的缺陷，探索人的个体和群体更协调、更合理、更理想的生存和发展方式，是其不可推卸的责任与使命。

所以，作为一个作家，一定要有自觉的人文意识，要在对人文精神的总体性观照和理性把握的基础上，以维护和促进个体及整个人类生存发展，关注人们的生活和生命的质量为基点，对现有的人类历史或文明进行客观而真实的审视和评判，表达自己的理想和追求。这是一个作家应有的担当和使命。韩先生就是一个有理想有追求的作家，他敢于担当并正在担当一个作家应负的历史责任和光荣使命。有这样的思想境界，有这样的政治抱负，有这样的文学追求，年过耄耋的韩老先生，其创作精神肯定会永葆青春，永不褪色，令人敬佩！

★ ★ ★

参观"七三一"罪证遗址

在日本首相安倍晋三不顾亚洲人民的反对执意参拜靖国神社祭奠二战战犯并在钓鱼岛问题挑起争端的时候，我们利用游览白山黑水之机参观了侵华日军第七三一部队遗址，感受到了极其深刻的教育意义。

上午，我们来到位于哈尔滨市西南部的平房区新疆街，下车后首先映入眼帘的是纪念馆正门的"侵华日军第七三一部队遗址"12 个黑色大字，大门两旁是当年南门石柱的遗址。走进大门，只见中间是一个空旷的广场，地面铺着一层碎石，周围有各种各样的大理石石碑，分别介绍当地的历史、由来和发展。

我们踩在碎石铺成的路面上，心情如碎石一般不由多了几分沉重。随着七三一部队本部大楼的一步步靠近，带上自动讲解器的我们心脏便开始剧烈地跳动。

进入纪念馆，看到昏暗的灯光辉映着墙壁上泛黄的痕迹，空气中仿佛有燃烧的气味，这是血腥、罪恶的灵魂掺合着无数未曾了结的惨案一同在燃烧，其情其景触目惊心。

这里曾是当时世界上规模最大的细菌武器研究、实验和制造基地，侵华日军曾在此干过丧尽天良的行径：以活人来进行各种细菌实验。他们用中国人、朝鲜人、苏联人、蒙古人以及欧美人来做细菌实验，如梅毒、鼠疫、毒气、冻伤、枪弹穿透、细菌注射、细菌传染、烟注入肺、注射动物血液等等。

到 1945 年，约有三四千人被试验折磨致死。日军投降前夕，为毁灭罪证，下令炸毁区内一切设施，但匆忙之中仍有一些建筑残存下来。在日本政府刻意隐瞒之下，这段惨烈的历史被遗忘了数十载。近年来在日本作家森村诚一揭露之后，才重新唤醒世人对这段惨无人道历史的回忆。

现存的遗址有七三一部队东部大楼、特设监狱、四方楼、冷冻实验室、焚尸炉、菌种地下储存室和兵器库等 11 处残迹，成为历史见证。现在新增了陈列室，陈列着上百件供词、图片、影印件等。

本次保护性开发是从 2000 年 5 月开始的，经过一年多的调查整理，完成了六号楼、七号楼、八号楼和中心走廊部分地下遗址的发掘清理工作，共发掘出包括细菌弹片、灭菌装置、注射器皿等在内的实物证据 1200 件。

上了纪念馆二楼，我们按顺序逐个参观展厅。一幅幅惨不忍睹的老照片，一个个当年做细菌试验留下来的仪器，赤裸裸地揭示了日本军国主义进行细菌战、化学战的罪行。看着一张张老照片上无辜的平民、战俘，看着那些扭曲的面部表情，如同一把把尖刀在深深地剜割着我的心脏。最惨无人道的是日军对人体所做的如下几项实验：

冻伤实验：在哈尔滨郊外零下 20 多度的低温下，被迫接受实验的人被捆绑着，双手裸露在寒风中，日本兵不停地用瓢舀起冰水浇在该人手上。十几小时后，那人双手冻得硬邦邦的，上面裹着一层冰。回到实验室，立即把那人的手浸泡在温水中，直到双手软软地垂了下来。然后日本人抓住双手使劲一捋，那人的皮肉像脱手套一样脱了下来，整个肘部以下的双手顿时变成了只残留很少肉丝的森森白骨。

活体解剖：日本人在不进行麻醉的情况下，残忍地将儿童开膛破腹，把心脏、肝脏等器官逐一取出，浸入早已准备好的生理盐水中。那离开身体的心脏被捧在日本人沾满鲜血的手上时还在跳动。手术完毕，日本人把残骸断肢推到焚尸房火化。

高压实验：受害者被赶入高压舱，随着加压，该人露出极度痛苦的表情，想叫却叫不出声，直至最终眼珠弹出眼眶、肠子等内脏挤破腹腔，流得满地都是。

据讲解器介绍，日本七三一部队的军官和士兵，目前活在世上的至少还有上千人。能够在不同场合对当年在侵华战争中实行细菌战进行揭露和忏悔的有数百人；能够和敢于为中国受害者出庭作证的却寥寥数人，其中筱冢良雄就是这些勇敢者中的一位。2006 年 4 月，老人迈出了他一生中最光明磊落的一步，来到七三一部队遗址为中国的细菌战受害者和他们的后裔作证，控告日本政府犯下的滔天罪行。

参观了这个纪念馆之后，才知道七三一部队并不是我以前想象的那么简单。它的机构非常庞大，最多时有 4000 多人，200 多个博士，分为 8 个部，多个支持单位，经费一度占到关东军经费的一半，主持细菌人体实验的石井四郎也随着这一机构的快速发展从少佐升到中将。战后这一神秘机构中的许多人都全身而退，回到战后的日本担任各大医学研究教学机构的负责人，包括石井本人在与美军合作提供了资料后得以寿终正寝。不过其墓碑上不敢用真名实姓，仍在继续着一个谎言的结局。

两个多小时的参观，我的心情十分压抑，一路无语，深深为那段惨无人道的历史而难过。虽然那段岁月已经过去，但现代人仍要谨慎努力地走好今天的路。日本对中国人民犯下了不可饶恕的罪行，有人提出中国应该和日本断交，抵制日货，甚至焚烧和砸毁日产汽车等，我认为大可不必，因为谩骂和仇视解决不了任何问题，应该把敌对情绪转化成一种力量。一个国家要想不被外敌侵辱，那么这个国家必须强大，它的国民必须团结，否则狼还会再来，悲剧还会重演。这是我国的历史教训，也是时代赋予我们的使命。

话说旅游

今天在天津文化中心的一棵大树下乘凉，就旅游的话题与几位遛友聊了半天，大家根据自己的旅游感受各抒己见，我这个旅游爱好者深受启发，遂有如下感言。

年轻时，我读过《徐霞客游记》，知道这位中国最著名的旅行家有句名言"大丈夫当朝游碧海而暮苍梧"，意思是说早上还在碧海游玩，晚上又回转到了苍梧住宿。言外之意，就是大丈夫应该四处游历，增广见识，而不是徘徊于家乡方寸之地，老于户牖之下。

我喜欢旅游，尽管有人说旅游是从自己待腻歪的地方到别人待腻歪的地方去。我觉得换一个环境总比"兔子不挪窝"有新鲜感，有好心情。别样的风光，别样的世界，别样的视觉，能帮助人们打开封闭自固的心灵之窗，使心境豁然开朗。旅游对我们这些老年人来说，更是裨益良多。

旅游虽然要花费一些钱财，但总比吃那些伤肝倒胃的"营养药"和假冒伪劣的"营养品"划算得多。其实旅游也是一种投资，即健康投资。它不仅能给人们带来无穷无尽的欢乐，还能使人强身健体，陶冶情操。归纳起来，旅游至少有三大好处：

一、走万里路，阅无数人

古人云：行万里路，读万卷书。古人提倡"走读"，旅游就是一次走读的过程。然而我认为读万卷书不如行万里路，行万里路不如阅无数人！坐在家里读地理书、看风光片，哪有身临其境或与当地人交流来得真切直观。

旅游是一种在辛苦和疲惫中寻找乐趣的经历，是增长见识和经验的好机会。去古迹名胜地，可以看到古人在那块土地上留下的各种遗迹，了解当地灿烂的历史文化，能学到更多的文化知识。去自然风景区，能够直接面对自然界的奇异景观，令人心潮澎湃，心境开阔，心情舒畅。去繁华大都市，可以目睹大城市的时尚、繁荣和人间百态，以增长见闻。

如果你有作诗、绘画、摄影等爱好，耳目一新的外界刺激能触发你的创作灵感。面对钟灵毓秀的山水，形形色色的植物，各式各样的建筑，琳琅满目的土产，就会从内心生发出奇思妙想，完成一些平常意想不到的作品。

在旅游中还能结识新朋友，如果是跟团旅游，大家同吃、同住、同游，不是一家胜似一家。彼此互相交流，互相帮助，互相分享，不但密切了关系，还融洽了感情，有的青年男女竟然在短短的几天内产生了爱慕之情，像电影《庐山恋》一样不虚此游，真是有缘千里来相会。这个"缘"，就是旅游。

二、既饱眼福，又饱口福

旅游胜地都是山清水秀，树木成林，鸟语花香，风景优美的地方。满目的美景佳境，扑鼻的新鲜空气，能让人体验日常生活中体验不到的快乐，在美的欣赏中得到熏陶。中国有个成语叫"秀色可餐"，大概就是这个意思。

如果你不走出去，你以为世界就这么大；如果你不走进别样的领域，你就以为世界上的人都过着和你一样的生活。我们在旅游中不仅能看到各种稀奇古怪的东西，能听到许多奇闻逸趣和民间故事，还能品尝到天南海北的珍馐佳肴和风味小吃。既赏美景，又尝美食；既饱眼福，又饱口福，这就是我们常说的"玩在旅途，吃在旅途"。

由于地理环境、气候物产、政治经济、民族习惯与宗教信仰的不同，使得各地的饮食特色千姿百态、异彩纷呈。中国"八大菜系"就是区域环境的整体差异所形成的，以其各具风韵的烹调技艺，不同风格的菜肴特色成为美食旅游重要的吸引物，是旅游资源中不可或缺的部分。通过旅游，我们可以品尝到地道的南甜北咸、东鲜西辣的风味食品，一饱口福。

三、既能健身，又能健心

旅游，顾名思义，就是旅行游览的意思，说明旅游中包含着运动。游览中运动最多的莫过于走路和登山，因此可以说，旅游不知不觉给人带来了一次锻炼身体的机会。每到一个新地方，面对湖光水影、绿树青山、莺歌燕舞、蓝天白云的大自然，既愉悦了身心，又强健了体魄，何乐而不为呢！

旅游能让人忘却烦恼和忧愁，使人心情愉快，每天笑口常开。它能使人心胸开阔，心旷神怡，调节人的心理活动，促进血液循环，强身健肺，对人体健康大有裨益。

旅游除了有健身、健心等作用外，还能治病。近年来，随着健康意识的提高与个人财力的提升，国人更加愿意投资健康，并逐步将眼光投向跨境医疗。同时，国外新药上市比国内早6～8年，新药和新技术的应用亦促使国人越来越热衷"跨境医疗旅游"。根据世界一流的艾意凯管理咨询公司的数据，2014年就有10多万中国人以就医为首要目的进行境外旅游。

2009年，一个美丽的妈妈得了一种名为"小细胞肺癌"的肿瘤。这种癌症致死率高达94%，按照医生的说法，由于她的病情恶化，只能通过化疗延长生命，并且最多只能存活18个月。

在男友的支持下，她拿出他们所有的积蓄，带上两个女儿，从2010年1月开始，去了许多地方度假。

这次花费不菲的"绝命之旅"竟长达三年，超过了医生给病人开出的"生命限期"。旅行结束后，她回到医院进行复检，然而检查的结果令她惊喜万分，医生说她身上的肿瘤已经变小，甚至小到快看不见了！

虽然这也许只是一个特例，但就算没有奇迹，我认为，旅游也应该是老年人健身养生的一种较好运动。

凭吊革命先烈

今天下午，我和天津工程师范大学的学生一起在西青区烈士陵园凭吊革命先烈。

西青区烈士陵园原坐落于天津市杨柳青镇十六街文昌阁东侧南运河畔，始建于 1949 年 1 月，是为纪念天津战役中牺牲的解放军指战员专门修建。1973 年，烈士陵园迁至杨柳青镇新华道 76 号，后又多次改扩建。陵园内正中为纪念碑，东侧建有烈士骨灰存放室，共安放有 891 名革命烈士的骨灰，其中大部分是在解放天津战役中牺牲的。

我们首先瞻仰了纪念碑北侧的烈士纪念馆，其中陈列着记载天津解放历程的展板，还设置了"平津战役前线指挥部""金汤桥胜利会师"和"战役战斗场面"等 3 个仿真场景。

然后我们来到烈士纪念碑前，列队向革命先烈默哀。在学校领导的请求下，我作为一名老战士做了简短的讲话，内容主要如下：

同学们：清明节就要到了。清明节又叫踏青节，是中国人民祭祀亡灵的传统节日。清明节大约始于周代，距今已有二千五百多年的历史了。1935 年中华民国政府把 4 月 5 日的清明节定为国定假日，也叫作民族扫墓节。在这个节日里，中国的老百姓除了给家中故去的亲人扫墓外，还要给为国家和民族作出贡献的英烈们扫墓。

每逢清明节，我总有一段回忆。那就是我在朝鲜军事停战委员会中国人民志愿军代表团工作期间，每年都要去给中国人民志愿军烈士扫墓。朝鲜的中国人民志愿军烈士陵园很多，其中桧仓烈士陵园最大，安葬了包括毛主席的儿子毛岸英烈士在内的134名志愿军烈士。这些来自中国的志愿军战士为了国家安全，为了世界和平，在国外献出了宝贵生命。他们不仅是民族英雄，而且也是国际主义战士。他们不怕牺牲、勇于献身的精神，永远值得我们纪念，永远值得我们学习。

今天，我们来到西青区革命烈士陵园扫墓。这里安放着在解放天津战役中牺牲的778名烈士遗骸和新中国成立后在保卫和建设社会主义事业中英勇牺牲的12名革命烈士的骨灰。他们是英雄，他们是路标，他们是丰碑！一个个可歌可泣的事迹，一个个可赞可叹的信念，一个个可敬可畏的军魂令我们感动，令我们敬仰，令我们震撼！他们的功绩永恒，他们的精神永存！

其实，历史并不需要英雄，因为英雄是战争的产物，有了英雄就意味着有战争，尽管英雄是为了和平而战。但是，一旦有了英雄，我们就要坚定不移地纪念英雄，颂扬英雄，永远不忘英雄。因为忘记了英雄就意味着忘本，忘记了英雄就意味着背叛。郁达夫在纪念鲁迅的大会上说，一个没有英雄的民族是不幸的，一个有英雄却不知敬重爱惜的民族是不可救药的。我们就是要崇拜自己的民族英雄，缅怀英雄的丰功伟绩，传承英雄的爱国精神。

时间的长河流淌不息，却冲刷不掉我们对英烈们的怀念。同学们，在清明节到来之际，让我们以最崇敬的心情去给先烈们扫扫墓，鞠鞠躬，献上一束鲜花吧！

同学们，你们作为跨世纪的一代新人，面对未来，祖国的前途无限光明灿烂，你们更应该具有爱国之情、树立报国之心。梁启超说："少年智则国智，少年强则国强。"就让我们以先烈为榜样，继往开来，用自己的热情、自己的汗水、自己的才智，把握住生命的每一个瞬间。用青春的承诺，放飞理想的风筝；用青春的自信，作义无反顾的搏击；用青春的坚韧，不懈奋斗，立志成材，超越自我，去报效祖国吧！

在参观结束后，大家展开会标站在革命烈士纪念碑前合影留念。希望能通过这种方式追忆革命烈士的不朽功勋，寄托无限哀思，同时也表达了学生们作为新时代青年立志要继承先烈遗志的勇气和决心。

本次参观活动结束后，学生们深刻地感悟到在今后的学习生活中，要更加坚定理想信念，继承并弘扬革命先烈的优良品质，传承红色基因，担负起新时代的责任和使命，为祖国的繁荣富强，为民族的伟大复兴贡献一份自己的力量！

塔山阻击战采访记

昨天，我们中国作家采访团在锦州参观了辽沈战役纪念馆，对辽沈战役的概况有了一个基本的了解。今天上午，又参观了坐落于葫芦岛市连山区的塔山阻击战纪念馆，并向塔山烈士纪念塔敬献花圈。

塔山阻击战，对作为一名军人的我来说并不陌生。但亲临实地后，始知塔山既无塔也无山，乃一村名也。那个只有 50 米高的所谓的"山"，其实是明朝天启年间传递警讯的一个烽火台，俗称"东楼台"。如今这座"山"可能没有 50 米高了，因为当年密集的炮火把它炸矮了一些，这是战争造成的山体"伤残"。

塔山东北距锦州 30 公里，西南距葫芦岛 12 公里，东面濒海是打渔山岛，西面的白台山是塔山地区的制高点。塔山是前往锦州的唯一通道，因此军事地位十分重要。69 年前，在这个名不见经传的地方曾发生一场震惊中外的大战。

1948 年 10 月 10 日至 15 日，东北野战军在这一地区浴血奋战了六天，成功地阻击住从葫芦岛援锦的国民党军"东进兵团"。14 日至 15 日，东北野战军主力经过 31 个小时的激烈战斗，终于攻克了东北与华北的咽喉之地锦州，把蒋介石反动统治的"生命线"一刀斩断。

采访时，解说员告诉我们，塔山阻击战打到最危急的时候，蒋军把号称"没有拿不下的阵地"的赵子龙师拉出来冲锋，并以 50 万金圆券的悬赏抽调骨干分子组成"敢死队"；而林彪则板着面孔对吴克华说"我只要塔山，不要伤亡数字"。因此，仅在 13 日那一天，敌人就伤亡了 1245 人；我军也伤亡 1048 人，几乎是一对一，战斗之激烈实为罕见。经过六天六夜的激战，我军伤亡 3000 余人，而敌军伤亡 6000 人以上，伤亡人数仅为敌军的一半。这场战斗是第 34 团历史上规模最大、时间最长，也是最为残酷的阵地坚守防御战。

山下的一座民房是历史见证，它保留了战争的痕迹。导游指着房梁说，那个黑痕是炮弹擦过去的，那些密密麻麻的小孔是子弹打进去的，弹头还留在里面。这个没有生命、没有智慧的老房子却比有生命、有智慧的人类存在得更为长久，它像站在我们面前的一位老人，让我们常常想起流淌在这片土地上的鲜血，牺牲在这片土地上的先烈！

这场被称作"战争奇迹"的阻击战取得胜利后，仅存 21 人的第三十四团被授予"塔山英雄团"称号；仅存 100 余人的第三十五团被授予"白台山英雄团"称号。仅第十二师就有 2026 人立功受奖，其中程远茂、迟久慕等 20 位战斗英雄获得当时我军最高荣誉的"毛泽东奖章"。而作为以少胜多的世界经典战例，塔山阻击战也被收入美国西点军校的教科书中。

1963 年 10 月，为缅怀辽沈战役塔山阻击战的革命烈士，在古烽火台上建立起一座高大雄伟的纪念塔，并请当年担任中国人民解放军东北军区副政治委员的陈云同志题写"塔山阻击战革命烈士永垂不朽"13 个大字，从而使这个有了塔的高地成为名副其实的塔山。

我站在塔山上面对高耸的纪念塔沉思：塔山阻击战之所以取得胜利，其根本原因是革命英雄主义精神产生的巨大威力。作为军旅作家，弘扬爱国主义、集体主义、英雄主义精神，塑造典型的英雄形象，是我们永远坚守的创作理念和永不懈怠的历史责任。今后，我要用手中的笔，多为英雄创作，多为英雄讴歌，多为英雄点赞。

再会周秉建女士

下午，应电影人孙海波之邀，我作为周恩来传记文学的撰稿人，前往北京市内蒙古大厦参加《周恩来与乌兰牧骑》电影启动仪式。孙海波是内蒙古人，他在北京电影学院毕业后一直留在京城发展，曾执导过《牛玉儒》《生死时刻》等多部影视剧。他是我多年的好友，我们曾打算合作拍摄一部电视剧，后因种种原因没有如愿，却结下了深厚的友谊。

据介绍，即将启动的电影《周恩来与乌兰牧骑》是一部向内蒙古自治区成立 70 周年、新中国成立 70 周年献礼的影片，该片的剧本我已先睹为快，这个创作项目已在中国文艺评论家协会推荐下，获得了中国文联重大主题文艺创作项目的支持，得到了中国文学艺术基金会的专项资助。

乌兰牧骑蒙语意为"红色的嫩芽"，寓指红色文化宣传队。这个宣传队诞生于 1957 年 5 月，由两辆马车、12 名队员、几件简单的乐器组成，被誉为草原上的"文艺轻骑兵"。自乌兰牧骑组建以来，周恩来总理就给予了很大的重视和关怀，尤其是初创时期，周总理亲自安排乌兰牧骑的全国巡回演出，使乌兰牧骑在全国各族人民心中扎下了根，为乌兰牧骑的长远发展打下了基础。这部电影将艺术地再现乌兰牧骑队员和周恩来等老一辈领导人立下的丰功伟绩，为乌兰牧骑精神谱写赞歌。

在活动接近尾声时，我这个撰写周恩来的作者与扮演周恩来的特型演员刘劲合了一个影。刚步入餐厅，孙海波就指着一位开朗慈祥的老太太给我介绍说她是周总理的侄女周秉建。

其实我早就认识周秉建了，知道她是周恩来三弟周恩寿的女儿，出生于1953年，比我小1岁。她在周家六兄妹中年龄最小，排行小六。1968年8月7日，16岁的她插队内蒙古锡林郭勒盟阿巴嘎旗伊高勒公社新宝力格大队，后调到西乌珠穆沁旗吉林高勒公社阿拉坦图大队，历任党支部副书记、团支部书记、公社党委委员、自治区团委委员和常委。1975年之后，她在内蒙古大学攻读蒙古语文专业，是第五届内蒙古自治区人大代表、团十大代表、中央委员。周秉建是一位品德高尚的女青年，受到青年人的敬仰和崇拜，也是我学习的榜样。

我仔细一瞧，那人果然是周秉建。虽说我们40年没见面了，岁月的风沙不但没有在她脸上留下痕迹，反而把她淘洗得更加光彩照人了。我急忙迎上前去，激动地说：周大姐，您好啊！咱们见过面。她用迟疑的目光看着我：您是？我说我是当年在朝鲜板门店接待过您的武立金呀，咱们还一起合过影呢！她边看着我边回忆：哦，想起来了，想起来了……

那还是1977年5月12日，我在朝鲜军事停战委员会中国人民志愿军代表团工作期间，接待了来开城访问的以内蒙古自治区革委会副主任王铎为团长的中国赴朝友好参观团。周秉建是参观团成员之一。当王团长介绍身穿蒙古袍的青年女性是周总理的侄女时，大家都以惊讶的眼神看着她，并鼓掌表示欢迎。会见结束，我们和参观团合影留念。那是一张珍贵的照片啊，至今我还保存着。

周秉建一把拉住我的手，热情地问道都几十年了，您可好啊？我说很好很好！我在朝鲜工作三年，大概接待了五个中国赴朝参观团，有广东、广西的，有江苏、安徽的，都留有合影，但我对内蒙古赴朝参观团印象尤为深刻，这大概是因为有你这个特别成员吧？周秉建笑着说，当听说开城还住着志愿军，我们提出一定要去慰问。我记得那时你是一个最年轻的志愿军战士。我说是的是的，当时我才25岁。没想到时间过得真快，一晃就40年了，我们都由年轻人变成老年人了。

"他乡遇故知"是北宋人汪洙的著名诗句，也是人生四大喜事之一。40年后再聚首，我们都非常兴奋，形同久别重逢的亲人。据了解，周秉建后来担任了内蒙古锡盟西乌旗团委副书记、内蒙古自治区社会科学院蒙古文学所副所长、内蒙古自治区人大常委会民族委员会委员及副主任，并挂职锡林浩特市政府副市长。遵从伯父周恩来扎根内蒙古的教诲，1979年她与蒙古族青年、歌唱家拉苏荣结成了百年之好。1994年3月至今，周秉建任财政部财政监督司监察专员、财政部干部教育中心副主任、财政部离退休干部局巡视员。2009年，出任十一届全国政协委员。她为人热情、低调、朴实，总是重复着"我就是个普通人，我和别人没什么不同"的那句话。

　　酒会结束了，大家互致祝福，握手惜别。看着年逾花甲的周秉建还是那样步伐有力、行走如飞，我忽然想起一句老歌词：革命人永远是年轻……

调研完冒中心学校

在邱所长的带领下，我们天津市河西军休所关工委的五位同志对甘肃省甘南藏族自治州卓尼县完冒中心学校进行了调研。经过多方面、多角度、多层次地开展工作，圆满完成了调研任务，为下一步实施"励志启智，共建助学"活动打下了基础。

卓尼县位于青藏高原、黄土高原和秦岭山脉的交错地区，地貌复杂，年均气温 4.6 摄氏度，属高原性大陆气候。全县有藏、汉、回、土、满、苗等 10 多个民族，藏族人口占总人口的 62%。这是一个传统农牧业大县，藏区内尽管已看不到过去那种用卵石、块石和土坯砌筑的碉房，当地居民都住上了砖木结构的瓦房，但由于经济落后，现仍是国列重点贫困县，农牧民人均纯收入只有三四千元。

卓尼县领导对河西军休所同志前去调研非常重视，副县长刘玉生和教育局局长宁学忠对调研人员的到来表示欢迎，并亲自介绍了该县的教育情况及完冒中心学校的情况。短短的四天时间内，在学校领导的陪同下，经过马不停蹄地进校和下乡走访，调研人员对学校、学生及其家庭情况有了一个基本了解，为下一步开展工作打下了基础。

完冒是卓尼县的一个镇子。我从资料上知道"完冒"是藏语译音，意为"红色的狐狸"，俗称"红野狐"。完冒中心学校东南距县城 58 公里，始建于

1967 年，占地面积 9255 平方米，校舍建筑面积 4268 平方米。这是一所"以藏为主、加授汉语"的双语类寄宿制学校。服务范围有 5 个行政村（方圆 50 公里），21 个自然村 638 户，服务总人口 4084 人。学校共设 10 个教学班，在校学生 326 人。现有教职员工 34 人，其中专职教师 31 人。

我们来到完冒中心学校实地考察时，受到了党支部书记海维澄、校长公布加、副校长卓玛加及全校师生的热烈欢迎。据校方介绍，由于有民族优惠政策支持，当地学生享受 15 年义务教育，学校的硬件方面也比较好。尽管学校有国家"两免一补"政策，但因受地理和自然环境限制，孩子们学习条件仍然很艰苦，虽然有政府的支持和老师尽心的工作，"贫穷"仍然是他们成长成才的阻碍，加之上学路途太远，有的孩子上完小学后不得不辍学在家劳动，或外出打工。

调研人员上山下乡，进村入户，先后走访了 6 个孤儿的家庭，向他们发放了慰问品和慰问金。在访问中，发现这里除了贫穷阻碍孩子就学之外，当地的旧风陋习也给孩子们带来继续学业的困难。如有的因父亲车祸而亡，母亲改嫁，把孩子丢给了年老多病的爷爷奶奶，他们无法送孩子到几十里以外的学校上课；有的因父母离异，把孩子丢给了无经济来源的姥爷家，最后只好由舅舅抚养。还有的是父亲病故，母亲改嫁，爷爷变卖了牛羊卷款出走，导致家中的困难雪上加霜。这些孩子都是品学兼优的学生，如果有人帮扶一把，不但能够完成他们的学业，说不定还能为国家培养一个人才。

最后，调研人员与校方进行了座谈，对如何搞好思政教育和帮扶贫困学生进行了探讨。公布加校长代表校方提出了他们的希望和建议，邱所长表示，这次活动是由军休所党委领导、关工委来实施的。助学是多方面的，主要以德育和红色基因教育为主，当然资助也是其中一项内容。我们回去后要将这次调研情况向党委汇报，然后再制定具体方案。我们离退休老同志的助学是真心的，实在的，也是长期的。我相信，我们与完冒中心学校的合作一定会取得良好成效。

调研结束了，我们带着可喜的收获，也带着复杂的心境，默默地离开了这个难以忘怀的甘南小镇。

★ ★ ★

死亡工厂——奥斯威辛集中营

利用孙女放暑假的空闲时间，我和老伴前往东欧旅游。头天晚上从北京乘飞机经俄境的叶卡捷琳娜，于第二天上午到达布拉格。然后开始游览捷克、波兰、匈牙利、斯洛伐克、德国。按照旅程安排，今天上午参观了距波兰首都华沙 300 多公里的奥斯威辛集中营。

波兰很久以前是一个霸主国，时间不长就逐渐衰败了，被其他国家联合瓜分，亡国了几个世纪。后来好不容易新建个国家，结果又被俄、普、奥三国欺负得死去活来，几次瓜分后，又亡国了。一战结束后，这个国家刚复活没几年，二战又来了，领土被德国和苏联全部占领，又亡国了。直到 1944 年才建立了共和国。这个时运不济、命途多舛的东欧小国，正如她的国歌名字一样：《波兰没有灭亡》。

奥斯威辛原是波兰南方鲜为人知的一个美丽小镇，1940 年 4 月 27 日，德国法西斯头子希姆莱下令在此修建最大的灭绝人性的死亡工厂——奥斯威辛集中营，从此这个小镇便引起了世人注意。

虽然我对波兰情况略有了解，也结识过一些波兰朋友，可是对小波兰省的奥斯威辛城以及那里的集中营的情况却知之甚少，经此参观，发现当年德国法西斯在这里的暴行并不逊于日本在我国的七三一部队。这里见证着人性的堕落，凝结着一个民族的苦难，也是人类历史无法跳跃的一页。

当我跨进奥斯威辛集中营大门，发现这里有一条利剑般直插里面的铁路，有几排像车间一样的平房。这个空旷而阴森的营地，像农场却没有庄稼，像仓储却没有货物，像车站却没有旅客。当年纳粹德国奥斯威辛集中营管理局控制的地区达 40 平方公里，集中营内共有 3 个主要营地和 39 个小型营地，分布在整个波兰南部西里西亚地区。从 1940 年到 1945 年短短 6 年间，德国法西斯在此杀害了包括中国人在内的 28 个民族的 400 万人，其中犹太人最多，达 250 万。

奥斯威辛集中营的屠杀不像南京大屠杀，而是手段极其残忍的另一种屠杀。在一号死亡工厂，我们就参观了"人制品"。这是纳粹在屠杀犹太人之后，一丝不剩地从死人身上取料，毛发被织成袜子和地毯，文身的皮肤被做成灯罩，脂肪被做成肥皂，骨灰则卖给农民作肥料。

在一个展厅里，我们看到了堆积如山的死人穿过的鞋子，而且都是旧鞋子，好鞋子都被送往前线给士兵穿了。从这冰山一角的鞋子来看，可以想象他们究竟杀死了多少人。参观者无不为之震惊，这一双双鞋子可就是一个个人的性命呀！

我们带着沉重的心情，来到二号死亡工厂参观。这里简直就没有一点人道，六七个人同时挤在一张床上睡觉，而厕所却是水泥筑成的一个个圆洞，而且没有卫生纸。更为残忍的是，这里的浴室就是杀人屠场。

据导游介绍，那些不能干活的人听到广播里传来温和的声音叫他们去洗澡，清除身上的虱子。浴室门前是绿草地，栽着时令鲜花，没进浴室就给人一种轻松愉快的感觉。人们争先恐后地脱掉衣服涌进浴室，于是浴室内变得越来越拥挤，以至于前胸贴着后背，人们感到有点蹊跷。就在这时沉重的大铁门关闭了，看守在门外上了铁锁，贴了封条，然后通过气孔向室内投放毒气。15 分钟后打开大铁门，只见人间最惨不忍睹的景象出现了：刚才进去的那些人都像突然被什么抽去了全部生气，尸体木头般一个紧贴着一个站立着，所有的尸体面目极其狰狞可怕，浑身青紫、伤痕累累。窒息的痛苦和本能的相互撕扯使他们缠成一个拉扯不开的大肉坨，尸体堆成金字塔形，这是由于人群都想挤上房顶唯一的通风口，呼吸一口新鲜空气而形成的。

我望着通气口沉思，那通气口犹如冤魂的眼睛，成千上万个无辜的生命就这样惨死在这个可怕的浴室里，惨死在纳粹的残暴之下。我忽然感觉浴室里静得瘆人，这才发现旅游团已经走开了，浴室里只剩下我一个，连老伴也不在身边。我顿时被阴森恐怖的气氛包围，浑身毛骨悚然。

在集中营中间的一片草地里，我看到有三个红砖砌成的小型建筑，其中两处的烟囱还高高竖立着，导游说那就是焚尸炉。最早的焚尸炉是单体的，后来为了提高处理尸体的效率，改造成双体、三体乃至八体的炉子。根据统计，一区和二区的四个焚化场，至少配置了 15 个焚尸炉，共计 52 个炉体。平均每个炉体每小时处理尸体 6~7 具，每天可处理尸体 8000 具。大量的骨灰无法埋葬，只好堆在河边，最后骨灰几乎要把一条河填平了。

在十一号楼和十二号楼之间有一道"死亡墙"，该墙因党卫军当年在这里随意枪杀囚犯而得名。此处曾发生过暴动，而暴动者全部被杀害。1945 年 1 月 27 日，奥斯威辛集中营被苏联红军解放以后，每当纪念日，人们都会到"死亡墙"这里凭吊亡灵。

参观完毕后，回到旅行车上的游客心情都十分压抑。我想，这次大家看到了没有任何文学渲染的真实场景，对人性有了不一样的理解，对历史有了更深刻的认识。有国才有家，有家才有我。为了不让二战的历史悲剧重演，为了不让国人受二茬罪，我们应该团结奋进，爱党敬业，努力把社会主义祖国建设得更加强大，更加富有，更加美好！

游哈尔斯塔特小镇

吃完早点，我们怀着未能进入维修中的国家歌剧院的遗憾离开了奥地利首都维也纳，乘旅行轿车前往欧洲最美的小镇哈尔斯塔特。

德国著名哲学家尼采说："如果你爱上一个人，就把她带到哈尔斯塔特吧！"这不，我带着老伴不远万里地来啦！在车上远远看见山水间的小镇，心情无比兴奋，一时忘掉了旅途劳顿，或许这就是旅游的医疗效果吧！

哈尔斯塔特是上奥地利州萨尔茨卡默古特地区的一个小镇，被称为"奥地利的宠儿"。它濒湖而建，至今已有 7000 多年的历史，起初是因为在大山里开采盐矿，后来越来越多的人搬到这里居住，就形成了一座小镇，因此有"世界最古老的盐都"之称。说是小镇，其实是一个小村庄，15 分钟即可横穿而过。

哈尔斯塔特湖是该地区 14 个湖泊中最富灵性的一个，群山环绕，四周海拔 3000 多米的山峰给湖泊形成了一个天然屏障，犹如世外桃源，让人流连忘返。湖泊是由冰川作用形成，湖水清澈见底，最深处可达 125 米，湖岸是鳞次栉比的童话般清幽美好的住宅，四周是高耸入云的雪山。

这是一个坐落于险峻的斜坡和翡翠般的湖泊之间充满魔力的小镇，以优美旖旎的自然风光著称，宛若天堂寄来的明信片，是奥地利旅游的经典代言，也是欧洲小镇风光的教科书，就像贵妇人身上的名贵首饰，衬托着她那精雕细琢的美貌，给游人留下挥之不去的印象。

小镇最有名的当然是这些依山临湖而建的木屋建筑了，层层叠叠，错落有致，跟中国江南民居很相似。这些小木屋都有着几百年的历史，都有自己的故事。经过翻修、粉刷、装饰，除了精致优美外，更增添了几分历史风韵。

在这里，游人可以找到从哥特式、巴洛克式、文艺复兴式到现代建筑的踪影，当地住户为了区别于其他住家，还会在屋顶和外墙涂上不同的颜色，在阳光照耀下格外引人注目。

我们在镇中心的停车场下车，然后沿着坡道往上游览，真是一步一景，移步易景，每一个转身，街景都是360度无死角的画面。这里的景色实在太诱人了，每一个镜头都非常完美，就算一个小小的楼梯，一座小小的露台都被衬托得特别有灵性，身临其境的我们如梦如幻，总觉得好像远离了真实生活。

这里的游客实在太多了，每年至少有80万人来到这个仅有900多名居民的小镇游览。或许这就是太出名的后遗症吧！旅游旺季，小镇上虽然还有一些当地居民住着，但很多人都不堪负荷搬离了这个繁华闹区。镇上到处可以看见各种语言的警示："小镇不是博物馆，请注意音量""请不要擅自进入私人房屋""所有地方严禁航拍"等等。

我和老伴携手并肩地随着人流往前移动着，生怕走丢，同时为人满成患而担忧。很多人都是第一次到这里旅游，我能理解游客想一饱眼福的心情，但我也希望游客们尽量不要打扰当地居民的生活。

走着走着，前方出现了一座十分漂亮的白墙青瓦小楼，门前有一个很小的花园。走进去一瞧，原来是大作曲家莫扎特住过的地方。惊喜之余，我们赶紧摄影留念。

在这个小镇除了享受本身的天然美景之外，另一个值得观看的地方就是世界最有名的骨骸塔。在山腰上的一座教堂门前，有一些十分精致的墓碑，和旁边房子的小花园比有过之无不及。这个骨骸塔已经有1600年历史了，主要是因为小镇地面太小，寸土寸金，去世的人没地方安葬，于是在哈尔斯塔特就有这么一个传统的墓葬风俗，人去世之后先安葬在墓地里，十年之后就被"请"出来，经过工艺师的化学漂白处理，再经过艺术家的彩色雕刻，就成了我们现在教堂的骨头房间看到的一个个精美的人骨。

我们漫步在小镇狭窄的街道上，登高观赏着秀丽的湖景和四周壮美的山峦，以及远处山峰上的积雪。因其湖光山色得天独厚，加之教堂和其他建筑在湖中的倒影，令景色更加秀美。我们沉醉在如诗如画的山水之间，手不离相机，尽量把美丽的风光收入镜头。

游览完哈尔斯塔特小镇，我们原路返回，在镇中心广场看到了世界文化遗产博物馆。这是一座世界上最小的博物馆，但里面展示的文物古迹却十分珍贵。这里有当地各个时代的历史文物，包括从原来的盐矿发掘出的衣服及采盐工具、铁器时代的生活用具以及最早的蒸汽船模型等。

我们在约定时间之前赶到了码头，准备乘船观赏这个世界最美的湖光山色。在我们集合的地点有一个爬满玫瑰的古老建筑，原来那是一个餐厅。不虚此行的游客坐在树荫斑驳的临湖露台上喝酒、聊天、休息，心情甚是舒畅。遗憾的是，我们很快就要上船，没有时间去享受这种惬意了。

★ ★ ★

接受天津电视台采访

今天下午，我在天津市河西军休所五楼开会，突然接到一个电话，说天津电视台记者要采访我，并说这个采访很急，可以到我开会的地方采访，并希望一定给予支持。于是我只好向会议主持人请假，到三楼的大厅等候电视台记者。

这次采访的内容是要我谈一谈关于学习习近平同志在全国宣传思想工作会议上重要讲话的体会，让我先做一下准备。

8 月 21 日至 22 日，习近平总书记在全国宣传思想工作会议上做了重要讲话。他站在新时代党和国家事业发展全局的高度，深刻总结了十八大以来党的宣传思想工作的历史性成就和历史性变革，深刻阐述了新形势下党的宣传思想工作的历史方位和使命任务，深刻回答了一系列方向性、根本性、全局性、战略性重大问题。这是指导新形势下党的宣传思想工作的纲领性文献，作为关工委宣讲团副团长和一名军旅作家，我曾反复学习过。

等电视台的摄像师选好位置，架好摄像机，调亮聚光灯，一位女记者手拿麦克风便开始采访。我主要讲了如下内容：

在全国宣传思想工作会议上，习近平总书记提出了"兴文化"的使命任务，并强调文化事业要坚持党的领导，服务伟大时代。我认为在我国深化改革开放的关键时期，习近平总书记的这个讲话非常重要，也非常及时，因为要想实现中国的民族复兴梦，必须兴文化。文化兴，国运兴；文化强，民族强。

艺术世界需要真挚地忘我，更需要不忘信仰，回馈时代，力担使命。作为一名军旅作家，我认为首先要做到心清气正。古人云"文变染乎世情"，这就是说一个作家写的东西不是他个人的事，关系到社会。因此，作家必须树立正确的历史观、国家观、人民观，必须坚持社会主义方向，把社会效益放在首位。要用手中的笔写好新时代的故事，去讴歌党、讴歌祖国、讴歌人民、讴歌英雄。

坚持以人民为中心，是习近平总书记反复强调的核心价值取向。作家应该深入生活，扎根人民，因为生活是文学创作的不竭源泉，新时代能为文学创作提供源源不断的精神动力和创作资源。只有用心用情用功去书写伟大时代，才能创作出高质量、高水平的群众喜闻乐见的文学作品来。

目前，我编写的长篇小说《暗破金汤》，就是本着这种精神，本着这个原则创作的。明年是我们天津解放70周年，年初市作家协会约我创作一部有关解放天津的文学作品，并安排我到平津战役纪念馆挂职，深入生活。在市委宣传部和作家协会等领导的支持下，结合我从事的军事情报工作经验，终于完成了20万字的谍战小说，并已被改编成电影剧本。

这部小说无疑是宣传革命历史的，是歌颂战斗英雄的，是弘扬正能量的。我相信，这部小说出版发行以后，必将产生较好的积极向上的受到大众欢迎的社会效益。

采访结束了，当送走天津电视台的记者，我们军休所的会议也结束了。

有感贵州游

我们用五天时间游览了贵阳、大小七孔桥、西江千户苗家寨、黄果树瀑布、青岩古镇等景点。由于这几天天晴气朗，走的又是高速路，并未感觉到当地"天无三日晴、地无三尺平"的情形。令我兴奋的是，这次贵州之行不光看美景、品佳肴、交好友，而且还听导游讲了一个十分感人的故事。

导游说有一次带团，他发现坐在靠近车门的一对老年游客做了一个怪异动作：在汽车的行进中，那老爷子一边吃水果，一边与老太婆亲嘴。

后面游客的目光都齐刷刷地投向这对老人身上，只见那老爷子白发红颜，身体强健，精神旺盛；老太婆个子瘦小，头裹一块布巾，像是穆斯林女性戴的面纱。

有个游客对老人"不检点"的行为不能容忍，就嘀咕道："老不正经，比我们年轻人还开放！"

此时导游开始做下一个景点的安排："前方是一座千年古镇，镇里的建筑有四百多年历史。下车后，我们顺着一条老街往前游览，然后在一家珠宝店购物。"

老爷子问导游："小伙子，这条街有多长呀？"

"三点二公里。"

"那我们就不看了。"

"不看了？"导游从未遇到过有景不赏的游客，"这是一个非常值得游览的古镇，旅游就是看风景，门票都买好了，为什么不看？再说，我们不走回头路。下车后，我们从东门进去，从西门出来，在西门乘车。"

"请照顾一下我们老人，我们就在车里等大家。谢谢您啦！"

"好吧！"导游以为老人想躲避购物，就一脸不悦地说，"那就跟车在下一站等我们吧！"

老太婆苍白的脸上呈现出感激之色。

到了下一个景点，两位老人一反常态，主动提出要去珠宝店购物。导游尴尬地看着两位老人，感到不可思议。

在出售玉器的柜台前，老太婆看上了一个价值3000多元的玉镯。老爷子让老伴坐在那儿休息，他拉着导游来到一个价位在万元以上的柜台，挑选了一个14000元的玉镯。

老爷子请导游帮一个忙，要他说服银台开一张4000元的发票。导游不理解，老爷子说："这是我第一次送给老伴礼物，几十年的夫妻了，我知道她的脾气，太贵了肯定不接受。"

老爷子的一番苦心终于得到了导游和收银员的理解与支持。

老太婆接到老爷子送的玉镯，听说是4000元买下的，十分欣喜，不停地夸赞老伴有眼力，还说："真是一分价钱一分货！"

旅游结束了，大家分别时，老爷子紧紧握住导游的手诚挚地表示感谢，并说以后还要来这里旅游，一定要看看这个古镇，如果还是他做导游就好了。

半年后，导游接到一个电话，对方说曾是他的游客。

导游的游客太多了，不知是哪一个。就问："您究竟是哪位？我记不得了。"

"就是半年前不愿意游览古镇的那一对老人，得到了您的理解和关照。"

"哦，我想起来了。"导游问，"找我有事吗？"

"我又报了去你们那儿的旅游团，想替老伴看看那个古镇。"

"好啊！欢迎欢迎。阿姨不一起来吗？"

"她走啦！"

"去哪儿了？"

"她去……"老爷子低沉地说，"一个月前走的。"

导游突然醒悟："唉……"

听完这个故事，作为一个老年人，我的心情久久不能平静，正是"少年夫妻老来伴，人到老了才明白"。婚姻中男女双方在长期的朝朝暮暮陪伴下，多了理解、包容和尊重，两人的感情也由爱情逐渐转变为亲情。夫妻到了老年，在生活与感情上更需要彼此体贴和照料，谁也离不开谁。以后，我要放下"大男子主义"，好好关心体贴我的老伴，甜甜蜜蜜过完我们的余生。

老首长杨惠川将军

杨惠川将军是我的老首长，也是我最尊重、最敬仰、最爱戴的一位老人。今年十月是他的八十大寿（七十九岁过八十大寿），俗称整寿。"云鹤千年寿，苍松万古春，有福称寿星，八十正辉煌。"这就是说七十人言古来稀，如今八十不算老。我因身体不适，没能赴京为他老人家祝寿，甚感遗憾。

20 世纪 70 年代初，我被选调到杨惠川身边工作。当时他是团政治处主任，我是他的警卫员。记得他的年龄比我大一轮，介于长辈与平辈之间。人民军队讲官兵一致，他让我称他的夫人嫂子，让他的孩子叫我武叔。

杨惠川是一个爱读书爱学习的人，他也要求我利用一切时间读书学习，增长知识才干。他还经常嘘寒问暖，问长问短。通过一段时间的接触，他对我的工作非常满意，同时发现了我是个能写会编的"人才"，对我的家庭状况也有所了解，于是就更加喜欢我了，看到报纸上有重大新闻，总是先讲给我听；家里送给他好吃的，总是让我陪着他吃。

遗憾的是，我在杨惠川身边工作只有短短的半年。对我来说，我和首长的分别实在是太仓促太突然了，由于相处的时间短，我们的上下级关系还没有形成那种日久生情的"私交"。彼此之间，既熟悉，又不熟悉。

那是一个冬天，部队院校来团里招生，杨惠川悄悄地推荐我去上学。一般来说，领导使用顺手的人都不愿意放走。那么他如此忍痛割爱，理由可能是要培养我这个"优秀"战士，也可能是想为我这个家境困难的苦孩子找一条出路。就这样，我含着泪花极不情愿地离开了刚刚熟悉的首长，离开了刚刚适应的警卫工作。

杨惠川同志爱兵如子的慈父心肠，如海似山。其实，他并非对我一个人好，他对部队所有的战士都好。后来他在六十五军当副政委时，曾发生过这样一件事。

有一天，杨惠川刚刚领过工资，随手就把工资袋放进自己办公桌的抽屉里。几天后用钱时，发现工资袋不见了。杨惠川想，我的办公室只有两把钥匙，自己一把，警卫员一把。钱不见了，肯定是警卫员拿了。警卫员家在农村，可能家中遇到了什么困难，急需用钱才拿的。不过即便如此，也该跟我说一声呀！

杨惠川将军认为，这样的兵再继续当警卫员显然不合适了，还是让他学门技术吧，将来复员回到农村，或许还能派上用场。于是找到军务处长，请他安排警卫员去汽训队学开车。

调动的手续办妥后，杨惠川找那个警卫员谈话，问他最近家里是不是遇到了什么困难，并说考虑到他的将来，想让他学一门生存的技能。

那个警卫员感动得扑通一声跪下了，连声说："首长，我对不起您，我家里前几天遇到点事，急需用钱，我把首长的工资寄回家了……"

杨惠川一边拉起警卫员，一边说："我平时工作忙，对你关心不够。你家里遇到了困难，我不知情，我向你做自我批评。你鞍前马后为我服务，我的工资你敢花，说明你真的没把我当作外人，真的谢谢你啦！"

那个警卫员想到自己偷拿首长的钱，首长不但没有怪罪自己，反而做了自我批评，还安排自己去学技能，更加感到无地自容，感动得泪流满面，不知如何是好。

这就是将军的海量，这就是军人的情怀！

试想如果杨惠川不去找军务处长，而是找保卫处长，那么这位警卫员的命运就可想而知了，肯定毁了他一辈子。然而首长没有这样做，他是用博大的爱心，不仅挽救了一个人，而且也成全了一个家庭。他的人生多了一个朋友，少了一个仇人，并感化出一个新人，这是何等的胸怀！杨惠川的所作所为，难能可贵，令人敬佩。

那件事发生后不久，当北京军区干部来 65 军考察、选定后备干部时，有人举荐了杨惠川，并谈及了这件事。后来杨惠川先后被任命为天津警备区政委、北京卫戍区政委、北京军区副政委、中央纪律检查委员会委员等职，中将军衔。

那位偷取杨惠川工资的警卫员学会了开车，复员回到山东老家后，买了一辆大货车，跑起了长途运输。他的生意越做越大，还开办了自己的公司。脱贫致富后，他不忘首长恩，每年春节都要携妻带子来北京看望老首长，彼此的关系如同亲戚般地保持了下来。

我听到这个故事后，浮想联翩，感触良多。不错，这就是杨惠川的缩影，我眼里的杨惠川就是这个样子。

杨惠川将军是一个讲政治、讲原则、讲纪律的人，他不但严格要求自己，也严格要求部下。同时，他又在生活上无微不至地关心体贴部下。他得罪过一些跑官要官的人，却得到更多人的理解和爱戴。在政治生态一度出现问题的那些日子里，杨惠川始终保持着政治过硬，坚持原则，严格纪律，清正廉洁，他给全军将士作出了良好表率。

八十阳春岂等闲，人生自信二百年。值此杨惠川将军八十大寿之机，我祝他老人家如月之恒，如日之升；春秋不老，寿比南山！

我的老乡小萝卜头

上午，我在北京参加了由名家书画院院长邹为瑞先生赞助召开的邳州乡友联谊会，有幸采访了小萝卜头的胞兄宋振镛，并收到他撰写并签名的《红色家庭一门三烈》。此时我翻着这本纪实文学，小萝卜头的英雄形象在脑海里浮现，宋振镛的革命之家令人可钦可敬。

宋振镛已是八十多岁的老人了，虽须发皆白，却精神矍铄。在交谈中，他简要介绍了其父母和弟弟为革命牺牲的英勇事迹。

小萝卜头祖籍是江苏省邳州市八路镇，他叫宋振中，是著名烈士宋绮云和徐林侠的幼子。国庆之前，在我的家乡小萝卜头纪念馆曾搞过一次活动：纪念"一门三烈"英勇就义 70 周年，小萝卜头的哥哥宋振镛也参加了这次活动。

1940 年 3 月 15 日，小萝卜头出生在古城西安。第二年 11 月，只有一岁半的他随母亲在西安一个叫蒲阳村的地方被捕，先后被关押在西安的小雁塔、重庆的"白公馆"和"渣滓洞"、贵州的息烽和麒麟洞等五个监狱，成为一名"小犯人"和"老政治犯"。

几年的监狱生活，把小小的宋振中折磨得面黄肌瘦。由于营养不良，发育不正常，脑袋大身体瘦小，活像一个干枯的小萝卜头。所以，狱中的难友们都亲切地称他为"小萝卜头"。

小萝卜头虽然年纪不大，却也是一名坚强的革命战士。在监狱里，他是一名小交通员。他机智勇敢，冒着生命危险，把地下党的关怀和胜利的消息传递给难友，完成了党交给的各项任务；他助人为乐，救助过许多难友；他是难友们心中送温暖、传喜讯的"小天使"，给难友们带来了快乐和笑声；他热爱学习，向往自由；他从父母那里继承了做人的品格，成为一名正直、善良、爱憎分明的好孩子。

1949年9月初，小萝卜头来到《挺进报》负责人陈然牢房的铁栅栏门外，把嘴凑到陈然的耳边天真地说："陈叔叔，我要走了，他们要把我和爸爸妈妈放出去啦！"并内疚地哭着说，"你让我去打听地窖里关的是什么人，可是特务盯得太紧，这个任务我没有完成……"

没想到，打听地窖情况竟是小萝卜头一生中为党做的最后一个工作。几天后，也就是中华人民共和国成立的前24天，年仅9岁的小萝卜头被丧尽天良的国民党特务残杀于重庆歌乐山松林坡"戴公祠"警卫室，成为共和国年龄最小的革命烈士。

小萝卜头活在世上只有9个春秋，而其中8年多的时间都是在国民党反动派的监狱里度过的。他没有进过充满欢声笑语的校园，没有体会到阖家团聚的温暖，没有领略到大自然的美好风光，没有品尝过人世间的甘甜，没有吃过牛奶面包，更没有吃过肯德基、麦当劳。有一次，小萝卜头问妈妈白糖是什么东西？徐林侠眼含泪花，指着洒在窗台上的白色盐粒说："孩子，白糖就是这个样子！"

然而，短短的9个春秋，小萝卜头为共和国做出了不可磨灭的贡献，谱写出生命历史上的恢宏篇章。他所表现的爱国主义精神，代表着中华民族伟大的人格，代表着中华民族的浩然正气，他是中华民族真正的脊梁。他的爱国主义精神，正是中华民族之魂，将永远激励着我们前进！

联谊会接近尾声，宋振镛先生放下碗筷，戴上花镜，开始签名赠书。此时不知是谁高声喊道："不忘初心，大家把饭菜吃光，不要浪费！"随之引来一片笑声。虽是戏言，却含深意，思之有理，我由此联想到习近平总书记"不忘初心，牢记使命"的谆谆教导。何谓"初心"？我认为当年小萝卜头及其父母等革命先烈的所思所想，所作所为，应该就是我们共产党人的初心使命。

游聊城话武潘

顶着烈日，冒着酷暑，我和老伴游览了地处鲁西南平原的聊城。因黄河与京杭大运河在此交汇，这个独具"江北水城"特色的城市被誉为"中国北方的威尼斯"。

提到聊城，望文生义，令人感觉到这个城市的人爱聊天，要不就是很无聊。其实现实中的聊城并非如此，当然它也确实是个有故事的古城，潘金莲和西门庆的故事就发生在这里。

在山东的名胜古迹中，以"水浒"文化为代表的聊城最具特色，不过我认为最有名的应该是聊城的市辖县阳谷。

我们的旅行轿停在阳谷县古城门外，下车后沿着石板路往城里边走边看，不久眼前就出现一座重檐歇山式高大建筑，这就是著名的狮子楼了，它因水浒英雄武松斗杀西门庆为民除害而名扬四海。虽说故事情节是虚构的，但狮子楼却是真的。

狮子楼坐落在县城中心棋盘街与紫荆街交汇处，建于宋景祐三年（1036 年），高 15.8 米，二层五开间三进深，建筑面积 451 平方米。青砖灰瓦，飞檐斗拱，雕梁画栋，雄伟壮观。狮子楼一层复原了宋代酒肆模样，柜台酒坛，桌椅板凳，一应俱全。我和老伴坐在凳子上歇脚，遗憾的是时间有限，来不及喝上"三碗不过冈"的"村酒"了。

我们爬上二楼，仔细看了看墙壁上的武松生平和画像，然后到室外回廊观赏周围的风景。我伸头往下看，虽然这个楼层不算太高，当年武松从这个高度一脚踢下西门庆摔了个半死是没有问题的。不过，说武松也纵身跃下，我真替他捏把汗，一般人跳下去不被摔死也会跌成腿断胳膊折。

狮子楼旅游区除了狮子楼之外，还包括西门庆五大店铺、武大郎家、王婆茶馆、银匠铺、纸马铺、玉皇庙、古戏楼等，还有定点的山东快书、皮影戏以及其他戏曲的表演。我们就在蒸笼一般的说书场听了一场气氛热烈的山东快书，说的是与旅游地有关的《武松打虎》。

西门庆生药铺后边连着千户府，这里是按照"金瓶梅"书中描写的西门庆府七进院复原而成的。我一边摇着刚刚买来的"水浒人物一百零八将"纸扇，一边兴致勃勃地跟着队伍参观了花厅、正厅、西门庆与正房吴月娘寝宫。西门庆五个姨太太的居所，是依据她们进府先后顺序和与西门庆的亲疏关系而定的，其房屋等级各有不同。

《水浒传》里描写的潘金莲与西门庆偷情，既背叛了夫妻之义，又逾越了男女之礼，更有事败之后毒害亲夫的违法行径，严重践踏了封建男权社会秩序，被全社会口诛笔伐不足为怪，更引起了游览者在现场的议论纷纷。

旅游团里有个小伙子对貌美如花的潘金莲嫁给"三寸丁谷树皮"的武大郎颇有微词，说这段婚姻不但不般配，而且嫁给武大郎是违背潘金莲意志的，潘金莲偷情情有可原，应该支持女性追求爱情的权利。

对潘金莲的批判和争议，使潘金莲长久以来一直广受人们的关注。不过我认为，尽管过去没有民政局办理离婚手续，但是也可以用一纸休书解除婚姻关系的，女性当然有追求爱情的权利，不过还是应该先办理离婚手续为宜。

在参观千户府时，导游说历史上的潘金莲根本不是什么荡妇，其实她是知府家的千金，而且知书达理。武大郎武植也不是"三寸丁谷树皮"，他身高七尺（一米八以上），是阳谷县县令。夫妻二人和睦恩爱，白头偕老，还育有四个孩子。

阳谷县流传着这样一个故事：武植早年贫苦，接受过好友黄堂的资助。武植做官后，黄堂的房屋失火，便投奔武植，希望能谋个一官半职。不料，黄堂在武家住了三个月，天天好酒好菜伺候，却始终不见提携，因而心生怨恨。为了发泄私愤，他在回乡路上编造了关于武植和潘金莲的谣言，并四处张贴大字报宣扬夫妻二人的丑事。当地恶少西门庆与他沆瀣一气，添油加醋。回到家后，黄堂惊喜地看到已建起了新房，妻子说是武植派人建成的。黄堂懊悔莫及，但他捏造武潘二人的丑恶形象早已轰动四方。

2009 年 12 月 18 日，河北省著名书画家、施耐庵直系后人施胜辰专程来到清河县武植祠，代表先人向武氏后人表达歉意，为武植和潘金莲画像，并赋诗致歉，该诗至今仍悬挂在武植祠的大堂上：

杜撰水浒施耐庵，武潘无端蒙沉冤。

施家文章施家画，贬褒迄今数百年。

累世因缘今终报，正容重塑展人间。

武氏祠堂断公案，施姓欠账施姓还。

参加郑州武姓大会

昨天下午，我和老伴乘高铁来到郑州，应邀参加在格瑞斯晨舍酒店举行的河南省姓氏文化研究会武姓委员会成立庆典大会。这是一个空前的全国性武姓宗亲大会，参会的武姓代表来自全国各地。

据初步了解，武姓主要发源于河南，有三个发源地：一、安阳商朝武丁；二、洛阳周平王少子姬武；三、商丘春秋时代宋武公。据祖传族谱介绍，我们这一支武姓源于周平王少子姬武（生而掌有武字纹），武则天也声称她的老祖宗为周平王，还把她的国号称作"周"，并定都于原东周的都城洛阳。

今天中午聚餐时，会长武安庆说：成立研究会的目的就是以开放包容之心态，团结所有武姓家人，利用研究会这个平台，探究武姓文化脉络，研究家族变迁，继承优秀家族文化传统，追念颂扬先祖的丰功伟绩。使我们后人知道我们的根在哪里，家族源起何处，肩负起先祖赋予我们的历史责任，为家族事业增光添彩。

酒过三巡后，执行会长武慧婷介绍了始祖武丁的情况。她说武丁，姓子，名昭，是商朝第 23 位国王。根据夏商周断代工程的研究结果，他在位时间为公元前 1250 年至公元前 1192 年。盘庚迁殷以后，商朝曾有过一段繁荣期，但到盘庚之弟小辛、小辛之弟小乙统治时，商朝又衰落了。武丁是商王小乙的儿子。武丁即位后任用贤臣、励精图治，使商朝再度复兴，武丁也因此成为备受后人称赞的中兴之主。

来自洛阳的一位宗亲说：洛阳的旅游事业主要以武则天文化为主，市内辟有武则天文化广场，已建成武皇池、武皇浴、武则天长廊等景点，武则天文化给他们家乡带来了不少经济效益。洛阳的宣传部部长说，我们吃武则天的，喝武则天的，绝不允许别人再无中生有地污蔑武则天。今后凡是故意亵渎武则天的影视剧，一律禁止在我们洛阳地区拍摄和播放。

武则天作为一代女皇，其功绩是巨大的，主要体现在三个方面。一是政治较清明：这主要表现在武则天提倡科学，能够破格用人。在她统治时期进一步发展了科举制，创立了殿试和武举。二是经济有发展：武则天重视农业生产，手工业也在发展，主要表现在采矿业、铸造业和纺织业上。三是文化也发达：武则天在位时裁文史，光耀文史。重视古建筑的修建，较著名的有长安大雁塔、松山少林寺、洛阳龙门石窟和乾陵等。

下午，在河南省姓氏文化研究会的指导下，武姓委员会成立庆典大会在酒店的会议厅举行，约300名武姓宗亲会聚一堂。在热烈的掌声中，组委会的负责人要我讲几句，恭敬不如从命，我做了如下发言：

尊敬的河南省姓氏文化研究会领导，尊敬的为本次活动赞助的爱心人，尊敬的各位嘉宾，尊敬的来自全国各地的宗亲们，下午好！

今天是个大喜的日子，阴历十月十八。我来之前，有人要我为这次大会的召开写首诗，盛情难却，就即兴写了一首七言绝句：

自古逢冬必寂寥，
中州此刻胜春潮。
武亲宗族开峰会，
四海相闻共赴邀。

下面言归正传。首先，热烈祝贺河南省姓氏文化研究会武姓委员会全国代表大会隆重召开，对刚刚荣任武姓委员会领导的各位会长和秘书长等表示深深的敬意。

我有幸参加这次规格高、规模大、亲情浓的大会，能和我们武家宗亲欢聚一堂，共话亲情，共同研讨武姓文化，感到非常高兴。

我们武家是一个历史悠久、人才辈出的家族，富有优良的文化传统，可谓"武氏泱泱遍四海，人才济济振九州"。古代有武丁、武臣、武则天、武兴旺、武训等军政要人，现代在军政界、经济界、外交界、文化界、科教界等也出了很多名人，如公安部副部长武和平、外交部副部长武大伟、地质学家武衡、总参二部政委武尽法、全国人大常委会副委员长武维华等。至于县团级、司局级的人就更多了。他们是我们武家的佼佼者，他们不但为武家争了光，添了彩，而且也为国家的改革开放和经济建设，为习近平主席提出的践行民族复兴的中国梦做出了重要贡献。他们英勇善战的气概，他们好学上进的精神，他们爱国爱家的风范，值得我们后人好好学习和传承。

另外，发起、组织这次大会的会长武安庆，执行会长吴慧婷、名誉会长武世俊，不但是热心人，而且也都是非常优秀的人才，是我们武家的精英。他们热爱家族事业，热爱武姓文化，长期关注家族事业发展，并投入了大量的时间和精力，以及人力和物力。他们为我们武家办了一件大好事，在此我向他们表示诚挚的谢意。

最后，祝大会圆满成功，祝在座的各位代表身体健康，全家幸福，万事如意！

武姓大会在欢快亲和的气氛中圆满结束。

我的学书之路

今天接到天津市老年人大学书法班的入学通知书，我非常高兴。有朋友说都一把年纪了，不好好待在家里写你的书，还学什么书法？是的，"人过三十不学艺"，不过老而求学自然有我的道理和原因！

20 世纪 70 年代初，从军校毕业的我来到总参机关工作，我的入门处长是一位爬过雪山走过草地的老红军。他虽然没进过正规院校，却显得颇有学问，天文地理，政治军事，无所不知；他的钢笔字写得也很好，方方正正，规规矩矩，其勤奋好学的刻苦精神令我钦佩不已。

一天，老处长拿着一份我书写的文稿走进办公室，笑盈盈地说："年轻人，你的字稍微差了一点，得练一练啊！"

平易近人的老处长不但和气，而且客气。那时，我是不怕虎的初生牛犊，不谙世事，不通人情，竟然不知天高地厚地狡辩道："我的字写得是不好，不过主席可没给我改过错别字呀！"

"哦？"老处长愕然，"是的，是的……"

我说的是笑话，也是实话。因为那个年代还没有计算机，处理文电基本靠老式打字机。我们书写的急件有时来不及打印就直接报送党中央，毛主席批阅文电一向仔细，发现有错别字就会在旁边注下来。我在同事的退件上就看到过有这样一些不宜多得而确实珍贵的墨迹，可能是我的文笔稍好一些，基本上文顺字通，所以始终没能得到这份"殊荣"。

有一年，我和中国作协的几位作家到外地采访，其间搞了一次笔会，有书画特长的作家都兴致盎然地挥毫泼墨，不一会儿地板上就摆满了盖着鲜红印章的书画作品。在这次笔会上，我还意外地收获几幅字画。当我一边欣赏作品一边敬佩作者时，忽然有一位结识不久的文友拍着我的肩膀说："你是军旅作家，著述颇丰，我非常仰慕，能否赠我一幅墨宝作为纪念呀！"我摇头摆手予以婉拒。几天后另一位文友告诉我："人家向你这个'吴站长'（戏称我是电视剧《潜伏》里天津站的吴站长）讨幅字，你都不给面子，是不是架子太大了！"我始知被人误会了，赶紧向那个文友说明情况："不是不给老兄面子，而是我的字实在太差，拿不出手。等我把字练好了，一定向您献丑。"书画交友，诗词助兴。冲着"作家""诗人""局长""志愿军"这个名头，有不少朋友向我讨要"墨宝"，搞得我十分尴尬。

我的字相当糟糕，甚至连自己的名字都写不好，尽管也痛下决心练过几回，却收效甚微。然而有意思的是，本来没有书法天赋，偏偏有着书法嗜好，我退休之后居然喜欢上了书法，更喜欢与书法同源的国画，为此还收藏了一些字画，结识了一批书画界朋友。这大概属于"附庸风雅"那一类吧！不过，近墨者"黑"，久而久之，我对中国的书画艺术也有了一点感悟。

有人说，书法是无言的诗，无形的舞，无图的画，无声的乐。由于喜爱书法，孙女七岁时我就送她拜师学书，在第二年的全国少年书法比赛中还获得了大奖，被中国书协自动接纳为少年会员。受孙女启发，在她学书法的时候我也悄悄地跟着学，其执着程度一点也不亚于孙女。我相信，只要不去奢求，肯定能在书法的世界里找到属于自己的一切。经过一段时间的暗学明仿，"胸无点墨"的我居然也能把字写得有模有样。有一天我和孙女比赛，然后把作品拿给老师点评。老师毫不留情地对我说显然是孩子写得好，爷爷的字没有精气神。

其实我知道不光字缺少神韵，而且章法布局也很差。看来没有书法老师指点，是很难得到要领的。不求出名，但求会写，于是我决定进老年大学学习，与古为徒，走传统之路，从基本功练起。在接到录取通知书时，我有感而发写了一首七言绝句，以纪心志：

走南闯北不离岗，
岁月如流现夕阳。
休息习书时未晚，
老兵聊作少年狂。

参观刻瓷展有感

阳春三月花正红，莺歌燕舞情更浓。今天上午，我们天津老年人大学书法五班的同学在李淑芳、王旭升两位老师的带领下，参观了在春华楼七层展厅举办的刻瓷作品展。

天津市老年人大学成立于 1985 年 4 月 6 日，在市委、市政府的重视和领导下，在市老龄委、市教委和有关部门的大力支持下，该校秉承"办人民满意的老年大学"的办学宗旨，践行"乐学、乐教、求新、有为"的校训，培育"有作为、有进步、有快乐"的新时代"三有"银发学子，坚持不懈、辛勤耕耘，使学校不断实现跨越式发展，由建校初期开设的 4 个专业学科、10 个教学班、招收 552 名学员，发展到率先成为全国"双万校"（校舍建筑面积 10000 平方米，在校学员 10000 名）的老年大学，培养了一大批人才，经常举行书法、绘画、摄影等展览，展示银发学子的才艺。

今天举办的这次别具一格的展览，是将 100 名师生历时三年完成的 100 件庆祝建党百年的刻瓷作品搬进了展厅。这 100 件作品全部由老年大学内和校外教学实践基地的刻瓷班师生完成，平均年龄近 70 岁，年龄最大的刻瓷学员已是耄耋之年。

刻瓷艺术是集绘画、书法、刻镂于一身，集笔、墨、色、刀为一体的传统艺术。用特制的刀具在瓷器、瓷板表面刻画凿镂出各种形象和图案，通常也指在瓷器、瓷板上刻凿成的雕塑工艺品。

走进展览大厅，只见正前方展板上写着几个醒目的大字："隆重庆祝中国共产党成立 100 周年刻瓷作品展"。这次展览，题材之丰富，内涵之深邃，风格之多样，数量之可观，令人叹为观止。展厅里的一幅幅作品书画交融，纵笔放浪，刻画具微，设色明雅，别创新意，自然大方，给人一种清新奇妙的感觉。

我顺着参观队伍往前走，发现每幅作品都有一个故事，都包含着很深的哲理，生动形象地向人们展示了中国共产党成立一百年来的英雄人物和丰功伟绩。它以刻瓷的艺术表现出来，赋予了刻瓷艺术更加丰富的内容，进一步提高了刻瓷艺术的品位，使刻瓷艺术在新的时代富有更新的内涵。据介绍人说，这些惊人之作竟然都是年约七旬的银发老人创作的，他们向建党百年献上一份厚礼，真正体现了"老有所学"而且有作为、有进步、有快乐。我情不自禁地为每位独具匠心的创作人点赞，更为这次刻瓷艺术展览的组织者点赞。

这里的每一件作品都令人大开眼界，它像文学一样，能为人开拓理性所不及的能量源泉。令我深受感动的是，画家捕捉到瞬息多变的生命力，并能将它腾跃于瓷上，达到意想不到的艺术效果。每一幅作品，每一个造型，每一类画风，都是艺术者心之花蕾的绽放，都是来自灵魂的抒情、发自肺腑的感叹。

在庆祝中国共产党成立 100 周年之际，通过这种"老有所为"的精神和寓教于乐的展览，不仅使我们在欣赏刻瓷艺术的同时受到深刻的爱国主义教育，也使我们在接受爱国主义教育的同时享受刻瓷艺术的美感，实属一举两得之收获。

2021 年 7 月 1 日

百年党庆

今天是中国共产党成立 100 周年纪念日，全国上下都在庆祝这个光辉的节日。百年风雨，百年荣光，我作为一个拥有 50 年党龄的老党员，抚今追昔，心潮澎湃，感慨良多。

习近平总书记在庆祝中国共产党成立 100 周年大会上指出：中国共产党一经诞生，就把为中国人民谋幸福、为中华民族谋复兴确立为自己的初心使命。一百年来，中国共产党团结带领中国人民进行的一切奋斗、一切牺牲、一切创造，归结起来就是一个主题：实现中华民族伟大复兴。

中国是世界上"四大文明古国"之一，其中的古印度、古埃及、古巴比伦三国早已作古，只有我们中华民族走过了长达 5000 年的峥嵘岁月，见证了 24 个王朝的兴灭继绝，饱受了无计其数的战火洗劫，同时也孕育出极具特色的思想和智慧。

然而在近代，历经鸦片战争、甲午战争、八国联军侵略战争等，在东西方文明的碰撞中，中华民族从曾经的巨人变成了虚弱的病人，一败再败，毫无还手之力。不仅签署了各种丧权辱国的条约，而且割让了大片国土，被外夷勒索巨额赔款，中华民族积累的财富几乎丧失殆尽，曾经的辉煌更使人心中产生了极大的落差。近代中国的灾难不仅是因为帝国主义的猖狂，更是自身极度的衰弱和分散，中国人不但失掉了对外的大部分自信，而这片土地上每日都在成批生产"窝里斗"的行家里手。人民大众几乎没有国家观念，更谈不上民族尊严。

我国古代爱国诗人屈原说："路漫漫其修远兮，吾将上下而求索。"为了改变中华民族悲惨屈辱的命运，中国人民和无数仁人志士进行了千辛万苦的探索和不屈不挠的斗争。封建统治阶级发起洋务运动，农民阶级发动太平天国起义和义和团运动，资产阶级改良派、革命派先后发动戊戌变法、辛亥革命，结果都以失败而告终。

就在中华民族到了最危险的时候，中国共产党应运而生！1921 年 7 月 23 日，中共一大在上海召开，几天后在浙江嘉兴南湖的红船上结束。中国共产党对中国革命道路的探索经历了艰难历程，在具体实践中，毛泽东同志坚持把马克思主义基本原理同中国革命具体实际相结合，团结带领中国人民找到了一条农村包围城市、武装夺取政权的正确革命道路。经过 28 年的浴血奋战，终于打败了日本帝国主义，推翻了国民党反动统治，完成了新民主主义革命。

中华人民共和国的成立，标志着中国全面进入新民主主义社会，即向社会主义过渡的新的历史时期，中华民族的伟大振兴从此进入一个崭新的时代。新中国确立的工人阶级领导的、以工农联盟为基础的人民民主专政的国体，民主集中制的人民代表大会的政体，共产党领导的多党合作、政治协商的政党制度，统一的多民族国家下的民族区域自治制度，初步构成了社会主义基本政治制度体系。

中共十一届三中全会以后，中华民族在改革开放中演绎着大国崛起的传奇，一个贫穷落后的旧中国变成了独立自主、初步繁荣的社会主义国家。现在的中国已经今非昔比，经济、军事、科技已响遍全球，迅速发展成一个受人瞩目的大国。人民的生活已经摆脱了经济落后局面，在世界上占有重要位置，赫然屹立在世界东方。

我生在新中国，长在红旗下，感到万分的幸运和幸福。幸运，是因为我出生在没有硝烟战火、没有剥削压迫的和平年代，成长于一个充满红色基因的革命家庭；幸福，是因为我生活在社会主义国家，过着太平、富足、美满的生活。

1969 年，我在珍宝岛战役的感召下应征入伍，一年后光荣地加入了中国共产党。连队把我送进了军校，之后又被调往总参机关工作，直至光荣退休。几十年的军旅生涯，我不仅完成了党交给的各项任务，还利用业余时间撰写了十几本书，以感激之情歌颂我们伟大的党、伟大的祖国和伟大的军队。我多次被评为优秀共产党员和立功受奖，其中 20 世纪 70 年代获得过金日成颁发的军功章，90 年代立过三等功，2010 年被评为"津门十佳特色藏书人"，2019 年被中国作家协会评为"深入生活、扎根人民"主题实践先进个人。"莫贪天功为己功"，这个"天"就是党，自己所取得的一切成绩应该归功于党，以及党的各级领导，正如"扬州八怪"之一的郑板桥诗云：新竹高于旧竹枝，全凭老干为扶持。下年再有新生者，十丈龙孙绕凤池。

我作为一名老兵，虽然退出了工作岗位，但依然能自觉做到离岗不离党、退休不褪色，永葆共产党员的先进性。坚决听党话，坚定跟党走，老有所学，老有所为，继续发挥自身的政治优势和经验优势，为社区、学校和军营上好党课，讲好红色故事，传承红色基因，以实际行动向建党 100 周年献礼。

我给孙女上党课

今天是党的生日，我打开电视机准备收看新闻，发现做完暑假作业的孙女凑了过来，就问她，你们学校的思政课讲党史吗？她说讲过，很粗浅。我说我给你讲讲党史吧！

见孙女没有拒绝的意思，我问她知道最伟大的五个无产阶级革命家是谁吗？她脱口而出：马恩列斯毛。我又问她知道他们是哪里人吗？她说四个外国人，一个中国人。我说对，是两个德国人，两个俄国人，一个中国人。

我再问孙女，如果把这五个人的画像摆在你面前，你能认出他们来吗？她说只认识毛爷爷，其他四个外国人对不上号。我说其实很好认，你可以看他们的胡子呀！胡子最多的是马克思，少一点的是恩格斯，再少一点的是列宁，最少的是斯大林，没有胡子的是毛泽东。

孙女听我如是说，就笑了。

我问孙女知道《共产党宣言》是哪两个人写的吗？她说不知道。我告诉她是马克思和恩格斯。她笑着说原来是排在前面的两个大胡子写的。接着她反问我读过《共产党宣言》吗？我说不但读过，还到《共产党宣言》诞生地布鲁塞尔天鹅咖啡馆采访过。她惊异道：哦，是吗？

我换了一个话题问孙女，知道中国共产党第一次代表大会是什么时候召开的吗？她说是一九二一年七月。我接着问，有几个人参加一大？她说十来个人吧。我问她知道是哪些人吗？她说有陈独秀和毛爷爷，其他人就记不得了。

我问孙女当时毛泽东是多大岁数？她说很年轻，二十来岁吧！我告诉她是二十八岁，正巧十三位代表的平均年龄也是二十八岁。毛泽东与"二十八"这个数字可能有缘，他在长沙第一师范上学时有个笔名，叫作"二十八画生"。那时候是用繁体字，"毛澤東"三个字一共二十八画。从建党到建国，是二十八年；从建国到他逝世，将近二十八年。你说巧不巧！孙女说是够巧的。

我问孙女，知道中共建党初期在党史上影响比较大的四位领导人是谁吗？她说只记得陈独秀一个人。我说陈独秀之后是瞿秋白、李立三、王明。她说这些名字不好记。我说教给你一个窍门，比如陈独秀，他的名字里有个"独"字，"独一无二"嘛，所以把他排在第一位；瞿秋白的"瞿"字是两个"目"字，把他排在第二位；李立三名字中有个"三"字，当然排第三了；王明的"王"字是四画，就把他排第四吧！

我又问孙女，知道建党初期最著名的两个大知识分子是谁吗？她摇摇头说不知道。我说是陈独秀和瞿秋白呀！可是这两个大知识分子，一个"右"，一个"左"。当时共产国际认为，这是知识分子的"动摇性"表现，必须大力提拔工人成分的共产党人。斯大林也明确地说："应当更多的选拔工人到中共中央来。"于是在苏联召开的中共六大就选举产生了工人出身的向忠发当第三任中国共产党领袖。

其实向忠发更不行，并未起到党的主要领导人的作用。他既没有理论水平，又没有军事能力，而且生活作风也不好，被敌人逮捕后很快就叛变了。由于他和另一位政治局委员顾顺章相继叛变，差一点使我们党遭到灭顶之灾，党中央不得不从上海转移到中央苏区的江西瑞金。

向忠发之后就是王明、博古了，他们也是瞎指挥。由于不懂军事，又排挤毛泽东，不仅把中央苏区搞丢了，而中央红军也损失过半。直到红军长征到达贵州，召开了遵义会议，确立了毛泽东在党中央和红军的领导地位，这才使中国革命从失败走向胜利。

我给孙女讲党史，虽然她似懂非懂，未必都能记得住，但这些带有趣味性、通俗性和渗透性的党史知识非常实用，肯定能在她的头脑中留下一点印象，也许对她将来再学党史会有一定的辅助作用。

人到七十感悟多

今天是我的七十岁生日,人到七十古来稀。七十岁的我,虽未垂垂,却也行将老矣。七十年弹指一挥间,屈指算来我退休也有十五个年头了。十五年来,我对退休生活感慨良多。

退休是人生的一个必然阶段,也是一个光荣的时间节点。然而有些人并不情愿,仍要坚守"阵地",还自作多情地美其名曰"扶上马送一程"。尤其是一些当过领导的干部,对退休往往有一种恐惧症:一是怕退休了待在家里无所事事,枯燥乏味;二是没有了权力,诸多不便,产生失落感。其实这也很正常,因为政治家一般都会有一个"繁华过后是沧桑"的生命历程。

据传有一位领导退休了,整日闭门不出,精神萎靡不振。细心的太太通过一段时间观察,终于发现了症结所在,于是每天上街买菜前都列出一个清单,并写上"请领导审批"。"官人"也不客气,大笔一挥"同意"。于是,这位领导又找回了感觉继而恢复到退休前的状态。

虽然这是一个笑话,但不无道理。

既退之,则安之。我对退休比较坦然,顿感无官一身轻,有一种"采菊东篱下,悠然见南山"的自由自在情形。在工作岗位上,百事缠身,难得清闲。退休后,想什么时候睡就什么时候睡,想什么时候起就什么时候起，想什么时候吃就什么时候吃，想去哪里玩就去哪里玩。退休的第二天，北京的朋友约我去喝酒，我当即应诺，无须向谁请假，而且说走就走。

其实，退休并非人生的终点，从某种意义上说还是一个新的起点，也就是说只有该做某件事的心情，没有该做某件事的年龄。退休人员身上都有两个资源，其一是时间。退休后，所有的时间都可以自己支配，想干什么就干什么，想什么时候干就什么时候干，练字也好，写作也好，保健也好，旅游也好，可以随心所欲地去做。其二是知识。人生几十年，认的人多，读的书多，经的事多，这些都是宝贵的资源，在为人处世上都能用得上。如果你想写回忆录什么的，或者为关心下一代做点工作，这些都是现成的资料。

任何事物，尤其是人，终老才算成熟。新英格兰医学杂志披露，人到60岁后才能达到情感和心理潜力的顶峰，是出成果的年龄段。在我国古代，黄忠60岁跟随刘备打仗，姜子牙80岁当丞相，佘太君100岁挂帅。因此，人不应该过早地放弃自己，也永远没有太晚的开始，应该去做自己想做的事情，去看自己想看的风景。

退休以后，更清醒、更懂事、更自信的我有两大嗜好，一个是练字。我原来的字相当糟糕，甚至连自己的名字都写不好，尽管也痛下决心练过几回，却收效甚微，看来不登堂拜师是很难得到要领的。不求出名，但求会写，于是我报名进老年大学"深造"，从基础知识学起。此后，我就像当年在连队出操一样，每天早晨练字不止，雷打不动。经过一段时间的勤学苦练，我这个银发学子的汉隶和欧楷虽然称不上"书法"，却也写得有模有样，自己和自己比进步不小，很有成就感，甚为欣慰。

我的另一个嗜好是写作。军旅四十年，我的一生虽然称不上传奇，却也丰富多彩，算得上经历过大风大浪、大悲大喜的人。我吃过糠，扛过枪，挖过洞，跨过江。住过牛棚，住过山洞，住过牢房，住过国宾馆。在基层连队训练过，在总参机关工作过，在朝鲜板门店战斗过，游览过祖国的名山大川，出访过几十个国家和地区，还结识过一些伟人、名人、奇人。对于这些有教育意义又比较奇特的所见所闻所感如果不公诸于世，烂在肚子里实在可惜。于是我打开电脑，敲击键盘，把我所见到的、听到的、读到的都一一记录下来，编辑成册。没想到功夫不负有心人，经过十几年的不懈努力，我居然写成了十几部书，其中有的被评为十大畅销书之一，有的被列入学生和党团员学习辅导材料，有的被多家报刊和电台连载或连播，有的还被外国出版公司译成多种文字出版。现在写作对我来说已经不是习惯而是生命的需要，几天不看书，不写书，总感觉缺少些什么。

另外，我退休后特别是被移交到军休所之后，还加入了关工委，做一些力所能及的公益事业。除了给贫困学生捐资捐书外，我还在中央电视台和几个地方台以及学校、社区、军营宣讲革命历史，歌颂战斗英雄，弘扬正能量，多次获得市区各级表彰。如今我已把宣讲升华为一种责任，希望通过宣讲来弘扬中华传统文化，讲好中国故事，提高软实力，为党和国家贡献一份自己的力量。

有一首歌词是这样写的："七十八十不算老，我们还年轻；二十年后再聚首，我们依然还年轻……"不屈服于年龄，不屈服于岁月，要老有所养，老有所学，老有所为。

我的日常生活既丰富多彩又简单朴素，除读书看报写作外，就参加些公益活动，偶尔也外出旅游，每天晚饭后坚持散步，因此身体还算健朗，只是比过去瘦了一些，因为我小时候身体就瘦削，这应该也算"返老还童"吧！

武立金家传

大清末年，风云变幻。

邳州八集，巡庄河南。

武姓一支，闻名迩远。

曾祖作兰，耕读双全。

凿井修路，公益乡间。

育有两嗣，另添一媛。

天道不测，时去运转。

祖父凤仙，度日维艰。

被迫投军，后离火线。

卖地偿债，逃荒要饭。

男大当婚，娶妻姓段。

出身富户，能言善辩。

生得三女，外加两男。

父亲广政，自幼磨难。

略识文墨，心恒志坚。

从戎华野，后转公安。

孟县张氏，名叫思兰。

幼年无依，背井逃难。

投靠武家，栖身求安。

初为养女，后作媳贤。

生有二子，撒手归天。

父命多舛，妻殁续弦。

黄女维英，来自铜山。

会干农活，能做茶饭。

诞有二女，另添三男。

嫡长立金，停课种田。

应征入伍，考进外院。

毕业进京，就职总参。

从事机要，赴任朝鲜。

谈判三载，功成凯旋。

巳午之交，喜结良缘。

妻是李家，名叫桂兰。

吃苦耐劳，乐于奉献。

十月怀胎，生下独男。

取名志辉，四辈同欢。

随军天津，阖家团圆。

送子就学，衣食从简。

天外肄业，留洋东番。

俭学多年，回国发展。

儿大娶妻，高姓明珊。

精通日语，能书善言。

孙女子墨，才艺多元。

幼习书画，能舞会编。

忠厚之家，六代相传。

有工有农，有兵有官。

本人勤勉，一路升迁，
官至正厅，政协委员。
谦逊低调，好施乐善。
谆嘱儿孙，铭记家传。
修身齐家，再创新篇。